GAYLÜSTE

GAYLÜSTE

erotische Geschichten

Hrsg. Monika Hanke

dead soft verlag – editio cupido

Bibliografische Information der Deutschen Nationalbibliothek

Die Deutsche Nationalbibliothek verzeichnet diese Publikation in der Deutschen Nationalbibliografie; detaillierte bibliografische Daten sind im Internet über http://dnb.d-nb.de abrufbar.

GAYLÜSTE

- erotische Geschichten -

www.deadsoft.de
editio cupido / Hrsg. Monika Hanke

Umschlaggestaltung: Monika Hanke
Coverfoto: © Mario Bruno – fotolia.com

Druckerei: Books on Demand GmbH, Norderstedt
Printed in Germany

ISBN-13: 978-3-834442-63-4

Inhaltsverzeichnis

*Ich danke allen Autorinnen und Autoren für die gute Zusammenarbeit und die zahlreichen Beiträge.
Ganz besonderer Dank geht an Simon Rhys Beck, der die "editio cupido" überhaupt erst möglich gemacht hat.*

Monika Hanke

Herr der Hiebe – The Beginning

von Inka Loreen Minden

Raoul hatte Witterung aufgenommen. *Dieser vermaledeite Vampir wildert schon wieder in meinem Revier!*, dachte der Dämon wütend, während er durch die dunklen Straßen von Paris streifte. Dabei achtete er stets darauf, nicht in die Lichtkegel der Laternen zu treten. Wie ein Schatten glitt er an den Hauswänden entlang, um im Schutz der Dunkelheit sein Opfer zu überraschen.

Der Geruch nach frischem Blut wurde immer intensiver, und schon bald hörte der Dämon schmatzende Geräusche. Lautlos schritt er in eine düstere Seitengasse, wo zwei Gestalten auf dem Boden kauerten. Raouls an die Nacht gewöhnten Augen erkannten den einen davon sofort: *Nicholas!* Der große, schlanke Mann saugte einem Menschen gerade das Leben aus.

Ohne zu zögern riss Raoul Nicholas von einem jungen Kerl herunter. „Verdammter Parasit, jetzt bist du fällig!"

Katzenhafte, zu Schlitzen verengte Augen blickten ihn hasserfüllt an. „Na los, zeig was du draufhast, Dämon!" Nicholas sprang unvermittelt auf Raoul zu, worauf sein Blutwirt davonstürmte. Anscheinend hatte der Vampir ihm noch nicht alle Lebenskraft genommen.

Nicholas verpasste Raoul einen Hieb in die linke Niere. Der Dämon stöhnte auf und schleuderte den Vampir von sich. Knurrend stürzte Raoul auf ihn zu, versetzte ihm einen Kinnhaken und trieb ihm anschließend die Faust in den Magen. Nicholas ging keuchend vor ihm auf die Knie.

„Ich habe dich *einmal* gewarnt, du widerlicher Schmarotzer, doch heute lasse ich dich nicht entkommen!"

Nicholas lächelte zynisch, als er zu Raoul aufblickte, doch er machte keine Anstalten, zum Gegenschlag anzusetzen. Daraufhin trat ihm der Dämon rücksichtslos ins Gesicht. Ein knackendes Geräusch ließ vermuten, dass er dem Mann soeben den Kieferknochen gebrochen hatte, aber Nicholas nahm sein Kinn einfach in die Hand, rückte es zurecht und der Knochen wuchs augenblicklich wieder zusammen. Das konnte Raoul natürlich nicht sehen, aber er wusste sehr wohl, welch außergewöhnliche Selbstheilungskräfte ein Vampir besaß. *Aber auch die haben ihre Grenzen,* sinnierte der Dämon.

Irgendwann geht ihm die Puste aus.

Langsam kam der große Mann auf die Beine und ärgerte Raoul mit einem provozierenden Lächeln. „Mehr hast du nicht zu bieten, Unterweltler?"

„Ich werde dir dein dämliches Grinsen schon aus dem Gesicht schlagen!", knurrte Raoul und verpasste seinem Gegenüber einen gezielten Hieb auf die Nase. Sofort liefen rote Rinnsale daraus hervor, die der Vampir begierig aufleckte.

Der Dämon trat ihm gegen ein Knie, und Nicholas brach wieder zusammen. Raoul setzte sich auf den Brustkorb des Vampirs und schlug wahllos drauf zu. Nicholas lag einfach nur unter ihm, ohne die Fäuste abzuwehren.

„Verdammt, Blutsauger, kämpfe endlich!" Raoul wollte zornig sein, doch er bemerkte, wie die Wut langsam abnahm und auch seine Schläge an Kraft verloren. *So macht mir das keinen Spaß*, überlegte er, trotzdem stand er auf, um dem Vampir in die Seite zu treten, doch der kauerte sich nur auf alle viere.

Nicholas kämpfte sichtlich damit, bei Bewusstsein zu bleiben. Am Kragen seines Hemdes gepackt, schleuderte Raoul ihn immer wieder gegen eine Hauswand, bis Nicholas vor seinen Füßen zusammenbrach. *Verflucht, warum wehrt er sich denn nicht?* Raoul hätte ihm mit seinen ausgefahrenen Krallen das Herz herausschneiden und den Kopf abtrennen können, dennoch zögerte er. Der Blick, den Nicholas ihm schenkte, bohrte sich tief in seine Brust. *Er möchte, dass ich es zu Ende führe, verdammt!*

„Warum?", fragte er Nicholas.

„Gewissensbisse, Dämon?", flüsterte der Untote. „Na los, worauf ... wartest ... du n...?" Doch bevor er fertig sprechen konnte, sank er in eine Ohnmacht. Seine Gesichtszüge entspannten sich, die Fangzähne fuhren zurück in den Kiefer und auf einmal wirkte er auf Raoul wie ein schlafender Mann. *Was für ein hübscher Kerl er ist, wenn er mal nicht wie ein Biest aussieht*, ging es dem Dämon durch den Kopf.

Er wusste selbst nicht, was in ihn gefahren war, aber anstatt den Vampir zu töten, umarmte er ihn und gemeinsam lösten sie sich in Luft auf. Keine Sekunde später materialisierten sie sich in der Unterwelt, wo Raoul den groß gewachsenen Vampir in seinem Bett ablegte. Er streifte ihm das besudelte Hemd von den Schultern und fixierte seine Hände mit dicken Seilen am Bettgestell.

Was tu ich hier eigentlich? Raoul war über sein Handeln mehr als erstaunt. Als er dann auch noch ein feuchtes Tuch holte, um damit Nicholas die Blutspuren aus dem Gesicht zu wischen, glaubte er, nun vollends den Verstand verloren zu haben.

Er hat eine schöne, athletische Figur. Schlank und dennoch kraftvoll, dachte er, als er den Lappen über Nicholas' Brust gleiten ließ. Sofort zogen sich die dunklen Nippel zusammen. Raoul betrachtete fasziniert die Reaktionen, die seine Berührungen am Körper des Untoten auslösten. Nicholas entfuhr ein seufzender Laut, worauf der Dämon wusste, dass er bald erwachen würde.

Ich träume sicher nur ... Nick fühlte, dass sein Bauch gestreichelt wurde, ebenso sein Hals, das Gesicht ... ja, sein ganzer Oberkörper prickelte ob der sanften Liebkosungen. *Das passiert nicht wirklich,* wusste er, aber als er die Lider öffnete, traute er seinen Augen kaum: Raoul, der mächtigste und gefürchtetste Dämon von ganz Paris, kniete neben ihm. Vollkommen in die Betrachtung seines Körpers versunken, befreite er ihn von den Spuren des Kampfes. *Was soll das?,* fragte sich der Vampir und räusperte sich: „Was wird das für ein merkwürdiges Ritual?"

Sichtlich erschrocken zuckte Raoul zurück und kratzte sich an einer Augenbraue. „Ach, der Herr ist wach."

Jetzt erst fühlte Nicholas, dass seine Arme über dem Kopf gefesselt waren. „Wieso bin ich noch am Leben? Warum führst du es nicht endlich zu Ende?"

Ein spöttischer Zug lag um die Mundwinkel des Dämons. *So hat Adrian auch oft geschaut,* schoss es Nick durch den Kopf, während Raoul säuselte: „Wenn es das ist, was du möchtest?"

Was ich möchte kannst du mir nicht geben, dachte Nick. *Ich hasse mein einsames Leben. Ich sehne mich nach Geborgenheit, Wärme und ... Adrian! Wie sehr ich ihn vermisse, doch er ist tot! Tot! Für immer aus meinem endlosen Dasein verschwunden und das schon seit zwanzig Jahren.* Nick registrierte Raouls intensive Blicke auf seinem Körper, bevor dieser mit den Berührungen fortfuhr.

Amüsiert lachte Raoul auf, als er bemerkte, wie der Vampir auf seine Streicheleinheiten ansprang. „Das gefällt dir, was?"

„Nimm sofort deine Hände von mir!", schrie der Gefangene aufgebracht, doch Raoul dachte nicht daran.

„Es macht Spaß dich zu quälen, Blutsauger." Er warf den feuchten Lappen achtlos hinter sich und beugte sich tief über Nicholas, der ihn mit weit aufgerissenen Augen anblickte. „Du hast mehr Angst vor Zärtlichkeiten als vor Schlägen?", kicherte Raoul in das Ohr des Vampirs und fuhr mit seiner gespaltenen Zunge daran entlang.

Nick schloss die Augen und drehte den Kopf zur Seite, worauf ihm der Dämon gnadenlos über den Hals leckte. Seine lange Zunge glitt über das Schlüsselbein bis zu den Brustwarzen, die sich schon in freudiger Erwartung versteift hatten.

Hör auf! Ich ertrage das nicht länger!, dachte Nick, der am ganzen Körper zitterte. Wie schön wäre es, wenn ihn tatsächlich mal wieder jemand auf diese Art verwöhnen würde, doch sein Herz hing noch zu sehr an seinem ermordeten Gefährten. Jahrelang hatte Nick versucht, Adrian nachzufolgen, doch er war zu feig gewesen, sein untotes Leben selbst zu beenden. Deswegen forderte er den Dämon schon seit Monaten heraus, ihn zu töten, doch was tat dieser jetzt? Anstatt ihm das Herz herauszuschneiden, spielte er auf bestialischste Weise mit seinen Gefühlen und machte sein Leid nur noch schlimmer. „Du bist so grausam, Raoul", flüsterte Nick.

Der Unterweltler hauchte ihm ein „Danke schön" ins Ohr, um dann die gespaltene Zunge abermals darumgleiten zu lassen.

Nick wand sich hilflos auf dem Bett, hin- und hergerissen zwischen Erregung und Entsetzen. *Er merkt genau, wie mich das anmacht! Ich halte das nicht mehr aus!* „Komm, schlag mich, das kannst du doch am besten!", schrie er in seiner Verzweiflung, denn der Platz in seiner Hose wurde immer knapper. *Er spielt nur mit mir, doch warum reagiere ich so darauf? Meine Liebe gehört Adrian, für immer!*

„Ich soll dich schlagen? Keine schlechte Idee, dann kapierst du vielleicht endlich, dass du in meinem Revier nichts zu suchen hast, Vampir!"

Scharf sog Nick die Luft ein, als der Dämon plötzlich an seiner Hose zerrte. Er versuchte sich zu wehren, schlug mit den Füßen um sich, doch vergeblich – Raoul war einfach stärker. Schon lag die restliche Kleidung auf dem Boden und Nicholas nackt auf dem Bett. Jetzt war er diesem Bastard vollkommen ausgeliefert.

„Was starrst du so? Hast du noch nie einen nackten Mann gesehen?“, keifte Nick, dem es ganz heiß um die Wangen wurde. Es war ihm nicht nur peinlich, völlig entblößt zu sein, sondern jetzt sah Raoul auch, dass sein Geschlecht auf dem besten Weg war, sich dem Dämon entgegenzurecken.

Raoul stockte der Atem. *Dieser Parasit ist verdammt gut bestückt!* Gerade kam ihm eine Idee. *Vielleicht ist der Kerl ja doch noch für etwas zu gebrauchen.*

Nicks Herz raste vor Scham, doch bevor er noch mehr Gedanken an seine absurde Lage verschwenden konnte, fühlte er Raouls Hände an seinen Hüften. „Was soll das, was hast du v...“

Schwungvoll wurde Nick auf den Bauch gedreht, sodass ihm seine Fesseln unangenehm in die Handgelenke schnitten. Zu seiner Überraschung lockerte Raoul die Verschnürungen, bevor er sich auf Nicks um sich schlagende Beine setzte.

„Hör auf zu toben, Blutsauger!“ Raoul lachte auf. *Es ist einfach köstlich, diesen starken Kerl so wehrlos zappeln zu sehen. Und er ist eine richtige Augenweide!* Ungeniert musterte der Dämon den breiten Rücken und die schmalen Hüften des Vampirs. Doch am meisten interessierten ihn die festen, runden Pobacken, die sich ihm so schutzlos präsentierten. Raoul ließ seine Fingerspitzen über das helle Fleisch gleiten und bemerkte, wie die Muskeln darunter spielten.

„Pfoten weg!“, schrie Nick unter ihm und versuchte den Dämon von sich herunterzustoßen, doch erfolglos. Schon sauste Raouls Hand auf eine der weißen Backen, wo sie einen roten Abdruck hinterließ.

Nicholas zuckte zusammen und knurrte: „Spinnst du?!“

„Du wolltest doch geschlagen werden!“ Immer und immer wieder holte der Dämon aus und verfolgte fasziniert, wie die farbigen Spuren sofort wieder verschwanden.

Nick wollte nur noch sterben. Die ganze Situation war ihm so schrecklich peinlich, dass er sich am liebsten in Luft aufgelöst hätte, doch diese dämonische Kraft besaß er leider nicht. *Warum reagiere ich mit Lust auf diese grobe Behandlung?*, fragte er sich, während sich seine Härte in die Matratze drückte. Schweiß strömte ihm aus sämtlichen Poren, und ab und zu entkam ihm ein erregtes Keuchen, das ihm nur noch mehr die Hitze ins Gesicht trieb. Die schmerzhaften Schläge verwandelten sich in ein kribbelndes Brennen, und ein lustvolles Ziehen fuhr ihm von seinen heißen Pobacken bis tief in die Eingeweide. Sein Unterleib pulsierte, in Nicks Magen ballte sich etwas Gewaltiges zusammen, das sich zum Zentrum seiner Erregung vorschob und an seinem Schaft aufstieg. Die Haut dort spannte leicht, da die Adern prall mit Blut gefüllt waren. *Ich kann mich kaum noch zurückhalten!*

„So, ich denke, das reicht fürs Erste", hörte er plötzlich die Stimme des Dämons hinter sich, gerade, als er kurz davor war, seinen Samen in die Laken zu pumpen.

Nick presste das Gesicht in ein Kissen, doch das verbesserte seine Konstitution keineswegs, im Gegenteil: Dort hing überall Raouls äußerst männlicher Geruch, der ihm alle Sinne betörte. Als der Dämon auch noch damit begann, seine geschundenen Pobacken zärtlich zu streicheln, verlor Nick vollends die Kontrolle über sich. Stöhnende Laute bahnten sich einen Weg tief aus seiner Brust, und unvermittelt hob er seine Hüften der Hand des Unterweltlers entgegen.

Raoul erstaunte es, wie Nicholas auf seine Züchtigung reagierte, doch auch er selbst war nicht weniger erregt. Sofort schnippte er mit den Fingern und im Nu saß er splitternackt auf den langen Beinen des Vampirs. Er wartete, bis Nicholas auf allen vieren stand und kniete sich dann selbst zwischen dessen Schenkel. Raouls Erektion presste sich dabei angenehm in die Spalte seines Vordermanns, doch er zögerte nicht lange und schob sich tief in ihn.

Teufel noch mal, wie gut sich das anfühlt!, dachten beide Männer in etwa zur selben Zeit. Der Dämon ließ sich auf Nicks Rücken sinken, damit er den schlanken Körper besser streicheln und erforschen konnte. Ein kehliges Stöhnen entkam dem Vampir, als Raoul seine Erektion umschloss und hart daran rieb, während er sich langsam in ihm bewegte.

Wieso kann mir dieser Dämon so viel Lust verschaffen, wo ich doch noch immer Adrian liebe? Nick war mehr als verwirrt, doch plötzlich schien sich eine andere Stimme in seinen Kopf zu schleichen, die sich genau wie die seines ehemaligen Gefährten anhörte: *Du bist ein Vampir, mein Geliebter, darum liebst und leidest du länger als andere Wesen. Und du empfindest auch mehr Lust. Deshalb ist es an der Zeit, mich endlich loszulassen. Stehe dazu, dass du Raoul schon lange begehrst. Wage ein neues Abenteuer; ich möchte dich wieder glücklich sehen.*

In diesem Moment überflutete Nicks Brust ein warmes Gefühl, und während Raoul seinen Höhepunkt mit lauten Lustschreien kundtat, ergoss Nick sich in die massierende Hand des Dämons.

Auch Raoul fühlte sich nicht weniger durcheinander als der Mann, der verschwitzt und zitternd unter ihm lag. Mit einer Sanftheit, die ihm gänzlich unbekannt war, zog er sich aus ihm zurück und löste die Fesseln.

Der Vampir hatte sein Gesicht tief in die Kissen vergraben, sein Körper bebte heftiger. *Der heult doch nicht etwa?*, ging es Raoul durch den Kopf. Er wusste nicht, wie er sich jetzt verhalten sollte. *Ich bin ein mächtiger Dämon, verflucht noch mal, warum stell ich mich denn so an?* Mit einem kräftigen Ruck drehte er die große Gestalt auf den Rücken.

Sofort legte Nicholas schützend einen Arm über die Augen, doch Raoul hatte die feuchten Spuren längst gesehen. Er zog eine Decke über ihre Körper und kuschelte sich an den Vampir, der stocksteif neben ihm lag, die Lippen fest zusammengepresst.

Zögerlich beugte sich Raoul über sein Haupt. *Was hast du nur mit mir angestellt, Blutsauger?* Er konnte nichts dagegen unternehmen, er musste diesen sinnlichen Mund einfach schmecken.

Als Nick die fremden Lippen auf den seinen spürte, hielt er die Luft an. *Was tut er da? Wieso küsst er mich so zärtlich?* Er öffnete leicht den Mund und schon kam ihm Raouls Zunge entgegen. Erst zögerlich, doch dann immer wagemutiger, begannen sie ein erotisches, neckendes Spiel, das bei beiden die Lust aufs Neue entfachte.

„Willst du mich nicht mehr töten, Dämon?“, stöhnte Nicholas und ließ seine Hände an den Muskelsträngen von Raouls breitem Rücken hinabgleiten.

„Nein“, keuchte ihm dieser in den Mund, „ich werde dich behalten. Du bist ein hübsches Spielzeug!“

Mit blitzenden Augen schleuderte Nick seinen Bezwinger von sich herunter, sodass dieser am Fußende des Bettes gegen das Gestell krachte. „Ich bin niemandes Spielzeug!!!“

Raoul grinste nur schelmisch und räkelte sich auf den zerknitterten Laken, doch der Vampir landete mit einem Satz auf ihm, worauf er ihm sämtliche Luft aus den Lungen presste.

„Oh doch, Blutsauger, ich habe beschlossen, dich zu behalten. Meine langweiligen Tage sollen von heute an gezählt sein. Es wird mir höchstes Vergnügen bereiten, dich zu zähmen!“ Nick hörte den Spott aus Raouls Stimme, doch in seinen giftgrünen Augen sah er etwas anderes: Der Dämon fühlte sich genauso einsam wie er selbst.

„Ich werde mich dir niemals unterwerfen, Unterweltler, dessen sei dir gewiss!“ Nicholas Fangzähne schoben sich aus dem Kiefer, seine Pupillen verengten sich zu raubtierhaften Schlitzen. Auch mit Raoul ging eine Veränderung vor: Seine Fingernägel verwandelten sich in lange Krallen.

Als sie sich erneut liebten, gingen sie nicht mehr so zimperlich miteinander um. Und wenn sie sich nicht gegenseitig umgebracht haben, schlagen, beißen, kratzen und lieben sie sich noch heute.

***

Nein, noch haben sich die beiden nicht umgebracht. Wie es mit Raoul und Nicholas weitergeht, lest Ihr in dem Buch „Gayfühlvoll – homoerotische Geschichten“ von Nicole Henser und Inka Loreen Minden.

Inka Loreen Minden

Inka Loreen Minden, die auch unter dem Pseudonym Lucy Palmer schreibt, hat bereits mehrere erotische und homoerotische Bücher veröffentlicht. Dabei tummeln sich ihre Helden am liebsten im historischen England oder sind Vampire, Dämonen und Gestaltwandler. Zu ihren erfolgreichsten Titeln zählen “Mach mich scharf!” von Lucy Palmer und “Temptations – Versuchungen” von Inka Loreen Minden.
Mehr über die Autorin auf ihrer Homepage:
www.inka-loreen-minden.de

Führungswechsel 3

von Nicole Henser

Ich darf wieder sein williger Diener sein, das wurde auch wirklich Zeit, dachte Alec und lehnte sich gemütlich in den Kissen zurück. Der Tag war anstrengend gewesen, denn John hatte sich zur Abwechslung mal einen Rollentausch in den Kopf gesetzt, sodass Alec an diesem verregneten Wochenende der „Meister" gewesen war. Jetzt war endlich der Sonntagabend gekommen und John hatte versprochen, ihn für seine Bemühungen zu belohnen.

Voller Erwartung versuchte Alec anhand der Geräusche festzustellen, wo sich John gerade befand und was er trieb. Wie er es liebte, hatte dieser ihn an das Bettgestell gefesselt und ihm befohlen, die Augen geschlossen zu halten. Jetzt räkelte er sich nackt in den Laken.

Vertrauen … Alec lächelte vor sich hin und schielte vorsichtig durch die Wimpern, um festzustellen, ob er noch allein im Schlafzimmer war. Und obwohl es keinen zwingenden Grund dafür gab, hielt er sich an die Abmachung, denn er war froh, dass John ihm nicht die Augen verbunden hatte.

Es klapperte im Nebenraum, John schien in der Küche zu hantieren. *Was macht er da? Ich würde zu gern wissen, was er sich für mich ausgedacht hat.*

Ein warmes Gefühl kroch zu Alecs Herzen, denn er konnte sich noch gut daran erinnern, dass er bei seinem alten „Herrn" Steve schon fast panisch auf dessen Rückkehr gewartet hatte. Als hilfloses Bündel, verschnürt und blind, hatte er in der Kälte und Dunkelheit ausharren müssen, bis es Steve gefiel, rüde Scherze mit ihm zu treiben oder sich gewaltsam an ihm zu vergehen. Alec war jedes Mal erleichtert gewesen, wenn er die Prozedur hinter sich gebracht hatte und dabei mit erträglichen Schmerzen davongekommen war. Aber seit John ihn von Steve „übernommen" hatte, weil er dem widerlichen Sadisten als Opfer zu langweilig geworden war, hatte ein komplett anderes Leben für ihn angefangen.

Von der Küche wehte ein wunderbarer Duft herüber, Alec lief unwillkürlich das Wasser im Mund zusammen. Erst jetzt fiel ihm auf, dass er seit dem üppigen Frühstück nichts mehr gegessen hatte.

John hatte ihn verwöhnt mit Rührei, gebratenem Speck und frischen Brötchen. Sie hatten im Bett geschlemmt, unterbrochen von kleinen erotischen Einlagen, aber das war schon einige Stunden her.

Es hat auch seine Vorteile, wenn man das Sagen hat. Alec dachte schmunzelnd an die zaghaften Proteste, als er mit seinem Ständer Marmelade um Johns Mund verteilt hatte, ohne ihm die Gelegenheit zu geben, an dem geschwollenen Prachtstück zu lecken. Streng hatte Alec ihm befohlen, nur seine Lippen zu benutzen – die Zunge hatte im Mund zu bleiben. *Eigentlich bin ich lieber der Sub, aber dieser bittende Ausdruck in seinen Augen hat mich ungeheuer angemacht.*

Es war ja nur noch ein Spiel. Im Alltag waren sie mittlerweile ein ganz normales Paar, das sich liebte und leidenschaftlich streiten konnte. John hatte ganze Arbeit geleistet: Aus dem „Sklaven" Alec war ein lebenslustiger junger Mann geworden, der zu sich selbst zurückgefunden hatte. Die seelischen Wunden, die der sadistische Steve ihm geschlagen hatte, waren nicht in Vergessenheit geraten, aber langsam dabei zu verheilen.

„Augen zu?", hörte er Johns tiefe Stimme.

Alec grinste und nickte. „Ja, Meister. Ich habe sie gehorsam geschlossen und mache sie erst auf, wenn Ihr es mir erlaubt."

„Okay." Anscheinend freute sich John auch schon auf das, was kommen würde. Der Tonfall erzeugte ein erwartungsvolles Kribbeln in Alecs Bauch; er platzte fast vor Neugier, aber sein Herr würde ihn umso länger zappeln lassen, wenn er seine Ungeduld zeigte.

„So, so, du willst also brav sein", sagte John süffisant und setzte sich zu ihm aufs Bett. „Aber du hast mich gerade das Klo putzen lassen, ohne Handschuhe. Vielleicht wäre das ein Grund, sie jetzt anzuziehen, bei dem, was ich mit dir mache?"

Fast hätte Alec erschreckt die Augen aufgerissen. *Das meint er nicht wirklich. Er macht nur Spaß!*, hoffte er; wohl wissend, dass John ihn bewusst provozierte, um ihm seine Ängste zu nehmen: Wann immer Alec in seinem vergangenen Leben mit Steve Gummihandschuhe begegnet waren, hatte er später blutend und sich vor Schmerz windend in seiner „Ecke" gelegen.

„Bitte nicht, Meister." Alecs Lippen zitterten bei den geflüsterten Worten, doch er entspannte sich wieder, als er Johns Hand auf seiner Brust fühlte. Dann küsste dieser sanft Alecs Gesicht und beugte sich zu ihm herunter, sodass er den wundervollen Duft seines Körpers in der Nase hatte – vermischt mit dem verlockend süßen Aroma, das er schon zuvor wahrgenommen hatte.

Die Anspannung fiel von Alec ab und er gab sich den zarten Berührungen hin; je länger John ihn küsste, desto ruhiger wurde er. „Ich würde dir niemals wehtun, das weißt du", raunte ihm sein geliebter Meister ins Ohr, dann verschwand er kurz aus seiner Nähe und kehrte zurück, indem er Alec eine warme Masse auf die Unterlippe strich. „Die Zunge bleibt, wo sie ist. Klar?"

Rache für heute Morgen … Es war klebrig, aber als Johns Lippen sich auf die seinen legten und er mit einem tiefen Kuss den köstlichen Geschmack verteilte, wusste Alec, warum es sich so angenehm anfühlte: *Geschmolzene Schokolade!*

Den nächsten Klecks platzierte John in seinem geöffneten Mund und sofort war seine Zunge wieder da, um Alecs Sinne mit Reizen zu überfluten. Ihn so zu schmecken und zugleich zärtlich zu fühlen war fast mehr, als Alec ertragen konnte, er stöhnte. Erregt legte er den Kopf in den Nacken, sodass die nächste Portion auf seinem Kinn landete.

John lachte leise. Er verteilte die cremige Süße auf seinem Hals, ließ eine Fingerspitze um den tanzenden Adamsapfel kreisen und versenkte diese dann in Alecs Mund, wo er gierig an ihr saugte.

„Du darfst die Augen jetzt öffnen, mein kleiner Genießer."

Langsam zog John seinen Daumen durch den Topf, den er vorsorglich in ein heißes Wasserbad gestellt hatte, und beobachtete dann, wie die Schokolade in einem feinen Strahl zurückfloss. Erst, als der Daumen sorgfältig bedeckt war, hob er die Hand und ließ es in Alecs Mund tropfen.

„Die Kuvertüre hat genau die richtige Temperatur, um eine Praline zu überziehen. Sie muss glänzen, dann ist die Konsistenz perfekt", sagte John lächelnd und amüsierte sich über Alecs Blick, der dem seinen folgte. Ihm lief das Wasser im Mund zusammen, wenn er daran dachte, wie sich die zarte Schokonote mit Alecs Geschmack vermischte. Die „Praline" reckte sich ihm auch schon entgegen und bewegte sich in freudiger Erwartung.

Der letzte Tropfen fiel auf Alecs ausgestreckte Zunge und John wackelte grinsend mit dem Daumen. „Willst du ihn haben?"

„Gib ihn mir!", sagte sein ergebener Sklave vielleicht eine Spur zu forsch, versuchte ihn zu erreichen und gab dann lachend auf. „Bitte, ich brauche etwas zum Lutschen."

Oh ja, das wirst du bekommen. Ich weiß aber nicht, ob es nur mein Daumen sein wird. Leise stöhnend verfolgte John, wie Alec ihn tief in seinen Mund saugte und die Daumenspitze mit der Zunge umspielte. *Als wäre es mein Schwanz …* Sein Geliebter hatte die Augen geschlossen und nuckelte selbstvergessen vor sich hin; wenn er die Zähne sanft gebrauchte, zuckte es in Johns gespannter Jeans. *Wow!* Während er mit der anderen Hand den Topf ergriff, liebkoste er die Zunge mit dem Daumen und zog diesen dann heraus.

Als die Schokolade in einem dünnen Rinnsal über Alecs Brustpartie lief, öffnete dieser die Augen und sah ihn erschreckt an: Ganz so angenehm temperiert war die Masse wohl doch nicht, im ersten Moment schien sie sich etwas heiß anzufühlen. Aber John wusste, dass sein Süßer solche zarten Schmerzreize mochte, und schon begann Alec sich zu winden, wie er es sonst bei ihren Experimenten mit Kerzenwachs tat.

„Jaaa", stöhnte er, als seine Brustwarzen bedeckt wurden und legte den Kopf weit in den Nacken. Der bereits schokoladenverschmierte Adamsapfel trat hervor; John schwelgte in dem erotischen Anblick und goss dann eine größere Menge zwischen die Wölbungen der Brust, die sich direkt auf den Weg zu dem köstlich angespannten Sixpack machte.

Das ist purer Sex! Die zähflüssige Kuvertüre folgte langsam den Linien der Muskelpakete und bildete dann einen kleinen See im Bauchnabel. Am liebsten hätte John sofort seine Zunge hineingetaucht, aber er wollte Alec in den Genuss des Gefühls kommen lassen, wenn die Schokolade kühler wurde und zu spannen begann. Dafür malte er mit dem Finger Muster und verteilte dann alles flächig, bis der gut definierte Oberkörper von einer dünnen Schicht überzogen war. Auch unterhalb des Bauchnabels lockte die Haut mit einem appetitlich süßen Duft.

„Komm schon, kipp' mir das Zeug über den Schwanz", keuchte Alec und spähte neugierig über seinen Körper. „Das sieht lecker aus, und es fühlt sich geil an. Demnächst bist du dran."

John lachte. „Nichts da, du bist mein Schokohase. Und ich werde dich mit Wonne ablecken." Er schaute in den Topf und stellte enttäuscht fest, dass außer einem kleinen Rest nichts mehr von der Kuvertüre übrig war. Aber dann hatte er eine Idee. „Bin gleich wieder da."

Endlich kam John zurück, es war Alec wie eine Ewigkeit vorgekommen, dass er wieder in die Küche gegangen war und dort herumgeraschelt hatte. Den Topf stellte er gleich wieder ins Wasserbad. „Nachschub", sagte er grinsend und begann sich dann aufreizend langsam auszuziehen.

Wahnsinn, der Kerl macht mich verrückt. Alec schaute ihm atemlos zu. Das T-Shirt schob John mit beiden Händen hoch und fixierte dabei seinen Blick, dann hob er es über seinen Kopf und verschränkte für einen Moment die Arme hinter dem Nacken. Atemlos betrachtete Alec seinen muskulösen Körper, besonders die angespannten Oberarme sahen zum Anbeißen aus.

„Meister John, würdet Ihr mich bitte losbinden? Ich würde Euch so gern berühren und Euch Lust verschaffen", bettelte Alec seiner Rolle entsprechend.

„Wenn du mir versprichst, nicht herumzuzappeln, wenn ich dich probiere, Sarotti-Mohr." Mit ein paar gezielten Handgriffen befreite ihn John von den Fesseln, nachdem er seine Jeans samt Shorts abgestreift hatte. „Und jetzt zur Praline …"

„Hmmm, allein essen macht dick", bemerkte Alec mit einem lüsternen Blick auf Johns strammen Ständer. „Ich möchte auch etwas mit Schokoüberzug." Ehe John sich versah, hatte Alec den Finger in den Topf gesteckt und testete, wie warm der Inhalt war. „Komm schon, ich möchte damit umrühren."

Schmunzelnd kam John näher und ließ es zu, dass Alec nach seiner Erektion griff und ihn heranzog. Als die empfindliche Eichel eintauchte, zuckte er kurz, aber das Gefühl war nicht schlecht. Er lachte, denn Alec betrachtete wie hypnotisiert die Schokoladenmütze und die herunterlaufenden Tropfen.

„Jetzt bist du aber an der Reihe. Los, leg dich hin, du vorwitziger

Kerl. Muss ich dir zeigen, wer hier der Herr ist?", sagte John mit gespielter Strenge.

„Okay, okay …" Alec schaute ihn unterwürfig an, legte sich wieder auf den Rücken und streckte ihm den begehrten Körperteil entgegen. „Bitte übergieß ihn, damit er ganz voll ist."

Oh ja, eine große leckere Banane. Hmmmm! Vorsichtig schüttete John einen Strahl auf die Gliedspitze, dann lief die süße Verführung in breiten Bahnen den Schaft hinunter und von da aus in die unteren Gefilde. Schon bald schaute ihn ein Schokophallus an, der sofort vernascht werden wollte. Aus dem Schlitz quoll ein klarer Tropfen, der sich wie eine schimmernde Perle von dem Braun abhob. *Ist das geil!*

John schwang sich über Alec, doch dieser hatte noch einen Wunsch: „Kannst du mir bitte den Rest von dem Zeugs geben?" Gespannt, was Alec damit wollte, reichte er den Topf herüber und wandte sich dann zunächst dem Sixpack zu.

Während er liebevoll an Alecs heißem Fleisch leckte, zog ihn dieser über sein Gesicht, um die Hoden erreichen zu können. John stöhnte, als er die flinke Zunge dort fühlte und es verlangte ihn danach, Alec sofort tief in sich aufzunehmen. Dessen überzogener Phallus glitt gut geschmiert in seinen Mund, er lutschte ein wenig daran herum, um seinen Geschmacksknospen die einzigartige Mischung von Alecs Precum und der Schokolade zu gönnen. Dann nahm er ihn bis zum Anschlag in seine Kehle auf.

Auch Alec saugte wie von Sinnen an seinem Ständer, bis er fast zum Höhepunkt kam, aber dann fühlte John, wie die Finger seines Geliebten die warme Creme zwischen seinen Backen verteilte. Alec liebkoste seine Eichel mit den Lippen, dann wendete er sich dem Bereich um seinen Eingang zu, wo ihn sicherlich ein herb-süßer Duftcocktail erwartete.

Es war die eindringende Zunge, die John endgültig auf den Orgasmus zusteuern ließ. Sein Glied zuckte wild in Alecs Händen, und er schmeckte dessen Lust, als es ihn heftig schüttelte.

„Ich habe da noch etwas Schönes für dich, mein *Süßer*", flüsterte John ihm ins Ohr. Sie waren klebrig, zufrieden und das Bettzeug musste dringend gewechselt werden, doch das hatte Zeit.

„Aber bitte nicht noch mehr Schokolade. Mir wird sonst schlecht." Alec schmiegte sich in seinen Arm, dann befeuchtete er eine Fingerkuppe und spielte gedankenverloren mit seiner Brustwarze.

Für einen Moment schloss John die Augen und genoss es, dass Alec an den wenigen Haaren zupfte, die dort sprossen. Es fühlte sich gut an, wenn er das tat, fast hätte John vergessen, was er ihm erzählen wollte. Aber es war wichtig, es würde Alec helfen, einen Schlussstrich unter die Vergangenheit zu ziehen. Das war längst fällig.

„Was ist es?", fragte er auch schon erwartungsvoll und schaute zu John hoch.

Das ganze Wochenende hatte er überlegt, wie er es Alec beibringen sollte, denn neben der Chance, endlich abzuschließen, würde die Nachricht auch alle alten Ängste hochkommen lassen. Aber das Eine ging nicht ohne das Andere.

John ließ sich Zeit und streichelte behutsam seinen Rücken. „Du hast eine Vorladung bekommen – und ich auch. Wir werden gebeten, eine Aussage zu machen: Gegen einen gewissen Steven Harris, in der Szene ‚Steve' genannt, wird das Verfahren eröffnet. Kommt dir der Name bekannt vor?"

Wie er es erwartet hatte, schaute ihn Alec fassungslos an, seine Augen füllten sich mit Tränen. „Das kann ich nicht", flüsterte sein Geliebter. „Wenn ich gegen ihn aussage, bringt er mich um."

„Ja, das würde er wohl gern", murmelte John und zog ihn fest an sich. „Aber wir treten gemeinsam an und wir haben noch mehrere Mitstreiter. Wir schicken ihn in den Bau, wo er erst mal schmoren wird, und es wird keine schöne Zeit für ihn werden." Mit einem grimmigen Grinsen fügte er hinzu: „Danach wird er wissen, wie sich seine Opfer gefühlt haben."

Alec vergrub das Gesicht an seiner Halsbeuge und schwieg lange. Um ihn zu beruhigen, kraulte John ihm den Nacken, doch er konnte seinen rasenden Herzschlag spüren, der ihm verriet, wie aufgewühlt sein Partner sein musste.

„Was genau sind die Anklagepunkte?"

„Keine Ahnung, das stand nicht dabei, aber sicher eine lange Latte." Nur mit Mühe konnte John das an dieser Stelle völlig unangebrachte Lachen unterdrücken. Zu gern hätte er jetzt durch ein weiteres Nümmerchen mit Alec die Spannung abgebaut, die spürbar in der Luft lag, aber seinem Gefährten stand der Sinn ganz sicher nicht danach.

Erstaunt hob Alec den Kopf und musterte ihn, anscheinend hatte er das Beben in seiner Brust gefühlt. „Was?"

„Kidnapping, Freiheitsentzug, Misshandlung, Vergewaltigung, seelische Grausamkeit …", zählte John alles auf, was ihm zu Steves Sündenkonto einfiel, um seinen Hals aus der Schlinge zu ziehen, und mit jedem Wort stieg die Wut, die er auf diesen Mistkerl hatte.

„Okay …" Alec sah ihn unverwandt an und schien seine Emotionen von seinem Gesicht abzulesen. Dann lächelte er: „Treten wir ihm in den Arsch – und es wird mit uns beiden noch viel schöner. Ich habe dann endlich nicht mehr das Gefühl, dieses Schwein mit im Bett zu haben. Weißt du, was das bedeutet?"

Erstaunt zog John die Augenbrauen hoch und schüttelte langsam den Kopf.

„Dann kann ich es vielleicht laut sagen …"

„Das musst du nicht", beeilte sich John zu erwidern und zog ihn wieder in seine Arme. Er wusste, dass Alec eine hohe Mauer um sein verletzliches Inneres gebaut hatte, und diese hatte er bereits zum größten Teil abgetragen. Die letzten Fragmente schienen in Bewegung zu geraten, aber er würde die Geduld aufbringen, bis Alec ihm ausreichend vertraute, um diesen Schutz nicht mehr zu benötigen.

Ich liebe dich auch, dachte John glücklich. Morgen würde sich Alec sicher wundern, wieso die dämlichen Schokoladenosterhasen von dem Regal in der Küche verschwunden waren. Sie hatten dort aufgereiht gestanden wie in einer Galerie, da die hohlen Dinger niemand essen wollte. *Die Osterhasen sind eingeschmolzen. Jetzt können die Weihnachtsmänner kommen. Ich bin ab sofort Schokoholiker …*

Wie sich Alec und John kennenlernten, erfahrt Ihr in dem Buch „GAYFÜHLVOLL".

Mehr von Nicole Henser gibt es auf ihrer Homepage:
www.nicole-henser.de

Magische Träume

von Simon Rhys Beck

Adrian Kinney, Lord of Blackwood, schüttelte den Kopf, wie um einen unangenehmen Gedanken loszuwerden. Tatsächlich aber war er erstaunt, und zwar darüber, dass er dieses eine Bild nicht aus seinem Kopf bekam. So etwas war ihm noch nie passiert. Und so etwas durfte auch nicht passieren. Er war schließlich der Lord von Blackwood und kein ... Er seufzte. Ja, was eigentlich? Was war er eigentlich? Und was nicht?

Und wie war es überhaupt dazu gekommen? Adrian versuchte sich zu erinnern.

Es war in dieser schrecklichen Nacht gewesen, als Lord Livingston ihn über den Tod des Mädchens in Kenntnis gesetzt hatte. Als Livingston gegangen war, da war Adrian so aufgewühlt gewesen, dass er überhaupt nicht an Schlaf hätte denken können. In seinem Wald war jemand ermordet worden! Und dann hatte noch ausgerechnet dieser Lord Livingston die Leiche gefunden! Was Schlimmeres hätte ja gar nicht passieren können! Abgesehen davon, dass Falcon Hunter, Lord Livingston – wenn er es denn wirklich war – schön war wie ein gefallener Engel, jagte er ihm auch genauso viel Angst ein. Und Angst gehörte nicht gerade zu Adrians ausgeprägtesten Eigenschaften. Aber schon bei ihrem ersten Zusammentreffen hatte Adrian nur noch einen Gedanken gehabt: Flucht! Und ausgerechnet Livingston war jetzt sein neuer Nachbar. Die Zeichen standen schlecht, dass er jemals wieder Ruhe finden konnte.

In den frühen Morgenstunden, es war noch dunkel gewesen, hatte ihn dann endlich der Schlaf übermannt. Seit er wieder auf Blackwood Manor weilte, schlief er ohnehin schlecht. Es gab so vieles, was ihn belastete, worüber er sich nachts den Kopf zerbrach.

Und plötzlich war da diese Gestalt in seinem Zimmer gewesen. Zunächst in der Nähe des Fensters, dann direkt neben seinem Bett. Ein Geist, eine Erscheinung, die auf ihn herabblickte. Adrian hatte nicht gewusst, ob er wach war oder träumte. Dieser Geist war eindeutig männlich, wenn auch noch nicht lange dem Jungenalter entwachsen. Er hatte kurzes Haar, das ungebändigt zu allen Seiten abstand. Und er wirkte eher zierlich, viel kleiner jedenfalls als Lord

Livingston. Dieser junge durchscheinende Mann musterte ihn mit offensichtlicher Konzentration.

Adrian war erstarrt, erinnerte sich aber an den ungewöhnlichen Umstand, dass er nicht zum ersten Mal einen Geist wahrnahm. Leider war es nämlich so, dass er vor einigen Jahren, etwa um seinen achtzehnten Geburtstag herum, vermehrt ... nun, Erscheinungen gesehen hatte. Aber das hatte er verdrängt. Schließlich war dies eine schwierige Zeit gewesen. Nicht nur, dass er langsam zum Mann wurde, das passierte jedem Jungen früher oder später. Nein, er plagte sich mit Geistwesen herum und dann starb auch noch sein Vater am Fuße der Klippen! Und er war plötzlich das Familienoberhaupt. All das hatte Adrian geprägt und ihn nicht an seinem Verstand zweifeln lassen, als nun dieser junge Mann neben seinem Bett schwebte. Fest stand, dass dieser Geist nicht der Geist des Toten war, denn Livingston hatte eine Frau im Wald gefunden. Aber was wollte diese Gestalt hier von ihm? War sie vielleicht der Geist des Mörders? Keine angenehme Vorstellung.

Der junge durchscheinende Mann bewegte seinen Mund, aber es drang kein Laut zwischen seinen Lippen hervor, was ihn ganz offenbar ärgerte, denn er runzelte frustriert die Stirn.

Adrian setzte sich auf. „Was willst du hier?" Im Grunde hatte ihm die nächtliche Begegnung mit Hunter gereicht.

Der Geist begann zu gestikulieren.

„Das Fenster?", fragte Adrian, und als der andere wild nickte, stand er seufzend auf. Gut, dass er sich nicht die Mühe gemacht hatte, sich wieder zu entkleiden. So intensiv wie er von diesem Geist angegafft wurde, wäre es ihm sicher unangenehm gewesen, in einem weniger bekleideten Zustand herumzulaufen. Abgesehen davon, war auch der Geist recht attraktiv, er entsprach zumindest Adrians Geschmack. Denn spätestens seit seinem ersten längeren Aufenthalt in London wusste Adrian, dass er mit seiner Vorliebe für Männer nicht allein war. Eine Neigung, die ihm auch bereits die ein oder andere durchwachte Nacht eingebracht hatte.

Aber jetzt stand er vor einem der großen Fenster und zog den schweren Vorhang zur Seite. In diesem Moment hörte er draußen ein morsches Knacken, und in seinem Schlafzimmer verpuffte der Geist zu einem lilafarbenen Nebel.

Irritiert öffnete Adrian das Fenster, aber er konnte in dem dichten Nebel nicht viel erkennen.

„Ist dort jemand?", rief er gedämpft nach unten. Denn das Knacken hatte sich verdächtig nach einem Ast angehört, der abgebrochen war.

„Nein!", kam von unten zurück.

„Ich komme runter, einen Moment", erklärte Adrian entschieden.

Er brauchte nur noch seine Stiefel anzuziehen. Wer zum Teufel trieb sich in dieser Nacht in seinem Garten herum? Er war sich sehr sicher, dass es nicht Lord Livingston war. Aber wer konnte es dann sein? Sie hatten außer Livingston keinen direkten Nachbarn. Und er konnte sich nicht vorstellen, dass jemand aus dem Dorf hier herumschlich, ihm vielleicht einen Streich spielen wollte. Das würde auch nicht die Erscheinung in seinem Zimmer erklären.

Er eilte durch die dunklen Gänge, bedacht darauf, niemanden zu wecken. Er wollte wirklich keinen großen Aufstand provozieren und war froh, dass seine Schwester Elisabeth nichts von dem Zwischenfall mitbekommen hatte. Auch das Dienstpersonal hatte sich nach Livingstons nächtlichem Besuch wieder zur Ruhe begeben. Und so hatte Adrian für einen verrückten Moment den Eindruck, Blackwood Manor wäre menschenleer. Hätte er ein etwas zarteres Nervenkostüm besessen, wäre ihm sicher ein Schauer den Rücken hinuntergelaufen.

Er lief die Treppen nach unten, hier waren zum Glück einige Leuchter angelassen worden, sodass er zwei Stufen auf einmal nehmen konnte. Er hastete durch die Eingangshalle und trat dann durch die große Tür nach draußen. Im gleichen Augenblick fiel ihm auf, dass er besser einen Mantel oder einen Umhang mitgenommen hätte. Der Nebel, der ihm entgegenschlug, war nass und eisig. Trotzdem eilte er weiter, um das große Gebäude herum, zu der Seite, an der sich seine Fenster befanden. Der Rasen, über den er lief, war nass und rutschig. Und Adrian musste höllisch aufpassen, dass er nicht stürzte.

„Hallo? Ist da noch wer?", rief er aufs Geratewohl in den Nebel hinein. Er verzichtete auf eine förmliche Ansprache. Wer mitten in der Nacht auf seine Bäume kletterte, konnte unmöglich auf eine förmliche Ansprache bestehen. Hatte das Abbrechen des Astes dann den Geist vertrieben? Er konnte sich noch keinen Reim auf die ganze Sache machen.

Plötzlich hörte er leises Fluchen. Adrian blieb abrupt stehen. Woher kam die Stimme? Er wandte sich nach links, in Richtung der riesigen alten Eichen. Und schließlich stolperte er über einen großen Ast, der am Boden lag.

„Verfluchter Nebel", brummte er.

Tatsächlich befand er sich am Fuße des Baumes, der direkt vor seinem Schlafzimmerfenster stand. Wenn also jemand hier abgestürzt war, dann würde er ihn unter Umständen auch noch hier finden. Der Baum war schließlich recht hoch.

„Hallo?"

„Ich bin hier, Lord Blackwood", sagte eine Stimme ganz in seiner Nähe. Sie klang resigniert.

Adrian sah zu Boden und entdeckte ein Bein, das in einem Stiefel steckte.

„Oh ..." Seine Augen folgten dem Bein, das unter dem großen Ast eingeklemmt war, und als er dann schließlich sah, zu wem dieses Bein gehörte, war er tatsächlich überrascht. Es war – der Geist. Aber konnten Geister unter Ästen begraben werden? Soweit Adrian wusste nicht. Und außerdem sah der Besitzer des Beines dieses Mal ganz lebendig aus, überhaupt nicht durchscheinend oder geisterhaft. In Adrians Kopf arbeitete es fieberhaft, aber er konnte sich die ganze Situation nicht erklären.

„Ich glaube, ich muss mich erklären", sagte der am Boden Liegende.

„Wartet, wir müssen Euch erst einmal aus dieser misslichen Lage befreien", unterbrach Adrian.

„Der Ast ist zu schwer", seufzte der junge Mann. „Und meine Arme sind beide begraben. Ich brauche nur ein bisschen Platz und einen freien Arm."

Adrian versuchte, den Ast anzuheben, aber er bewegte sich keinen Deut. Wie wollte der andere allein diesen Ast beiseite schieben?

„Wartet, ich hole Hilfe."

„Nein!" Jetzt klang der junge Mann panisch. „Bitte! Ich brauche nur einen Arm. Wenn Ihr hier oben den Ast ein bisschen zur Seite schieben könntet?!"

Adrian kam um den großen Ast herum und stand nun direkt am

Kopf des Mannes. Zweifellos, diesen jungen Strubbelkopf hatte er eben in seinem Zimmer gesehen. Er beugte sich hinunter und begann, an dem massiven Stück Holz herumzuzerren. Und plötzlich hörte er ein lautes und frohlockendes „Ha!".

Er erschrak so sehr, dass er sich fast auf seinen Hintern setzte. „Warum schreit Ihr denn so?"

Aber Adrian sah gleich, was der Grund der Freude war: Der junge Mann hatte nun wirklich einen Arm frei und wedelte damit in der Luft herum.

„Was ...?"

Aber Adrian blieb die Frage im Halse stecken. Der Ast hob sich, bewegte sich plötzlich wie von Geisterhand, schwankte nach links und nach rechts, ehe er krachend und splitternd ein Stück neben ihnen zu Boden ging.

„Heiliges Kanonenrohr!", entfuhr es ihm.

„Endlich!" Der junge Mann kam langsam auf die Beine. „Autsch, so ein Mist!"

„Ähm, geht es Euch gut?" Adrian war automatisch zurückgewichen. Was war das für ein Mann, der solch einen Ast bewegen konnte? *Und als Geist in deinem Zimmer umherwandelt,* meldete sich eine innere Stimme in seinem Hinterkopf. Er wirkte so schmal, fast fragil. Das konnte doch nicht sein. Oder?

„Hm, ja, nein ... Ich habe mich verletzt." Der Mann klang ungläubig. Es schien ja nicht allzu häufig vorzukommen, dass er sich verletzte. „So ein Ärger!"

Adrian straffte sich. „Was haltet Ihr davon, wenn wir hineingehen? Ich glaube, ich habe einige Fragen."

Jetzt endlich sah der andere auf, blickte Adrian direkt an. Er hatte leuchtend rotes Haar und katzengrüne Augen. „Entschuldigt, Lord Blackwood, ich habe mich noch nicht einmal vorgestellt – Timothy Storm ist mein Name. Ja, wir können gern hineingehen. Es ist ja doch recht frisch heute Nacht."

Humpelnd folgte Timothy Storm Adrian ins Haus. Der ging zielstrebig vor bis in die Bibliothek, wo er sich, ebenso zielstrebig, einen Brandy eingoss.

„Möchtet Ihr auch einen?"

Doch Storm schüttelte den Kopf. „Oh nein, lieber nicht." Er versuchte sich offenbar zu sammeln. „Hört zu, Blackwood, mein Auftritt tut mir wirklich leid. Er ist im Grunde nicht zu entschuldigen."

„Meint Ihr die Tatsache, dass Ihr in mein Schlafzimmer eingedrungen seid oder dass Ihr den Baum beschädigt habt?"

Storm sah verlegen zu Boden. „Beides natürlich. Aber ich hatte meine Gründe ..."

„Da bin ich ja mal gespannt, was jemand für Gründe haben kann, auf den Ast vor meinem Schlafzimmer zu klettern und mit ebendiesem zu Boden zu rauschen. Was, nebenbei bemerkt, die Wenigsten unbeschadet überstanden hätten."

„Ich *bin* verletzt", erklärte Timothy.

„Richtig. Was macht Euer Kratzer?", fragte Adrian spöttisch.

Storm winkte ab, die Ironie in Adrians Stimme konnte er nicht überhört haben.

„Also, ich höre ..."

„Dann, ja ..." Ganz offensichtlich wusste Timothy nicht, wie er das Gespräch beginnen sollte. Aber Adrian wollte ihm auch nicht behilflich sein. Es war sogar recht amüsant, den anderen in dieser unangenehmen Lage zu beobachten. „Habt Ihr jemals mit Eurem Vater über bestimmte Dinge gesprochen?"

Adrians Augen weiteten sich, dann lachte er leise. „Bestimmte Dinge? Ihr sprecht jetzt aber nicht über *diese bestimmten Dinge*, oder?"

Jetzt war es an Timothy irritiert zu gucken. Als er begriff, lief er umgehend rot an. „Nein, nein! Ich meinte, Dinge, die sich dem normalen Betrachter entziehen, Magie, Geister ..." Erwartungsvoll sah er Adrian an.

Dessen Gesicht war sofort versteinert. „Nein, wir haben nie darüber gesprochen. Und da mein Vater vor einigen Jahren ums Leben gekommen ist, wird sich dieses Gespräch auch nicht mehr ergeben."

„Ich weiß, dass er nicht mehr lebt. Denn würde er noch leben, müsste ich jetzt nicht hier stehen und herumstottern", brummte Storm unwillig, und Adrian war nicht klar, ob er das zu ihm oder zu sich selbst gesagt hatte. „Also, Ihr habt mich heute in Eurem Schlafzimmer gesehen ..."

Adrian nickte.

„Das war ein Test. Ich wollte sehen, ob Ihr empfänglich seid. Ihr habt mich dort bemerkt, obwohl ich faktisch draußen auf dem Ast gesessen habe."

Adrian grinste breit, enthielt sich aber eines Kommentars.

„Der Grund, warum ich hier bin, ist ein ernster: Es treibt sich etwas herum in Eurem Wald. Und wir gehen davon aus, dass diese Kreatur eine Gefahr für Eure Familie ist."

„Wir?", wiederholte Adrian misstrauisch und ahnte das Schlimmste. Was sich auch umgehend bestätigte.

Timothy biss sich auf die Lippe. „Ja, ich und Falcon Hunter."

Trotzdem versuchte er, sich nichts anmerken zu lassen. „Und was sollte diese ... Kreatur von meiner Familie wollen? Was haben wir mit solchen Dingen zu tun?"

Storm kam näher, stand jetzt so nah vor Adrian, dass dieser eigentlich weiter zurückweichen wollte. Obwohl er augenblicklich feststellte, dass die Nähe des anderen Mannes ihm keinesfalls unangenehm war. So etwas entschied sich bei ihm innerhalb von wenigen Momenten. Und wäre ihm Storm zuwider gewesen, hätte er ihn gar nicht ins Haus gelassen. Aber jetzt wusste er auch, dass es eine angenehme körperliche Spannung zwischen ihnen gab. Ob Storm dies auch spürte? Ob er auch empfänglich für *diese* Art von Botschaft war? Adrian sah das nervöse Aufflackern in Storms Augen. Als wüsste der andere ganz genau, was in Adrians Kopf vor sich ging. Und aufs Geratewohl machte Adrian einen kleinen Test. Er hatte zwar noch nie mit Gedankenlesern zu tun gehabt, aber nun, schaden würde es auch nicht. Und so stellte er sich vor, dem jungen Mann die Kleider vom Leib zu reißen und ihn direkt auf der Couch zu nehmen.

Storms Reaktion folgte prompt und ausgesprochen heftig: Das Blut schoss ihm in den Kopf, und er stolperte aus Adrians Reichweite.

„Kleiner Test meinerseits", lächelte Adrian entschuldigend.

„Ihr seid ... ihr seid wirklich ... ungewöhnlich", stotterte Timothy und versuchte sich wieder zu fassen.

„Ach, dieses Kompliment kann ich uneingeschränkt zurückgeben", erwiderte Adrian. Und er hätte zu gern gewusst, wie Timothy auf ein wirkliches Angebot reagieren würde.

Diese Antwort erhielt er dann auch umgehend, denn er hatte

keine Erfahrung damit, seine Gedanken abzuschirmen oder in irgendeiner Weise zu verschleiern.

Timothy kam wieder näher, und in einer hastigen Bewegung drückte er Adrian einen Kuss auf den Mund. Es war ein eher linkischer Kuss, kein geübter, wie Adrian sofort feststellte. Aber er hatte seinen Charme. Timothy wich sofort wieder zurück, als erwarte er, dass Adrian nach ihm schlug.

„Bis bald, Lord Blackwood", stammelte er und war nur Augenblicke später verschwunden.

Adrian fragte sich noch lange danach, ob Storm sich in Luft aufgelöst oder tatsächlich die Tür für seine Flucht benutzt hatte. Wenn das keine denkwürdige Nacht war, dann wusste er es auch nicht.

Am nächsten Vormittag ritt Adrian in den Wald. Er musste zum Tatort, zu der Stelle, an der Lord Livingston die Leiche der jungen Frau gefunden hatte. Die Begegnung mit Timothy Storm hing ihm noch nach. Er wusste nicht, was er darüber denken sollte. Konnte es wirklich sein, dass der junge Mann ein Magier oder etwas ähnliches war? Und was war dann Lord Livingston? Und welche Rolle spielte er?

Es fiel ihm nicht schwer, den Ort der Bluttat zu finden. Geronnenes Blut bedeckte den Boden und klebte am Stamm des alten Baumriesen. Adrian erschauerte. Er hatte den Eindruck, als sei es hier an dieser Stelle kühler. Aber der Geist des Opfers war nirgendwo zu sehen. Vielleicht hatte Adrian gehofft, den Geist der jungen Frau zu treffen, vielleicht sogar mit ihm zu sprechen. Aber hier war nichts, nur eine unangenehme Kälte.

Er stieg von seinem Pferd und ging noch näher an den dicken zerfurchten Stamm heran. Das Pferd am langen Zügel, ging er gerade in die Hocke, als neben ihm ein lauter Knall ertönte und ein lilafarbener Ball in Tausende kleiner Teilchen zerbarst.

„Sapperlot!" Adrian sprang aus dem Stand einen Riesensatz zur Seite, sein Pferd riss ihn noch ein weiteres Stück mit, denn es hatte sich ebenfalls erschreckt. Und so konnte er sich kaum auf den Beinen halten. „Storm! Seid Ihr ein Gaukler oder misslingen Euch etwa Eure Zaubereien?"

Timothy stand tatsächlich ganz in der Nähe und sah zerknirscht zu Boden. Adrian hatte es gleich gewusst, wer sonst sollte so etwas zustande bringen?

„Es war ein wenig zu viel zerriebene ...“

„Oh, bitte, verschont mich“, wehrte Adrian mit beiden Händen ab und rieb sich die Schulter. Der heftige Ruck des Pferdes, dessen Zügel er gehalten hatte, hatte ihm eine schmerzhafte Zerrung eingebracht. „Wenn Ihr es vorzieht, in einem lilafarbenen Funkenregen zu erscheinen, dann achtet bitte demnächst darauf, dass kein Pferd in der Nähe ist. Zumindest *mein* Pferd scheint Eure Zaubertricks nicht besonders zu schätzen.“

„Es tut mir leid.“ Storm kam neugierig näher, Adrians Hengst schnaubte beunruhigt. „Habt Ihr etwas Neues gefunden?“

„Nein“, sagte Adrian widerwillig und versuchte, seinen Braunen zu beruhigen. „Habt Ihr immer so eine Wirkung auf Pferde?“ Adrians Hengst tänzelte um ihn herum und beäugte Timothy weiterhin misstrauisch.

„Nein, eigentlich nicht.“ Timothy sah Adrian mit hoffnungsvollem Blick an.

Adrian seufzte und tat Timothy dann den Gefallen, indem er fragte: „Und, was macht Ihr hier?“

„Ich dachte, wir könnten uns noch ein wenig unterhalten. Vielleicht habt Ihr auch Fragen?“

„Außer der, warum Ihr mein Pferd total verrückt macht?“, knurrte Adrian.

„Nur das Pferd?“

„Bitte?“ Adrian glaubte sich verhört zu haben.

Die beiden Männer sahen sich an, bis Timothy den Blick senkte.

Adrian konnte nicht glauben, dass Storm ihm gerade Avancen machte. Aber die Signale waren eindeutig. Er kannte sie aus zahlreichen Begegnungen in der Stadt. Deutlicher konnte man dort auch nicht werden. Und es war nun nicht so, dass er etwas gegen eine intimere Begegnung mit Storm einzuwenden hatte. Der junge Magier entsprach schon seinem Geschmack.

„Seid Ihr eigentlich Magier?“, vergewisserte er sich.

„Würde das etwas ändern?“, fragte Timothy überrascht. „Ja, ich bin Magier.“

„Und was bin ich?“

Sie setzten sich langsam in Bewegung. Adrian hatte an diesem Tatort alles gesehen und mochte nicht länger verweilen. Auch Timothy schien nichts mehr hier zu halten.

„Die Kinneys, also Eure Familie, sind Mentalisten und Geisterseher“, erklärte Timothy etwas reserviert.

„Was kann man damit anfangen?“, wollte Adrian wissen, während sie nebeneinander über den schmalen Waldpfad schritten.

„Ihr könnt Kontakt zu Geistwesen aufnehmen“, sagte Timothy, aber es klang auch ein wenig ratlos.

„Und Ihr könnt Euch in einen Geist verwandeln und Gedanken lesen“, meinte Adrian. „Und mein Pferd zu Tode erschrecken“, fügte er grinsend hinzu.

„Das tut mir wirklich leid. Was macht Eure Schulter?“

„Sie schmerzt“, erklärte Adrian. „Aber wenn Ihr behauptet, dieses Wesen, das die junge Frau umgebracht hat, hat es auf meine Familie abgesehen, ist eine schmerzende Schulter wohl nicht der Rede wert.“

Timothy blieb abrupt stehen. „Kommt Ihr später noch nach Livingston Manor? Wir könnten uns dort ... weiter unterhalten.“

Adrian wollte ablehnen, doch dann sah er in Timothys Gesicht. Dieses ungewöhnlich hübsche Gesicht mit den sinnlichen Lippen und den leuchtendgrünen Augen. Automatisch wanderte seine behandschuhte Hand an den klaren Konturen der Wangenknochen entlang, als seien sie sich bereits sehr vertraut. Timothys Augen wurden groß, seine Lippen öffneten sich leicht. Und Adrian konnte nicht anders als einen Kuss auf diese verlockenden Lippen zu hauchen.

„Bis später, ich erwarte Euch“, flüsterte Timothy heiser. Und dann verschwand er hastig, zum Glück ohne Adrians Pferd erneut in Angst und Schrecken zu versetzen.

Was für ein seltsamer junger Mann, dachte Adrian und spürte, wie sein Herz einen Schlag aussetzte.

Aber genau dieses Bild von Timothy, die Lippen leicht geöffnet, die Augen voller Sehnsucht, war es, was Adrian nun zurückschrecken ließ. Er spürte dieses Gefühl, das sie verband, tief in seinem Körper, es war, als würde es ihn zerreißen. Aber was machte er sich da vor? Diese Sache hatte keine Zukunft. Er und Timothy waren Männer!

Und nicht nur das – Timothy war auch noch ein Magier! Und trotzdem wurde ihm in diesem Augenblick klar, dass er sich in den jungen Mann verliebt hatte. Das war mehr als bei den unverbindlichen Treffen, die er aus der Stadt kannte. Das war zu viel! Nein, nein und nochmals nein! Hier ging es nicht mehr um rein körperliche Anziehung. Er hatte es bereits in der letzten Nacht gespürt, aber nun war es ihm klar. Er würde Timothy Storm auf Abstand halten müssen, wenn nicht ein Unglück geschehen sollte. Dieser Mann brachte sein Leben in Unordnung, er brachte alles durcheinander, was Adrian so mühsam aufrecht zu erhalten versuchte.

Ich will nur wissen, was er weiß, redete er sich ein, als er den Weg Richtung Livingston Manor einschlug. Dass er diesen Weg so bald wieder entlangreiten würde, hatte er nicht gedacht. *Storm hat wichtige Informationen, ich muss mit ihm reden.*

Adrian hoffte, nicht Lord Livingston über den Weg zu laufen. Und er hatte Glück, Timothy Storm öffnete ihm persönlich und führte ihn mit eiligen Schritten einen langen Gang entlang in ein Arbeitszimmer, das überquoll vor Büchern, Pergamenten und Dingen, die Adrian nicht einordnen konnte. Livingston Manor war im Grunde genauso wie Adrian es in Erinnerung hatte. Der neue Eigentümer hatte offenbar nichts verändert.

Timothy räumte mit einer Handbewegung das Sofa frei, das sich in dem kleinen Raum unter einer Fülle von Sachen versteckt hatte.

„Wollt Ihr Euch nicht setzen?“, fragte er nervös.

Adrian wollte nicht, setzte sich aber trotzdem. „Sagt, Storm, was für eine Beziehung habt Ihr zu Lord Livingston?“

Timothy schien überrascht, geradezu überrumpelt von Adrians Frage. „Ich ... wir sind Partner, sozusagen. Geschäftspartner.“

Adrian fragte sich, was das wohl für Geschäfte waren. Aber er hatte mittlerweile gelernt, dass man Timothy Storm nicht einfach aushorchen konnte. Die Kommunikation mit dem jungen Magier war deutlich schwieriger als mit einem *normalen* Menschen. Was auch nicht verwunderlich war, denn Timothy war kein normaler Mensch. Aber war er, Adrian, denn *normal*? Immerhin konnte er Geister sehen! Und – sein Herz schlug deutlich schneller, während er diesen merkwürdigen jungen Mann betrachtete, der unruhig in seinem chaotischen Arbeitszimmer auf- und abtigerte.

„Ihr wollt sicher was trinken?“ Mit einer knappen Bewegung befahl Storm ein Brandyglas in seine Hand und stellte es vor Adrian auf den übervollen kleinen Tisch.

Das Herbeirufen der Karaffe endete allerdings damit, dass das Glas zerbarst und kleinste Splitter auf den Boden regneten, während sich die goldene Flüssigkeit auf einen Stapel Bücher ergoss.

„Blackwood, Ihr treibt mich in den Wahnsinn!“ Timothy raufte sich die ohnehin strubbeligen Haare. „Wenn ich Euch in meinem Kopf habe, dann gehen meine Zaubereien drunter und drüber.“

Adrian riss erstaunt die Augen auf. Sollte das etwa seine Schuld sein? Er fühlte sich nicht für Timothys Seelenzustand verantwortlich und schon gar nicht für dessen missglückte Zaubertricks.

„Doch, Ihr seid Schuld daran!“, beharrte Timothy, ohne dass Adrian irgendetwas gesagt hätte.

„Ihr bringt mich völlig durcheinander mit Eurem unschuldigen Blick.“

„Unschuldiger Blick?“, wiederholte Adrian, nun wirklich irritiert.

„Das ist doch eine Masche, oder?“, wetterte Storm weiter. „Ihr seid nicht halb so unschuldig wie Ihr tut!“

„Storm, habt Ihr mich zu Euch bestellt, um mir Vorhaltungen zu machen?“, fragte Adrian und stand wieder auf. „So viel Zeit habe ich nämlich nicht. Und ich habe auch keine Lust, mich beschimpfen zu lassen.“

Timothy stellte sich ihm in den Weg. „Oh nein, Lord Blackwood. Ich muss ...“

„Was müsst Ihr?“ Adrian baute sich vor dem kleineren Mann auf. Er war ein ausgezeichneter Kämpfer, er brauchte sich nicht ins Bockshorn jagen zu lassen. Und schon gar nicht von einem Magier, dessen Zaubertricks regelmäßig missglückten.

„Meine Tricks missglücken nicht regelmäßig!“, erboste sich Timothy.

Hört doch auf, meine Gedanken zu lesen, wenn sie Euch nicht passen, dachte Adrian.

Timothy machte ein verkniffenes Gesicht, aber er wich keinen Deut zurück. Sie standen voreinander wie die Kampfhähne, aber Adrian spürte eine andere Spannung zwischen ihnen. Es war, als schössen kleine unsichtbare Blitze zwischen ihnen hin und her.

Ein süffisantes Grinsen breitete sich auf Adrians Gesicht aus. „Vielleicht habt Ihr recht, und ich bin tatsächlich nicht so unschuldig.“ Er griff nach dem zierlichen Mann, der so dicht vor ihm stand, dass er nicht einmal einen Schritt tun musste, und zog ihn mit einem Ruck zu sich heran. Ihre Körper trafen aufeinander, und das Gefühl, das Adrian durchfuhr, war heftig und sinnlich. Timothy klammerte sich an Adrian fest, und ihre Lippen trafen sich zu einem berauschenden Kuss. Timothy schmeckte süß und irgendwie exotisch, ihre Zungen tanzten umeinander, während Timothys schmale Hände ihren Weg unter Adrians Kleidung fanden.

In Ermangelung irgendeiner anderen Sitz- oder Liegegelegenheit schob Adrian den jungen Magier zu dem kleinen Sofa. Es würde nicht bequem werden, aber darüber wollte er jetzt nicht nachdenken.

„Wartet ...“ Timothy wedelte mit einer Hand in der Luft herum.

„Oh nein“, stöhnte Adrian, aber in diesem Moment verwandelte sich das kleine Sofa in ein großes Bett. Natürlich nicht, ohne im übrigen Raum ein noch größeres Chaos anzurichten. Aber Adrian ignorierte das, genau wie Timothy. Er hatte nur noch Augen für den jungen Magier.

„Wenn ich etwas mehr Vertrauen in deine Zauberkünste hätte, wäre es sicher interessant, mich so von dir ausziehen zu lassen“, murmelte er an Timothys Hals, und sie fielen auf das hergezauberte Bett.

„Vielleicht wird es wieder besser, wenn wir erst mal ...“, weiter kam Timothy nicht, da Adrian ihm die Hose entwunden hatte.

„Dann zeig mir mal, was ein Magier so draufhat.“

Timothy grinste verunsichert. Dann drehte er Adrian mit erstaunlicher Kraft auf den Rücken und setzte sich rittlings auf ihn. Seine Hände glitten über Adrians feste Brust und verweilten dann wie ratlos an Adrians geöffnetem Hosenbund.

Adrian lächelte, er spürte Timothys Unsicherheit. „Soll ich dir helfen, du vorlauter Zauberlehrling?“

Timothy wollte aufbegehren, besann sich aber offensichtlich anders und nickte.

Adrian übernahm die Führung. Er schob die Hose über seine Hüften und platzierte Timothy passend über seiner harten Lanze.

Und dann, ganz langsam, nahm er ihn in Besitz.

Timothy lief rot an vor Anstrengung, Schweiß rann an seiner Schläfe entlang und tropfte auf Adrians entblößte Brust.

„Es wird gleich besser", versprach Adrian keuchend. Und dann spürte er, wie Timothy sich entspannte und sich seinen Bewegungen anpasste.

Er griff nach Timothys Handgelenken und zog ihn auf seine Brust. „Sicher ist sicher", brummte er. Wer wusste schon, was passierte, wenn der junge Magier seinen Höhepunkt erlebte? Es war bestimmt keine gute Idee, wenn er dann die Hände freihatte um damit herumzufuchteln.

Mit etwas tieferen Stößen trieb er den jungen Mann gemächlich seinem Höhepunkt entgegen und genoss den fremden, schlanken Körper, der sich auf ihm wand. Gern hätte er seine Hände erneut auf Wanderschaft geschickt, aber die Gefahr, dass etwas Unvorhergesehenes passierte, war ihm zu groß. Und so hielt er ihn fest, bis sie beide fast zeitgleich ihren Höhepunkt erreichten.

Timothys heiseres Stöhnen ging ihm durch Mark und Bein, und er hatte Mühe, ihn zu bändigen, aber Adrian ließ ihn erst los, als sich ihrer beider Atem und Herzschlag beruhigt hatte. Ächzend rollte sich der junge Mann von ihm hinunter und wischte sich mit einer Hand durch das Gesicht.

„Verfluchte Hölle ..."

Adrian grinste selbstzufrieden. „Ich hoffe, es hat Euch gefallen, Storm."

Timothy stützte sich auf die Ellenbogen und betrachtete Adrian lange mit seinen katzengrünen Augen. „Viel mehr als das, und das weißt du auch."

Adrian strich mit den Fingerspitzen über Timothys glatten Rücken, bis der eine Gänsehaut bekam. Es war verrückt, er war hergekommen, um Timothy zu erklären, dass sie genau das nicht tun sollten. Und nun lagen sie zusammen im Bett.

„Und, was denkst du jetzt?"

Timothy lächelte erschöpft, aber entschlossen. „Was auch immer sich da draußen herumtreibt, jetzt wird es an mir vorbeimüssen, um dich zu kriegen."

Simon Rhys Beck

ist Autor und Verleger. Mehr Infos auf:

www.deadsoft.de

Die Schlange im Paradies

von Sandra Henke

Jan kam sich vor wie ein Loser. Während seine Freunde Lars, Simon und Malte einen Tauchgang nach dem anderen machten, hatte er nicht einmal die Probestunde überstanden. Er war voller Panik an die Oberfläche gekommen, hatte sich das Mundstück herausgerissen und nach Luft gejapst wie ein Fisch auf dem Trockenen, dabei war er nicht einmal eine Minute unter Wasser gewesen. Außerdem hatte er lediglich an einer tiefen Stelle am Ufer gesessen, um sich an das Equipment zu gewöhnen. Ihm war seine kleine Panikattacke unendlich peinlich! Alle Urlauber am Strand hatten mitbekommen, was für ein Weichei er war. Seine Freunde hatten ihn aufgezogen, und Eddy, der Tauchlehrer aus Bayern, hatte ihm vom Tauchen abgeraten.

Vor einer halben Stunde waren seine Jungs, wie Jan sie nannte, schon wieder zur Tauchbasis aufgebrochen. Bestimmt standen sie längst am Steg. Wie aufgeregt sie gewesen waren, weil sie das erste Mal das Hausriff der Insel betauchen würden. Jan musste sich eben aufs Schnorcheln beschränken. Er hatte keine Angst vor dem Wasser an sich, fühlte sich aber unsicher, wenn er nicht jederzeit den Kopf über die Oberfläche heben und frei atmen konnte.

Frustriert stand er von der Liege auf und schlenderte über die Insel, die Palmen und Büsche auf der einen und die Bungalows auf der anderen Seite. So hatte er sich den Urlaub mit seinen Jungs nicht vorgestellt. Ihre Eltern hatten ihnen zum bestandenen Abitur eine Woche auf den Malediven geschenkt. In Hamburg hatte es das ganze Frühjahr über nur geregnet. Es war traumhaft hier im Indischen Ozean, keine Frage, aber die anderen hatten ja nichts anderes mehr im Kopf als Tauchen.

In der Nähe des Stegs blieb er stehen. Da drüben waren sie ja. Gemeinsam mit Eddy gingen sie langsam ins Wasser, das in Strandnähe intensiv kristallblau war und immer dunkler wurde, je näher sie dem Hausriff kamen. Sie würden wieder einmal einen Mordsspaß haben und er nur darauf warten, bis sie wieder bei ihm waren.

Aber er wollte sich auch amüsieren! Sein Blick fiel auf einen Mann, der ihn anstarrte. Er saß vor Jan auf einer Strandliege unter einem Sonnenschirm – kein buntes Ungetüm, sondern ein Holzpfosten, dessen Spitze ein Dach aus Palmenblättern bildete und sich natürlich in die urbelassene Vegetation der Insel einfügte. Seine Freundin, eins dieser blonden schlanken Püppchen, die nur auf die Malediven flogen, um knackebraun zu werden und damit zuhause angeben zu können, lag mit ihrer Liege auf dem Strand, zwei Schritte von ihm entfernt.

Als Jan zurückstarrte, schaute der Mann verlegen weg.

Seine Freundin hob den Arm. „Kannst du mir bitte die Sonnencreme geben, André."

André stand artig auf und brachte ihr die Flasche. Seine Freundin warf ihm einen Luftkuss zu und begann sich einzuölen.

Jan betrachtete ihn genauer. André sah verdammt gut aus. Seine dunklen Haare trug er raspelkurz. Seine Badeshorts waren Jan zu farbenfroh. Er selbst bevorzugte enge Schwimmhosen und in denen hätte er André nur allzu gerne gesehen, um zu prüfen, wie gut er bestückt war – Futter für seine Tagträume, wenn er mal wieder allein am Strand lag.

André war groß gewachsen und athletisch, ohne zu sehnig oder zu aufgepumpt zu wirken. Der George-Michael-Bart stand ihm gut. Auf eine unaufdringliche Art war er männlich.

Jan merkte, wie sich etwas in seiner Badehose regte.

Er selbst war das genaue Gegenteil: schmächtig, unsportlich und mit einem blonden Schopf, der mal wieder geschnitten werden musste. Einer seiner Liebhaber hatte ihm gesagt, dass er seine Blässe aristokratisch fand. Jan hatte ihn nicht ernst genommen, aber das Kompliment hatte ihm geschmeichelt, weshalb er es nicht vergessen konnte.

Wahrscheinlich fühlte sich André genötigt etwas zu sagen, denn er blieb neben der Liege stehen und deutete auf die vier Taucher, von denen nur noch die Köpfe aus dem Wasser ragten. „Sind das deine Freunde?"

Jan kam näher. „Woher weißt du das?"

„Ich habe gesehen, wie ihr gestern gemeinsam ins Meer seid."

Er spürte, wie seine Wangen glühten. „Tauchen ist nicht mein Ding."

„Ich beschränke mich auch aufs Schnorcheln." Beiläufig deutete er zum nächstliegenden Bungalow. Seine Schnorchelmaske lag auf dem Verandatisch und seine Flossen lehnten gegen den Holzstuhl.

„Wir können uns ja mal zusammen amüsieren." Klang das frivol? Ja, das tat es, stellte Jan fest und spürte, dass das Ziehen in seiner Hose stärker wurde.

Aber es war Andrés Kopf, der hochrot wie ein Streichholzkopf anlief.

Rasch fügte Jan hinzu: „Meine Jungs tauchen fast nur noch, weil sie unseren Urlaub bestmöglich ausnutzen wollen."

Andrés Blick glitt tiefer und blieb an der Auswölbung in Jans Hose kleben. Schweiß perlte von seiner Stirn, dabei war es im Schatten nicht so brütend heiß wie in der Sonne, sondern dank der Brise angenehm warm.

Er schaute verstohlen zu seiner Freundin und kam dann zu Jan. „Maja hat Angst vor den Fischen und kommt daher nicht mehr zum Schnorcheln mit. Wenn du magst, können wir nachher mal zusammen …"

Leuchteten seine Augen oder bildete sich Jan das nur ein? Zuerst dachte er, es wäre reines Wunschdenken, denn in Gedanken lag seine Hand längst in Andrés Schritt, um ihn kräftig zwischen den Beinen zu massieren. Aber dann sah André ein zweites Mal auf Jans Ausbuchtung und Jan ahnte, dass sein Gegenüber ebenfalls spürte, dass da etwas zwischen ihnen war.

Doch dann trat André einen Schritt zurück und verschränkte die Arme vor dem Oberkörper, als müsste er sich vor Jan schützen – oder vor seiner eigenen Begierde. Jan kannte das, er hatte solch ein Vor-und-Zurück schon ein paar Mal erlebt.

Er selbst hatte nie ein Problem mit seiner Homosexualität gehabt, weil er in einem offenen Elternhaus aufgewachsen war. Als seine Lust erwachte, hatte er Mädchen wie Jungen ausprobiert und bald gemerkt, dass er nur bei Männern richtig geil wurde. Außerdem hätte er sich niemals in eine Frau verlieben können. Sein Umfeld hatte das akzeptiert, weil er immer offen mit seiner Vorliebe umgegangen war und seine Eltern ihn stärkten. Aber er hatte einfach verdammtes Glück gehabt. Andere verspürten diese Neigung erst im Laufe der Jahre, vielleicht auch André. Wie alt mochte er sein? Ende zwanzig, Anfang dreißig? Und er hatte eine Freundin.

Schlechte Karten, dachte Jan zerknirscht.

Aber so schnell gab er nicht auf. „Ist das euer Bungalow?"

André nickte und zog seine Badeshorts höher. Dabei schmiegte sich der Stoff eng an seine Lenden und Jan erkannte deutlich die Wölbung, die sich abzeichnete. André merkte das und zupfte an der Hose herum, damit seine Erektion nicht zu sehen war. Er fächelte sich Luft zu und verlagerte einige Male sein Gewicht, als wäre der Sand plötzlich so heiß, dass er nicht ruhig auf einer Stelle stehen bleiben konnte.

„Kann ich eure Toilette benutzen?" Jan machte eine ausladende Geste. „Unser Bungi ist auf der anderen Seite. Du kannst auch mit reinkommen, um sicher zu gehen, dass ich nichts anrühre."

Zögerlich ging André voraus. Er guckte über die Schulter zurück, aber Maja döste immer noch in der Sonne. Nachdem er die Tür geöffnet hatte, blieb er im Türrahmen stehen. Jan schlängelte sich absichtlich eng an ihm vorbei, dabei wäre genügend Platz gewesen. Er schaute André tief in die Augen und bedachte ihn mit einem lasziven Blick.

Für einige Sekunden stand die Zeit still. Es gab nur diesen attraktiven Fremden André und ihn. Keine Insel, keine Freundin und auch keine Zweifel, dass Jan ihn nicht rumkriegen würde. Ihre Münder waren nur eine handbreit voneinander entfernt. Wie gerne hätte Jan ihn geküsst! Doch das hätte alles zerstört. André wäre geflüchtet und er selbst wieder allein gewesen. Stattdessen atmete er kräftig aus, sodass sein Atem Andrés Lippen streichelte. Dieser rieb Ober- und Unterlippe aufeinander, als würde das Kribbeln, das entstanden war, ihn kitzeln. Aber es würde nicht verschwinden, das wusste Jan. Es würde nur durch einen Kuss weggehen.

Leider war dieser Moment zu schnell vorbei. Jan schritt über die Schwelle und ging auf das Badezimmer zu. „Ich möchte, dass du dabei bist."

„Wenn du pinkelst?" André hob seine Augenbrauen.

„Bestimmt liegt der Schmuck deiner Freundin herum. Sollte etwas verschwinden, möchte ich sicher sein, erst gar nicht verdächtigt zu werden." Jan gratulierte sich selbst. Welch gute Ausrede!

Sichtlich verunsichert spähte André zum Strand. Maja rührte sich nicht. Schließlich schloss er die Tür auffällig leise, als befürchtete er, seine Freundin aufzuwecken. Als gäbe es etwas zu verheimlichen. Als drohte er aufzufliegen.

Triumphierend lächelte Jan. „Komm, ich beiße nicht."

Er trat ins Bad und schüttelte verwundert seinen Kopf. Was tat er nur? Er brachte André in eine prekäre Situation, nur weil er scharf auf ihn war. Das war alles bizarr! Er war zwar der Jüngere, aber was Homosexualität betraf, besaß er garantiert mehr Erfahrung als André.

Außerdem hatte er nun ein Problem. Wenn er erregt war, konnte er nicht pinkeln.

Er wartete so lange vor der Toilette, bis André hereinkam. Er hatte gehofft, dass André die Signale richtig deuten und langsam auftauen würde, aber dieser stellte sich vor das Waschbecken, drehte den Wasserhahn auf und gab einen Strang Waschlotion in seine Handfläche. Im Spiegel jedoch beobachtete er Jan.

Jan war sich dessen bewusst. Bedächtig schob er seine enge Badehose nach unten. Sein halb erigiertes Glied sprang heraus. Verräterisch. Jan linste zu André, der einen glasigen Blick bekam und glatt vergaß, sich die Hände zu waschen.

„Du bist ja rasiert." André klang atemlos.

„Das Wasser."

„Was?"

„Stell das Wasser ab", sagte Jan grinsend.

Irritiert sah André auf den Hahn. Dann stellte er ihn ab, wischte das Gel an seiner Hand an einem Handtuch ab und kam zu Jan. Wie gebannt schaute er auf Jans langen, dünnen Penis, der sich weiter aufrichtete, weil es ihn anmachte, so begierig angestarrt zu werden.

„Willst du ihn mal anfassen?", fragte Jan und war bemüht unschuldig zu wirken. „Die Haut ist ganz weich."

Mittlerweile konnten selbst Andrés Shorts nicht mehr die Wölbung verbergen, die unter dem Stoff wuchs. „Ich kann doch nicht…?"

„Wieso denn nicht?" Jan nahm Andrés Hand und führte sie zu seinem Glied. „Es sieht doch niemand. Wir sind alleine und ich verrate bestimmt nichts."

„Ich habe noch nie einen Mann berührt." Noch wagte André nicht, seine Finger um den harten Schaft zu schließen, aber an seiner Miene konnte Jan sehen, dass er es wollte.

„Vielleicht kommst du ja auf den Geschmack“, sagte Jan kess, „wenn du meinen blanken Schwanz anfasst.“

Er drückte Andrés Finger auf sein steifes Glied und legte seine darüber, damit André seinen Arm ja nicht wegziehen konnte, denn das hätte Jan nicht überstanden.

Es hatte ihn schon lange nichts mehr so sehr erregt wie André, der älter und so appetitlich männlich war, zu verführen. Der Gedanke, dass seine Freundin am Strand lag und nicht den blassesten Schimmer hatte, was im Bungalow unweit von ihrer Liege vor sich ging, ließ eine Ader an seinem Schaft hervortreten.

Die bittersüße Gefahr entdeckt zu werden heizte ihm ein.

Er wollte sich nicht in die Beziehung der beiden drängen. Er war sich durchaus bewusst, dass dies nur ein Urlaubsflirt war. Aber was für einer! Dies war kein Ficktreffen an einer Autobahnraststätte, kein Darkroom, in dem man sich mit Fremden traf, um abzuspritzen, sondern eine zufällige Begegnung im Paradies und Jan war die Schlange, die André verführte.

Jan schob Andrés Hand über seinen Phallus nach vorne. Selig seufzte er. Da sein unerfahrener Liebhaber nicht schreiend davongelaufen war, ließ er mutig seine Hand los. Tatsächlich zog sich André nicht zurück, sondern umfasste das Glied und rieb erneut darüber. Er presste Daumen und Zeigefinger fest um die Peniswurzel und während er zudrückte, schob er mit der anderen Hand die Vorhaut mehrmals vor und zurück, bis Jan den Kopf in den Nacken legte und stöhnte.

Unsicher schaute André ihn an.

Jan befürchtete ihn zu erschrecken, wenn er sagen würde: He, Mann, du machst das geil. Stattdessen legte er Andrés Hand an seine ebenfalls rasierten Hoden. „Die Haut ist herrlich weich, nicht wahr? Das steigert die Empfindungen.“

„Ich werde das auch mal ausprobieren.“ André knetete die prallen Säckchen durch. Er drückte seine Fingerspitzen in die Kugeln und rieb sie zwischen beiden Handflächen hin und her.

Jan fiel das Atmen schwer. „Soll ich dich rasieren?“

„Jetzt?“

„Klar.“

André zögerte, aber an seiner Miene konnte Jan ablesen, dass er nicht abgeneigt war. Er hing längst am Haken. Während er zu seiner Kulturtasche ging, um das Rasierzeug zu holen, genoss Jan den köstlichen Anblick seines nackten Oberkörper. Diese breiten Schultern, diese starken Oberarme und der leicht gebräunte Teint!

Er konnte sich nicht länger zurückhalten und ging zu ihm. Ohne lange zu überlegen, zog er ihm die Badeshorts über den Hintern nach unten.

„Hey." Verdutzt wandte sich André um. Sein steifes Glied reckte sich Jan entgegen.

Beschämt wollte er sich herumdrehen, doch Jan hielt ihn davon ab. Er hockte sich vor ihn hin und musterte Andrés Geschlecht ausgiebig, ohne es anzufassen, zumindest vorerst.

„So dicht ist dein Busch gar nicht." Jan schnupperte an den dunklen Locken. „Wie gut du riechst!"

Abwehrend legte André seine Hände auf Jans Schultern. „Wir sollten das nicht tun."

Jan schaute ihn von unten herauf an. „Wieso nicht? Es spricht nichts dagegen. Du willst es, ich will es … Hör auf nachzudenken. Man lebt nur einmal."

„Die Leichtigkeit der Jugend", brachte André gerade noch heraus, dann nahm Jan seinen Penis in den Mund und die Lust raubte ihm den Atem.

Er hielt sich am Waschbecken fest. Seine Beine zitterten. Leise stöhnte er, während Jan den harten Schaft mit seinem Speichel einseifte, die Lippen fest darauf presste und vor und zurück glitt. Er saugte an der Eichel. Dann leckte er darüber und drang mit der Zungenspitze in die Öffnung auf der Penisspitze.

„Oh, Scheiße, ist das geil!", sagte er und lachte dann, als wäre er von Sinnen, da er sich wieder bewusst wurde, dass ein Mann ihn gerade oral befriedigte.

Doch Jan erstickte jeden Zweifel im Keim, indem er Andrés Vorhaut zurückschob, an der Eichel nuckelte und gleichzeitig seine Hoden massierte, bis André Hören und Sehen verging. Andrés Lenden begannen instinktiv vor und zurück zu schaukeln, immer heftiger imitierte er den Akt. Mittlerweile kniete Jan vor ihm und hielt ihm seinen Mund einfach nur hin. André benutzte ihn, nicht absichtlich, die Lust überrollte ihn einfach. Es erregte Jan benutzt zu werden, doch noch mehr machte ihn der Gedanke an, Andrés Phallus an einer anderen Stelle in sich zu spüren.

Er löste sich von ihm und stand auf.

„Vergiss die Rasur", sagte er und zog André vom Waschbecken weg.

Stattdessen stellte er sich selbst mit dem Vorderkörper davor. Da das Becken recht niedrig war, reckte sich sein Geschlecht darüber hinweg. Er nahm eine Tube Rasiergel, gab einen Strang auf zwei Finger und cremte seinen Schließmuskel damit ein. Sein After war schon ganz heiß und prickelte vor Sehnsucht. Einige Male drang Jan mit den Fingern in seinen Anus ein. Dann griff er seine Pobacken und zog sie einladend auseinander.

„Ich kann doch nicht ..."

„Doch, du kannst", forderte Jan ihn sanft, aber bestimmt auf. „Du hast eben in meinen Mund gestoßen."

„Das mache ich bei Maja auch manchmal", verteidigte sich André, der nun Jans Rücken streichelte, sodass dieser eine wohlige Gänsehaut bekam.

„Analverkehr nicht?"

„Nein, sie findet, dass es für den Verkehr schon eine natürliche Öffnung gibt. Außerdem sei der After schmutzig."

„Schmutzig ist gut!", sagte Jan zweideutig und zwinkerte.

„Du weißt schon, wie ich das meine."

„Ich finde es geil und du auch, also tu's einfach." Jan hielt es kaum noch aus. Er liebte Schwänze und er liebte es, sie ihn sich zu spüren, die ultimative Vereinigung. Ihm war es egal, ob er genommen wurde oder selbst jemanden nahm, beides war erregend. Ihm kam es darauf an, sich mit seinem Partner so intensiv zu vereinen, wie möglich.

„Ich möchte dich wirklich nicht bedrängen", behauptete Jan, doch in Wahrheit versuchte er André zu überreden, was auch nicht besser war. „Du bist schon so weit gekommen. Mach jetzt keinen Rückzieher. Du könntest es bereuen, weil sich so eine Gelegenheit nie wieder bieten könnte. Was hält dich davon ab?"

„Die Gesellschaft ..."

Jan verstand Andrés Anspielung auf die Erziehung und Moralvorstellungen. Er hatte sich selbst damit auseinandergesetzt, als ihm klar wurde, dass er schwul war. Aber er hatte die Erfahrung gemacht, dass die Akzeptanz größer war, wenn er selbst mit seiner Neigung offensiv umging. Aber dies war weder der richtige Ort noch die richtige Zeit, um über solche tiefgreifenden Aspekte zu sprechen.

„Die Gesellschaft ist aber nicht hier. Nur ich, und ich will es auch." Er bemühte sich seinen Schließmuskel zu öffnen, wie er es mit seinem letzten Lover geübt hatte, um André zu locken.

Es funktionierte. André seufzte und salbte sein erigiertes Glied mit dem Rasiergel ein. Dann nahm er es in die Hand und führte die Penisspitze in den After ein. Bereitwillig gab der Ringmuskel nach.

„Es tut nicht weh", versicherte Jan ihm und sah Andrés Spiegelbild an. „Ich bin geübt. Mach weiter."

Mit sanftem Druck glitt Andrés Phallus tiefer. Er dehnte Jans Anus und füllte ihn immer mehr aus. Dieses sachte Drängen erregte Jan sehr. Sein Penis zuckte. Jan ließ seine Gesäßhälften los und presste sie zusammen, um mit Kontraktionen Andrés Lust zu schüren. André stöhnte laut, doch sein Stöhnen brach ab, als zwei Roomboys am Fenster vorübergingen und sich unterhielten.

Er wartete, bis sie nicht mehr zu hören waren. In der kleinen Pause streckte Jan seine Arme nach hinten. Seine Handflächen glitten suchend über den trainierten Oberkörper und fanden schließlich ihr Ziel. Er strich über Andrés Brustspitzen, rieb mit dem Daumen darüber und kniff ihn sogar sanft, worauf Andrés Glied in ihm zuckte.

Endlich fuhr André fort, er zog seinen Schaft fast vollkommen heraus, nur um ihn wieder bis zur Wurzel hineinzupressen. Langsam begann er Jan zu stoßen. Anfänglich bemühte er sich noch, sachte vorzugehen. Doch je erregter er wurde, desto kraftvoller stieß er in ihn hinein. Bald ritt er ihn in einem gleichmäßigen Rhythmus. Er rammte sich in ihn hinein, wobei er jedes Mal aufstöhnte, und zog sich schnell wieder zurück, um sofort wieder hineinzustoßen.

Jan musste sich am Waschbecken festhalten, weil Andrés Stöße immer hemmungsloser wurden. Seine Oberschenkel wurden gegen das Becken gedrückt. Andrés Hoden stießen gegen seine Kehrseite und kitzelten ihn, seine eigenen waren gerötet und so prall, als würden sie jeden Moment platzen.

Auf einmal spürte er Andrés Hände auf seinen Hüften. Eine Hand packte zu, um ihn festzuhalten, die andere glitt weiter nach vorne und legte sich um sein Geschlecht. André stieß kraftvoll in seinen After und durch den Druck wurde Jans Penis immer wieder in Andrés Faust getrieben – Ursache und Wirkung.

Das hielt Jan nicht lange aus. Er ergoss sich in hohem Bogen. Sein Sperma landete nicht im Becken, sondern auf der Armatur. Milchige Tropfen hingen träge herab, lösten sich und hinterließen dickflüssige Fäden.

Er beugte sich vor, legte seine Hände an die Außenseiten seiner Pohälften und drückte sie zusammen. Seine Gesäßhälften und sein Ringmuskel melkten André förmlich. Mit einem tiefen Grollen kam auch er. Er keuchte, als hätte er gerade einen Marathon gelaufen, und brach erschöpft über Jan zusammen.

„Scheiße, schwitze ich!" André zog seinen erschlafften Penis heraus. Während Jan zum WC ging und die Flüssigkeit aus seinem Anus laufen ließ, schüttete er sich kühles Wasser ins Gesicht.

„Wir hätten die Klimaanlage anstellen sollen", meinte Jan und presste den letzten Rest Sperma heraus. Er hätte es gerne länger in sich behalten, aber das war unter den gegebenen Umständen nicht möglich.

Plötzlich wurde die Bungalowtür geöffnet. „Schatz?" Es war Maja.

„Wir sind im Bad." André schaute Jan mit weit aufgerissenen Augen an. Dann wischte er hektisch die milchige Flüssigkeit von der Armatur.

„Ich komme sofort", rief er und seiner Stimme konnte Jan anmerken, dass er völlig aufgelöst war. Nicht nur das, sein Teint war krebsrot. Er zog seine Badeshorts an und eilte zu seiner Freundin. Am Schmatzen hörte Jan, dass er sie küsste.

„Er hat gefragt, ob er unsere Toilette benutzen darf. Es dauert wohl länger. Hab gerade Mal nachgeschaut." Leiser fügte er hinzu: „Damit er nichts mitgehen lässt."

Maja war weniger feinfühlig, sie sprach in Zimmerlautstärke, vermutlich wollte sie sogar, dass Jan hörte, was sie sagte: „Das war gut so. Man weiß ja nie. Beim nächsten Mal soll er zum Restaurant gehen. Du warst schon immer zu freundlich." Es hörte sich an, als würde sie seine Wange tätscheln.

„Meine Güte, ist das heiß hier drin." André stellte den Deckenventilator an. „Er ist jetzt fertig."

„Ich bin im Meer", sagte sie verschnupft und verließ den Bungalow wieder.

Jan drückte auf die WC-Spülung und zog seine Schwimmhose an. Müde schlurfte er durch den Wohn- und Schlafbereich zur Tür. Dort drehte er sich noch einmal zu André um. „Ich heiße übrigens Jan. Wir sind noch fünf Tage auf der Insel. Bungalow 125. Vielleicht sehen wir uns ja zufällig mal. Die Insel ist klein."

Tatsächlich sahen sie sich in den kommenden Tagen immer dann, wenn Jans Freunde auf einem Tauchgang waren. Seine Jungs wunderten sich, dass er immer strahlte, sobald sie sich zur Tauchschule aufmachten, dabei hatte er am Urlaubsanfang immer schlechte Laune bekommen, weil sie ihn allein ließen. Rein zufällig schnorchelte André, der von seiner Liege aus ja einen guten Blick auf die Einstiegsstelle der Taucher, den Steg, hatte, jedes Mal am Bungalow 125 vorbei, wenn Jan allein war.

Sie vergnügten sich täglich, aber nie in den sicheren vier Wänden, sondern genossen den Reiz der Gefahr, entdeckt zu werden.

Mal legte sich Jan mit dem Bauch ins seichte Wasser, dort wo rechts und links Büsche den Strandabschnitt schützten, und André nahm ihn anal. Er stieß hart in seine enge Öffnung, sodass Jans von der Hose geschütztes Glied immer wieder in den Sand gedrückt wurde.

Mal überraschte ihn Jan beim Schnorcheln, tauchte unter ihm ab und befriedigte ihn mit der Hand und mit dem Mund so lange, bis Andrés Beine an der Wasseroberfläche unkontrolliert zuckten und sein Sperma sich in den Indischen Ozean ergoss.

Am Abend vor Jans Abflug, kam André zu ihm. Er klopfte an der Tür von Bungalow 125, begrüßte seine Freunde und bat ihn mit an den Strand zu kommen, weil er sich ungestört von ihm verabschieden wollte.

„Ich liebe meine Freundin", sagte er und gab Jan einen Zettel, auf dem zwar nicht seine Privatadresse, wohl aber die Anschrift eines Bekleidungsgeschäfts stand, „aber ich denke, ich bin bi, das hat mich die wundervolle Zeit mit dir gelehrt. Ich weiß gar nicht, wie ich zukünftig ohne unsere Treffen auskommen soll. Wenn du rein zufällig mal in Köln bist, komm in meinen Laden, okay?"

Dann küsste André ihn und Jan war erstaunt, weil es nicht nur ihr erster Kuss war, sondern auch das erste Mal, dass André die Initiative ergriff. Sie züngelten wild unterm Nachthimmel, der in Äquatornähe so viel sternenübersäter war als in Deutschland.

Viel zu früh löste sich André von ihm und ging.

Jan setzte sich an den Strand, der von zahlreichen nachtaktiven Krabben bevölkert war. Er vergrub seine Finger im Sand. Das warme Wasser umspielte seine Füße. Er lachte den Mond an und wusste, dass er André wiedersehen würde – rein zufällig natürlich – denn er fing im nächsten Monat sein Wirtschaftsinformatik-Studium an der Universität Köln an.

Sandra Henke

Sandra Henke hat mit ihren Romanen bereits vielfach Amazon-Bestsellerpositionen erklommen. Der Roman "Loge der Lust" ist sowohl 2007 und 2008 einer der erfolgreichsten Erotikromane deutschlandweit und gilt inzwischen als ein Klassiker des Genres. Ihre erotischen Bücher handeln von dominanten Vampiren, romantischen Erziehungsspielen in Japan und Krimihelden, die undurchschaubar und genauso unwiderstehlich sind. Eine spannende Handlung liegt der Autorin ebenso am Herzen wie ein starkes Knistern zwischen Held und Heldin und abwechslungsreiche, nicht alltägliche Erotikszenen, die von sexueller Selbstfindung berichten. Sie ist Mitglied im Verband deutscher Schriftsteller.

www.SandraHenke.de

Gefährten der Nacht

von Verena Rank

London, im Jahre 2186

Die sonst bernsteinfarbenen Augen des Anführers glühten rot auf, ein bedrohliches Knurren drang aus seiner Kehle. „Du wirst gefälligst hier bleiben und warten, bis die anderen zurück sind!" Nicolas wollte Gideon am Arm zurückhalten, er riss sich jedoch los und wandte sich der Steintreppe zu, die an die Erdoberfläche führte.

„Hör auf, Nicolas, ich brauche keine verdammten Kindermädchen!"

„Du sturer Bastard!" Nicolas schnaubte. „Ich habe es satt, dass du dich ständig meinen Befehlen widersetzt! Sollen sie dich doch in Stücke reißen, dann kannst du deinem Bruder in der Hölle Gesellschaft leisten. Du bist genauso ein Idiot wie er es war!"

Gideon hielt inne. Sein Atem beschleunigte sich und seine Schultern bebten. Die Wut ließ seine Reißzähne länger werden, sein Puls pochte gegen die Schläfen. Er wirbelte herum und packte Nicolas am Hemdkragen. „Wage es nicht, so von Darius zu sprechen", fauchte er. „Er wurde hinterhältig ermordet und ich werde jeden einzelnen Seelenlosen, der meinen Weg kreuzt, abschlachten, wie diese Monster es mit meinem Bruder getan haben. Ich werde Darius rächen. Und wenn ich es mit meinem unsterblichen Leben bezahlen muss."

Nicolas packte ihn an den Handgelenken und stieß ihn fort. „Du bist einer unserer besten Krieger, aber ein Dummkopf, wenn du glaubst, du könntest es alleine mit ihnen aufnehmen!" Seine Augen waren zu gefährlichen Schlitzen verengt, seine Fänge blitzen zwischen den halb geöffneten Lippen hervor.

„Leck mich, Nicolas!" Mit ein paar Sätzen schnellte Gideon die Stufen empor, öffnete die schwere Eisentür und sprang ins Freie. Er sog die Nachtluft ein und blickte sich in der düsteren Einsamkeit um. Das Land war tot – wie viele seiner ehemaligen Bewohner. Die Menschen hatten es vor fünfunddreißig Jahren tatsächlich geschafft, sich mit Atombomben selbst in die Luft zu jagen. Diejenigen, die überlebt hatten, hausten seitdem im weit verzweigten Netz der

Londoner Underground, in verrosteten Wagons und Kellern. Doch auch hier unter der Erde lauerte der Tod, denn nur das Blut der Menschen konnte das Überleben der Blutsauger sichern. Der Krieg um den begehrten roten Nektar zwischen verschiedenen Vampir-Clans beherrschte das Land seit der Zerstörung der Erdoberfläche. Die Vorräte waren ausgeschöpft, der Feind lauerte an jeder Ecke.

Gideon genoss es, allein zu sein. Seit Darius' Tod war nichts mehr wie vorher. Ohne ihn schien alles sinnlos und leer. Nacht für Nacht begab sich Gideon unermüdlich auf seinen Rachefeldzug gegen die Mörder seines Bruders: Seelenlose. Man nannte sie auch den *Weißen Tod,* denn ihre Pupillen und auch die Iris waren weiß wie Schnee. Sie waren abtrünnige Vampire, die mit grausamster Brutalität und ohne Erbarmen mordeten. Ihre Verwandlung war hervorgerufen worden, nachdem sie sich im Blutrausch von Leichen genährt und dabei ihre Seele eingebüßt hatten. Diese Monster mussten vernichtet werden, damit das Leben der Menschen und somit auch das der Vampire gesichert war.

Lautlos glitt Gideon durch die Dunkelheit. Das einst stolze und schöne London war eine Ruinenstadt. Gideons Ziel war das halb verfallene Fabrikgebäude, in dessen Kellern sein Bruder bestialisch ermordet wurde.

Als er durch die zerbrochene Glastür schlüpfte und das Innere des Gebäudes betrat, spürte er die Bedrohung bereits nach wenigen Schritten. Sollten sie doch kommen, diese elenden Bastarde, er war bereit. Die riesige Eingangshalle bot keinen ausreichenden Schutz, zum Umkehren war es zu spät.

Darius' letzte Worte, als sie ihn im Sterben liegend fanden, schwirrten erneut in Gideons Kopf umher: *Mein Tod wird nicht umsonst gewesen sein, denn genau hier an diesem Ort wirst du dein Glück finden. Hier wird sich dein Schicksal entscheiden, mein Bruder. Und zögere nicht, denn du wirst das Richtige tun.*

Darius war ein „Seher", in Visionen hatte er in die Zukunft geblickt, doch aus seinem letzten Satz wurde Gideon nicht schlau.

„Mein Schicksal ...", murmelte er, als er einen Luftzug im Nacken spürte. Er konnte den Seelenlosen riechen, der süßliche Gestank von Tod und Verwesung war widerlich. Er wirbelte herum und zog das Schwert, doch sein Angreifer riss ihn bereits zu Boden. Gideon gelang es, ihm die Klinge in die Seite zu rammen. Der Seelenlose stieß ein Brüllen aus, bohrte seine scharfen Reißzähne in Gideons Schulter und riss ihm eine tiefe Wunde ins Fleisch. Gideon schrie auf, der Schmerz raubte ihm für einen Moment die Sinne. Sein Angreifer bebte vor Zorn und bäumte sich auf. Gideon nutzte die Gelegenheit, rollte sich zur Seite und sprang mit einem Satz zurück. Der Weiße Tod erhob sich ebenfalls. Er war fast zwei Meter groß, in der rechten Faust hielt er eine schwere Eisenstange umklammert. Bis auf die toten, weißen Augen glich er einem gewöhnlichen Vampir.

Gideon fletschte die Fänge. „Na komm schon, du elender Bastard! Wir werden sehen, wer der Stärkere von uns beiden ist!"

Der Seelenlose verzog seine Lippen zu einem schiefen Grinsen, seine Antwort war ein grollendes, tiefes Lachen, das an den Mauern widerhallte. Der Kerl war offenbar kein Freund großer Worte.

Eric hielt sich im Verborgenen und beobachtete den Kampf mit einer Mischung aus Ungläubigkeit und Neugierde. Der fremde Vampir kämpfte mit einer Verbissenheit und Stärke, die zu bewundern war. Schon allein die Eleganz mit der er sich bewegte und auswich, als die schwere Eisenstange den Steinboden neben ihm zu Brei schlug, ließ Erics Herz schneller schlagen. Das lange blonde Haar flatterte wild, als er sich dabei umdrehte und einen Kampfschrei ausstieß. Eric rief sich in Erinnerung, dass der tapfere Kämpfer einem fremden Clan angehörte und ebenso sein Feind war wie der Seelenlose. Ihm stockte der Atem, als das Monster erneut die Oberhand erlangte und sich auf den Blonden warf. Dieser hatte sein Schwert verloren, die Verletzung an der Schulter blutete stark. Erics Puls begann zu rasen und das Blut rauschte in seinen Ohren, als er den metallenen Geruch des begehrten Lebenssaftes wahrnahm. Im nächsten Moment sauste die Eisenstange erneut hernieder, doch der Vampir konnte gerade noch den Kopf wegziehen. Der Seelenlose riss den Mund auf und neigte sich hinunter, um zuzubeißen.

Gideon erwartete den Tod, als sein Gegner plötzlich wild aufbrüllte und von ihm abließ. Die weißen Augäpfel quollen hervor, der Mund stand weit offen, erneut hob er die Eisenstange, ließ sie jedoch kraftlos wieder sinken. Ungläubig stierte er hinunter auf seine Brustmitte, aus der eine Schwertspitze ragte. Das Blut des durchbohrten Herzens sprudelte aus der Wunde, ein gurgelndes Geräusch löste sich aus seiner Kehle. Im nächsten Moment tauchte eine Gestalt hinter ihm auf, Gideon keuchte überrascht.

„Geh zurück!", rief ihm der fremde Vampir zu, während er sein Schwert aus dem Körper des Seelenlosen zog. In der anderen Hand hielt er Gideons Waffe. Gideon kroch rückwärts und sprang auf, als der Vampir beide Schwerter hob, sie in der Luft kreuzte und dem Monster den Kopf abhieb. Während der Schädel hinunterfiel und über den Steinboden rollte, krachte der Torso nach vorne und zuckte noch ein paar Sekunden. Benommen musterte Gideon seinen Retter, der die beiden Klingen lässig an seiner schwarzen Lederhose abwischte. Es waren seine Augen, die ihm als Erstes auffielen. Trotz der Dunkelheit schimmerten sie in einem intensiven Smaragdgrün. Die Art, wie er sich bewegte, glich der Anmut einer Raubkatze; die dichten schwarzen Haare, die ihm bis weit über die Schultern reichten, fielen ihm wirr ins Gesicht. Ohne Frage war er sehr attraktiv, stark und mächtig.

„An deiner Stelle würde ich mich nicht allein hier herumtreiben, die Zeiten sind unsicher und gefährlich ... auch für Vampire", sagte er überheblich, während er langsam auf Gideon zukam.

„Du bist aber nicht an meiner Stelle", konterte Gideon und wich zurück. Er stieß mit dem Rücken gegen die Wand, der andere Vampir stellte sich so nahe vor ihn, dass sich ihre Nasenspitzen fast berührten.

„Ist das die Art, mir zu danken, dass ich deinen Arsch gerettet habe?", fragte er arrogant.

„Ich habe dich nicht darum gebeten."

„Ich hatte ohnehin noch eine Rechnung mit ihm offen." Der Schwarzhaarige deutete mit einem Kopfnicken auf die Leiche des Seelenlosen und musterte Gideon. „Außerdem ... lass ich mir ungern mein Abendessen wegnehmen. Mir ist zwar Menschenblut lieber, aber wenn du schon einmal hier bist ..."

Gideon schnaubte verächtlich. „Wir werden sehen, wer hier wessen Abendessen sein wird."

Ein Grinsen zuckte um die Mundwinkel des Fremden. „Dann

wirst du kämpfen müssen!", rief er herausfordernd, trat zurück und warf Gideon sein Schwert zu. Gideon griff ohne Umschweife an. Die Klingen trafen sich über ihren Köpfen und verharrten einen Augenblick, bebend und Kräfte messend. „Du bist gut Blondie ... aber nicht gut genug!" Gideons Klinge wurde mit Schwung niedergedrückt, doch er duckte sich, wich zur Seite und machte einen Satz zurück. Dann sprang er erneut vor, die Schwertspitze auf das Herz seines Gegners gerichtet. Dieser jedoch war vorbereitet und holte zum Gegenschlag aus. Die Wucht des Angriffs riss Gideon die Waffe aus der Hand, die klirrend über den Boden schlitterte.

„Na? Noch immer so mutig?", neckte der arrogante Vampir, ein süffisantes Grinsen auf den Lippen. Warum klopfte Gideons Herz in rasendem Stakkato? Er verspürte niemals Furcht, würde sogar dem Tod ins Auge sehen, ohne mit der Wimper zu zucken. Er schüttelte den Kopf, als wollte er die Gedanken hinausschleudern.

„Ich brauche keine Waffen", zischte er zur Antwort und präsentierte dem anderen seine Fänge. Dieser hob eine Augenbraue, schien sich zu amüsieren.

„Was? Hast du vor, mir deine hübschen Beißerchen durch das Herz zu stoßen?"

Gideon ließ sich nicht verunsichern und griff mit bloßen Händen und gefletschten Fängen an. Blitzschnell packte er die Handgelenke seines Gegners, ihre Körper prallten gegeneinander und sie stürzten zusammen zu Boden. Gideon landete auf einem harten, muskulösen Körper, ihre Gesichter waren nur wenige Zentimeter voneinander entfernt.

„So viel Leidenschaft hätte ich dir gar nicht zugetraut", hauchte der fremde Vampir provokant, doch im nächsten Moment erstarrte er und blickte Gideon völlig fassungslos an.

Eric durchfuhr das Gefühl wie ein Blitz, vollkommen unerwartet. Das Schwert entglitt seinem Griff. Der blonde Vampir war schön und zog ihn auf mysteriöse Weise an. Eric hatte sofort gespürt, dass er etwas Besonderes war. Doch das was er jetzt empfand, war übermächtig. Und er wusste sofort, was es bedeutete. Sein Gegenüber presste ihm die Handgelenke in den kalten Steinboden und setzte sich auf. Erics Herz schlug schneller, doch er spielte den Coolen und hob lasziv das Becken. „Ja, so mag ich es noch lieber."

„Halts Maul, Bastard!“, kam die Antwort mit heiserer Stimme, was Eric ein Schmunzeln entlockte.

„Nenn mich ruhig Eric.“

Der Blonde schüttelte irritiert den Kopf, sein Griff lockerte sich. „Was?“

Eric nutzte den Moment der Unaufmerksamkeit seines Gegners, packte ihn an den Unterarmen und wirbelte herum, sodass er jetzt auf ihm saß. Der schöne Vampir keuchte, als sich Erics Oberschenkel wie ein Schraubstock an seine Hüften drängten. Er neigte sich zu ihm hinunter.

„Mein Name ist Eric und du bist viel zu heiß, um dich nur auszusaugen, Blondie“, hauchte er ihm ins Ohr und biss leicht hinein.

Gideon fegten heiße und kalte Schauer über den Rücken, was hatte dieser Bastard vor? „Nenn ... mich nicht Blondie“, stieß er kurzatmig hervor. „Mein Name ist ... Gideon.“ Was zum Teufel hatte ihn dazu gebracht, ihm seinen Namen zu nennen? Gideon konnte keinen klaren Gedanken fassen, schon allein die raue Stimme des anderen und sein betörender Duft verwirrten ihm die Sinne.

„Gideon ... wie schön.“ Erics grüne Augen durchbohrten ihn, sein langes Haar streifte Gideons Wange. „Was hast du nur an dir, dass ich es verdammt noch mal nicht vermag, dich zu töten?“, wisperte er.

Gideon schluckte und wollte sich losreißen. Erst jetzt nahm er die Schmerzen an seiner Schulter richtig wahr und stöhnte auf.

„Du bist verletzt.“ Eric neigte den Kopf und leckte über die blutende Wunde. Ein erregtes Knurren entrang sich seiner Kehle, während er den heilenden Vampirspeichel auf der verletzten Haut verteilte.

Gideon wollte zurückweichen, doch seine Gegenwehr fiel so schnell zusammen wie ein Kartenhaus im Wind. Er fühlte, wie seine Verletzung heilte, doch er spürte auch eindeutig Erregung. Sein Kopf fiel in den Nacken, ein leises Stöhnen kam über seine Lippen. Wenn es nicht so absurd wäre, dass dieser fremde Vampir tatsächlich ... Gideon konnte den Gedanken nicht zu Ende führen, denn Eric begann seinen Hals zu küssen. Für einen Moment schienen sich beide in ihrer plötzlich aufkommenden Leidenschaft zu verlieren. Als Erics Atem jedoch schleppender wurde und Gideon scharfe Fänge an seiner Haut spürte, kam er zur Besinnung, stieß den anderen hart von sich und sprang auf.

„Lass deine dreckigen Klauen von mir, du elender Bastard!“

Eric erhob sich schwankend, in seinen Augen lag ein merkwürdiges Funkeln. „Du … du spürst es auch, hab ich Recht?“

Gideon schüttelte heftig den Kopf. „Ich weiß nicht, was du meinst“, gab er keuchend zurück.

„Oh doch, das weißt du. Wir Vampire wissen es innerhalb von Sekunden, wenn es so ist.“ Erics Stimme klang plötzlich viel sanfter. In seinem Blick lag etwas Sehnsuchtsvolles, als er Gideon sein Schwert zurückgab. „Wir sehen uns wieder, mein Schöner, schon sehr bald, denn unser Schicksal ist besiegelt.“ Er zögerte kurz und entschwand dann in die Nacht, genauso schnell und lautlos, wie er aufgetaucht war. Gideon stand einige Sekunden wie versteinert da, das schöne Gesicht und die Augen des anderen Vampirs noch immer vor sich.

Mein Tod wird nicht umsonst gewesen sein, denn genau hier an diesem Ort wirst du dein Glück finden. Hier wird sich dein Schicksal entscheiden, mein Bruder. Und zögere nicht, denn du wirst das Richtige tun.

Gideon fasste sich an die Brust, dort wo sich sein Herz gerade überschlug, und schüttelte benommen den Kopf. Natürlich hatte er es gespürt, intensiver als jedes Gefühl zuvor. Dieser Ausdruck in den grünen Augen brannte sich in sein Gehirn, gleich einem glühenden Eisen. Gideon verspürte auf einmal eine Verbundenheit, die so stark war, dass es seinen Herzschlag beschleunigte. Sein Vampirinstinkt sagte ihm, dass er Eric bald wiedersehen würde. Und er behielt Recht. Allerdings fand diese Begegnung nur in seinem Traum statt:

Eric kam aus dem Nichts und schritt auf Gideon zu. Er war wunderschön, ein dunkler Engel der Finsternis. Sein schwarzer Ledermantel betonte die breiten Schultern. Er hielt inne und streckte seine Hand nach Gideon aus. In seinen strahlendgrünen Augen glitzerten pures Verlangen und Zuneigung.

„Gideon“, wisperte er. „Du musst es doch auch gespürt haben? Mein Gefährte. Die Zeichen waren unverkennbar.“

Gideon war wie paralysiert. Je mehr er Eric anstarrte, desto stärker fühlte er es in seiner Brust pochen und schmerzen. Ein Schmerz, der so groß war, dass er glaubte, daran zugrunde zu gehen, wenn er nicht sofort etwas dagegen unternahm.

„Aber ... das ist nur ein Traum", flüsterte er zweifelnd, während er wie in Trance seine Hand hob.

„Natürlich ist es das", antwortete Eric. „Aber wir werden uns finden. Bald. Unsere nächste Begegnung soll unser Schicksal besiegeln, vertraue mir." Er umschloss Gideons Hand mit der seinen und zog ihn an seine Brust. Gideon durchströmten wohlige Schauer, als er Erics Lippen an seinem Ohr spürte. „Wenn du es zulässt, werde ich dir zeigen, wie sehr ich mich nach dir verzehre."

Gideons Puls schoss in ungeahnte Höhen. Er verspürte den unbändigen Wunsch, Eric zu küssen.

„Ich möchte deine süßen Lippen kosten ..." flüsterte dieser, als hätte er Gideons Gedanken gelesen. Gideon fühlte ein Verlangen in sich aufsteigen, das seinen Körper mit einer Wucht erfasste wie nie zuvor. In seinem Unterleib loderte das Feuer der Begierde, die Hitze versengte seinen Verstand. Er brachte lediglich ein Nicken zustande. Eric küsste ihn zuerst vorsichtig, fast scheu, doch schnell wurde der Kuss wild und unbeherrscht. Ihre Zungen fochten einen Kampf aus, der Gideons Sinne vernebelte und sein Blut zum Kochen brachte. Sie klammerten sich aneinander wie im Rausch. Doch plötzlich hielt Eric inne und wich zurück. Im nächsten Moment zuckte sein Körper und ein erstickter Laut entwich seiner Kehle. Vor Entsetzen wie gelähmt, entdeckte Gideon den Blutfleck auf Erics Hemd, der sich rasch ausbreitete und den Stoff dunkelrot färbte.

„Gideon ... hilf mir." Eric blickte ihn flehend an. Als Gideon die Hand nach ihm ausstreckte, sah er, dass an seiner Hand Blut klebte – Erics Blut.

Gideon fuhr auf und rang nach Atem. Seine Kehle fühlte sich an, als würde jemand einen Strick darum festzurren, Übelkeit stieg in ihm hoch und sein Herz raste. Ihm war sofort klar, dass seine nächtliche Vision eine größere Bedeutung hatte.

Erics Brust bebte unter seinen heftigen Atemzügen. Blut lief über seine Brust, die Schmerzen raubten ihm fast die Sinne. Seine Angreifer hielten ihn mit brutaler Gewalt zwischen ihren Körpern gefangen. Der eine Vampir bohrte ihm die Reißzähne in den Nacken, ein anderer hielt die Fänge in seiner Kehle verbissen. Ein dritter zerrte erbarmungslos an seinem Haar und lachte gehässig auf. Eric fühlte, wie sein unsterbliches Leben aus seinem Körper wich, spürte wie er schwächer wurde. Plötzlich jedoch begann sein Vampirherz wild zu schlagen und sein Blick richtete sich nach vorne. Gideon. Seine türkisfarbenen Augen schienen ausdruckslos und ohne jegliche Gefühlsregung.

„Sieh mal, was wir hier für einen Leckerbissen haben! Los Gideon, zeig es diesem Schwein! Ramm ihm das Schwert in die Brust und hol ihm die Eingeweide heraus!", zischte einer seiner Peiniger und spuckte auf den Boden zu Erics Füßen.

Langsam hob Gideon seine Waffe und kam auf Eric zu. In dem vor Hass verzerrten Gesicht erkannte Eric nichts mehr, das an seinen schönen Gefährten erinnerte.

„Schlachte ihn ab, Gideon! Worauf verdammt noch mal wartest du?"

Die anderen wichen zurück und blickten Gideon abwartend an. Eric konnte sich kaum noch auf den Beinen halten. Im nächsten Moment sprang Gideon nach vorne und packte ihn an der Schulter. Eric taumelte nach vorne und sackte zusammen. Er hatte keine Kraft mehr, kaum noch Blut in seinen Adern. Als er aufblickte, sah er verschwommen, wie Gideon ausholte, dann umfing ihn der schwarze Umhang der Bewusstlosigkeit.

Die Klinge sauste ein paar Mal durch die Luft. Seine Opfer traf er völlig unvorbereitet und innerhalb von Sekunden. Gideon ließ den dreien keine Chance für irgendeine Reaktion. Er brüllte seinen Zorn hinaus, Blut spritzte ihm ins Gesicht. Dann herrschte für einige Momente völlige Stille.

Heftig atmend blickte Gideon auf die abgetrennten Köpfe am Boden, Schwindel und Übelkeit überfielen ihn. Und doch war er noch nie in seinem verfluchten, ewigen Leben so sicher gewesen, das Richtige getan zu haben.

Er würde seinen Gefährten verteidigen – auf Gedeih und Verderb.

Schwer atmend, mit schmerzenden Lungen, sank Gideon neben Eric zu Boden und zog ihn in seine Arme. Er spürte ihre Verbindung stärker denn je. Diese Bastarde hatten Eric beinahe bis auf den letzten Tropfen ausgesaugt, er zeigte kaum mehr ein Lebenszeichen. Ohne zu zögern biss sich Gideon in das Handgelenk und ließ das hervorquellende Blut auf Erics Lippen tropfen.

„Gleich wird es dir besser gehen, Liebster", wisperte er, sein Herz hämmerte hart gegen seinen Brustkorb. Einige nicht enden wollende Momente geschah nichts, dann jedoch fing Eric an, sich über die Lippen zu lecken. Endlich öffnete er den Mund und stöhnte leise, als das Blut seine Zunge benetzte. Gideon atmete erleichtert auf, als Eric nach seinem Unterarm griff und ihn gegen seinen Mund presste.

„Trink langsam Eric ... langsam", stieß Gideon angestrengt hervor, der Schmerz raubte ihm beinahe das Bewusstsein. Zugleich war es ein erregendes Gefühl zu spüren, wie sich ihr Blut vermischte und ihre Herzschläge pochend vereinten, bis sie schließlich im gleichen Takt schlugen. Eric wurde immer gieriger, war wie besessen. So überwältigend das Gefühl auch war, Gideon musste es beenden, bevor er selbst zu schwach wurde. Er zog seinen Arm fort, worauf Erics Kopf zurücksank. Gideon leckte über seine Wunde, um sie zu verschließen, und versuchte seine Atmung unter Kontrolle zu bringen.

Nach einer Weile öffnete Eric blinzelnd die Augen. „Warum ... hast du das getan?" Seine Kraft kam rasch zurück, Gideons Blut haftete an seinen schönen Lippen und die grünen Smaragde musterten ihn fragend. Gideon sah die Hoffnung in seinen Augen, konnte in seinen Gedanken lesen, wie sehr ihn der andere begehrte. Im nächsten Moment riss er Eric an seine Brust und küsste das schwarze, duftende Haar.

„Du ... weißt warum. Mein Gefährte." Die Spannung zwischen ihnen war zum Zerreißen. Gideon verlor sich in Erics grünen Augen wie ein Schiffbrüchiger in den unendlichen Tiefen des Ozeans. Blut sickerte aus einer Wunde an seiner Stirn. Es machte ihn noch attraktiver, noch begehrenswerter.

„Und ... was jetzt, großer Krieger?" Eric befeuchtete seine Lippen, fixierte Gideons Mund. Ohne sich weiter darüber Gedanken zu machen, küsste ihn Gideon hart und verlangend. Eric stöhnte überrascht auf, schlang die Arme um Gideons Nacken und erwiderte den Kuss voller Leidenschaft. Dann strich er ihm zärtlich eine Strähne aus der Stirn. „Ich begehre dich seit unserer ersten Begegnung, Gideon. Und nun hast du mich gerettet, gehörst zu mir, das ist uns vorherbestimmt."

Gideon liefen heiße und kalte Schauer über den Rücken und er keuchte auf.

„Komm mit." Eric nahm Gideons Hand. Sie hasteten durch unterirdische, wild verzweigte Gänge und Katakomben, doch Eric schien genau zu wissen, wohin er wollte. Gideon hielt Erics Hand fest umklammert und beobachtete seinen stolzen, schönen Gefährten. Er wusste, dass er nirgendwo sonst sein wollte als an seiner Seite. Ihre Verbindung war stark und unwiderruflich.

Irgendwann öffnete Eric eine schwere Tür und sie standen in einem kleinen Zimmer. Es war schlicht eingerichtet, ein Schrank, ein Tisch mit zwei Stühlen, ein Bett. An der Wand befanden sich ein paar Fackeln, die Eric entzündete.

Gideon schloss die Tür und schob den Riegel davor. „Wo sind wir?"

Eric wandte sich zu ihm um, sein Anblick war atemberaubend. Das zerfetzte Hemd erlaubte einen Blick auf seine muskulöse Brust, das schwarze, dichte Haar umrahmte sein bleiches Antlitz. Gideon prägte sich jedes Detail seines schönen Gesichtes ein. Die grünen Augen, die schön geschwungene Nase und seine wundervollen Lippen.

„Keine Angst, hier sind wir ungestört. Niemand wird dir Leid zufügen, denn ich bin das Oberhaupt unseres Clans und du bist mein Gefährte." Erics Stimme klang so sinnlich und erotisch, dass es in Gideons Lenden zu kribbeln begann.

„Du bist verletzt. Lass mich deine Wunden lecken", antwortete er zittrig. Sanft legte er seine Handflächen auf Erics Brust und streifte ihm die Reste seines zerfetzten Hemdes von den Schultern. Als er die Lippen auf Erics Hals setzte, warf dieser den Kopf in den Nacken, ein zischender Laut löste sich aus seiner Kehle. „Du schmeckst gut", raunte Gideon, während seine Zunge Erics Wange hinaufglitt und anschließend das Blut an der Stirnwunde wegleckte. Wohlig seufzend strich Eric Gideons Rücken hinauf, verweilte kurz in seinem Nacken und vergrub die Finger schließlich in seinem Haar. Gideon keuchte in den Kuss, ihre Zungen spielten miteinander, gierig und unersättlich. Als er Erics hartes Geschlecht an seinen

Lenden spürte, stöhnte er matt auf. Wie konnte man jemanden so sehr begehren, dass es einem schier die Luft zum Atmen nahm? Dass es regelrecht schmerzte? Sie fielen zusammen auf das Bett, Eric öffnete die Knöpfe von Gideons Hemd, neigte sich hinunter und bedeckte seinen Oberkörper mit unzähligen Küssen. Dann streifte er ihm die Hose ab.

„Entspann dich, Gideon ...“, sagte er mit rauer Stimme. Um Gideon herum drehte sich alles, er ließ sich fallen in den verzauberten, überwältigenden Moment der völligen Hingabe. Als er Erics heißen Atem in seinem Schoß spürte, stieß er ein Keuchen aus, während sein Kopf nach vorne schoss. Eric leckte zuerst über die glänzende Spitze, bevor sich sein heißer Mund um Gideons pochende Erektion schloss. Die grünen Augen seines Gefährten waren zu schwarzen Löchern geworden, in denen Begierde und Leidenschaft schimmerten. Aus Gideons Kehle drang ein heiserer Schrei, während sein Kopf zurück in das Kissen fiel und er seinen Unterleib aufbäumte. Mit einer Hand tastete er nach Erics langem Haar und klammerte sich an eine dicke Strähne, als wäre sie sein rettender Strick. Die Liebkosungen seines Geliebten züngelten wie Flammen an Gideons Haut, ein Feuer, in dem er niemals verbrennen würde. Seine Beine zitterten, als Eric nach einer Weile von ihm abließ, um sich der Reste seiner Kleidung zu entledigen. Endlich konnte Gideon seinen vollkommenen, muskulösen Körper sehen, seine gewaltige Erektion. Eric legte sich zu ihm, küsste ihn heiß und innig. Zärtlich bedeckte er Gideons Hals mit unzähligen Küssen und kleinen, harmlosen Bissen. Gideons Pulsschlag pochte wild. In seiner Ekstase biss er sich auf die Lippen, bis das Blut rann. Als sich Erics harte Männlichkeit in ihn versenkte, erschien es Gideon, als würde er nicht nur in seinen Körper eindringen, sondern auch bis in die tiefsten Abgründe seiner Seele. Erics Atmung beschleunigte sich, als er Gideon das Blut von den Lippen leckte. Gideon krallte seine Fingernägel in den Rücken seines Geliebten.

„Nimm mein Blut ... nimm es!“, keuchte Eric flehend, sein ganzer Leib bebte im Gefühlsrausch. Er wurde immer wilder, fasste zwischen ihre erhitzten Leiber und umschloss Gideons hartes Geschlecht mit der Faust. Gideon stöhnte unbeherrscht auf, zögerte noch kurz und schlug dann seine Fänge in Erics Kehle. Er schluckte gierig, bereits nach wenigen tiefen Zügen pulsierte sein gesamter Körper, dann wurde er von einem überwältigenden Orgasmus erfasst. Die Wucht dieser Energiewelle erschütterte den Raum und löschte die Fackeln an der Wand. Eric folgte ihm augenblicklich und schrie befreit auf.

Als die Beben nachgelassen und sie sich einigermaßen gefangen hatten, leckte Gideon über die Wunde an Erics Hals, um die Blutung zu stoppen. Ihre Verbindung war endgültig besiegelt, sie waren unwiderruflich miteinander verschmolzen. Eng aneinander gedrängt, ihre Lippen noch immer wie zum Kuss vereint, schliefen sie in den frühen Morgenstunden ein. Die Ewigkeit konnte warten …

Verena Rank

Homepage der Autorin:
www.verena-rank.de

Weitere Veröffentlichungen im Dead Soft Verlag:

Gefangen im Zwielicht – Ein romantisch-erotischer Vampirroman,
ISBN: 978-3-934442-46-7

Mann sein – oder nicht sein

von Justin C. Skylark

Er betrachtete die beiden Männer wehmütig. Wie gerne hätte er mitgemacht bei ihrem Liebesspiel. Oder einfach nur zugesehen. Doch konnte er in den Fernseher hineinkriechen? Ende der Vorstellung. Er machte den Videorekorder aus.

Best Gay Sex – er kannte das Tape schon in- und auswendig, und was hatte es ihm gebracht?

Es war Samstagnacht. *Gay Fever* – genau da wollte er hin und tat alles dafür seinem Idol, einem bekannten englischen Sänger, ähnlich zu sehen.

Er quetschte sich in das engste Oberteil, was er besaß. Viel hatte er nicht zu kaschieren, doch genug, um im kritischen Fall sein biologisches Geschlecht identifizieren zu können.

Heute sollte das anders sein!

Er stieg in eine enge, schwarze Cordhose und zog ein ebenso schwarzes Hemd dazu an. Er schlüpfte in die dunklen Schuhe, die ein extradickes Profil besaßen. Danach war er immer noch klein, aber mit diesen Schuhen deutlich größer als sonst.

Er hatte noch nie so viele Komplimente bekommen, wie für seine Augen – aber die waren weiblich, grüne Katzenaugen. Viel zu lange Wimpern. Er umrandete sie trotzdem schwarz.

Dazu hüllte er seinen Oberkörper in eine schwarze Plüschjacke. Die Jacke reichte nur bis zur Taille, die schlank und knabenhaft war. Da war er sogar ein wenig stolz drauf.

Das Haar wurde etwas sorgfältiger als sonst gestylt, dann löschte er das Licht im Wohnzimmer. Aus Versehen stieß er gegen die Videohülle. Er atmete tief durch. Sollte er es wirklich wagen *so* wegzugehen?

Sollte er sich einreden, er sei jemand anderes? Vielleicht einer von ihnen?

Oh, er hasste diese Tage, an denen es über ihn hereinbrach wie ein Gewitter, an denen er heulend in der Ecke saß und sich nichts sehnlicher wünschte, als ein Mann zu sein!

Sein Name war Brettley…

Er rauchte noch eine Zigarette, dann fuhr er los.

Nervös drehte er an seinem Augenbrauenpiercing und hörte auch schon wieder auf damit. Das war eine blöde Geste, albern!

Prüfend war sein Blick. Es waren nur Männer dort. Manche saßen ganz eng aneinander und knutschten, sodass er ganz neidisch wurde. Und dann sah er ihn!

Er war groß und schlank mit schwarzen Haaren. Sein Gesicht war hübsch. Er hatte wundervolle Wangenknochen, kantig und dennoch weich. Eine ganze Weile starrten sie sich an.

Verlegen sah Brettley weg, als der junge Mann plötzlich neben ihm stand und ihm auf die Schulter klopfte. Grünblaue Augen sahen ihn an.

„Hallo", sagte der Fremde. Er lächelte. Sie hatten fast dieselbe Frisur. Hinten kurze Stufen und vorne lange Strähnen.

Brettley starrte ihn immer noch an. Er musste es einfach tun, denn sein Gegenüber war ganz nach seinem Geschmack.

„Hi", sagte er demzufolge. Es klang oberflächlich. Kein Wunder, dass ihn einige für arrogant hielten.

„Du siehst genervt aus", bekam er zu hören. „Gefällt es dir hier nicht?"

„Oh, doch!" Brettleys Stimme wurde mutiger. Er hätte vielleicht etwas langsamer antworten sollen, denn dann wäre seine Stimme dunkler gewesen. „Ist okay", sagte er noch, dann zog er lässig seine Zigaretten hervor. Der Fremde gab ihm Feuer. Seine Hände waren schlank und äußerst gepflegt. Seine Fingernägel weiß und glatt.

„Bist du öfter hier?", fragte er gespannt. „Ich habe dich noch nie gesehen."

Brettley schüttelte den Kopf. „Ich war noch nicht oft hier …" *In Wirklichkeit gar nicht …*

„Bist du schwul oder nur bi?", fragte der junge Mann munter weiter, sodass ein Zucken durch Brettleys Leib ging. *Konnte das möglich sein? Dachte der Fremde wirklich, er sei ein Mann?*

„Bi!", antwortete er daher, was noch nicht einmal gelogen war.

„Ich bin Jan", sagte der Fremde nun. „Eigentlich Jan-Christian, aber du kannst mich auch Chris nennen."

Stilles Nicken.

„Und wie heißt du?"

„Brettley“, bekam Chris zur Antwort, dabei zog Brettley an seiner Kippe. Die Rolle des Coolen gefiel ihm immer besser. Er gab sich so unfraulich wie nur möglich.

„Oh, Mann! Was ist das denn für ein Scheißname!“, grölte Chris. Aber er wollte die gute Stimmung nicht vermiesen. Auffordernd sah er seine neue Bekanntschaft an. „Ich gebe ein Bier aus, okay?“

„Bier?“, wiederholte Brettley. Ein leichter Ekel machte sich in ihm breit. *Um Himmels willen keinen Alk! Doch welcher Mann war Antialkoholiker?*

„Ich habe Magenprobleme derzeit“, erwiderte er daraufhin. „Bitte keinen Alkohol.“

Chris lächelte. „Cola?“

Ja, das klang schon besser.

Kurze Zeit später kam Chris wieder und drückte Brettley ein Glas Cola in die Hand.

„Ich hoffe, es ist nichts Ernstes mit deinem Magen“, sagte er. „Bist schon dürr genug.“

Brettleys Gesicht glühte vor Aufregung. Chris sorgte sich! Und das, obwohl sie sich erst seit wenigen Minuten kannten!

„Bin einfach ein schlechter Esser“, erklärte Brettley, während er an seiner Cola nippte. Meine Güte, wie sie sich ansahen! Forschend und direkt.

„Man könnte meinen, dein Gesicht besteht nur aus Augen“, unterbrach Chris die Stille zwischen ihnen.

„Bitte, was?“

„Deine Augen … wunderschön …“ Chris lächelte wieder. War das jetzt eine Anmache gewesen? Wieder schwiegen sie eine ganze Weile, bis sich Chris vom Barhocker erhob.

„Ich geh mal Zigaretten holen.“

Brettley nickte, doch war Chris’ Schachtel nicht noch fast voll gewesen? Erstaunt sah er Chris an, und der Blick signalisierte alles.

Chris entfernte sich zwar, doch Brettley folgte ihm wie auf Kommando. Sie verschwanden in den Herrentoiletten. Oh, da war Brettley noch nie gewesen. Mit siebzehn Jahren, im Vollrausch, da wollte er mal … doch war er damals unfähig gewesen, überhaupt noch aufrecht zu gehen.

Er wurde von Chris an die kalten Kacheln gedrückt und gierig geküsst. Brettley riss sich los. „Hey, was soll das?", fuhr es aus ihm heraus.

„Wieso? Das wolltest du doch, oder?", erwiderte Chris dreist.

Er sah Brettley herausfordernd an. *Vielleicht sollte er doch lieber sagen, dass …*

„Klar wollte ich das", antwortete Brettley ohne wirklich zu überlegen. Ein fieses Lächeln tat sich bei ihm auf. *Was war heute bloß los mit ihm?*

Er kam Chris wieder näher, zerrte ihn in die erste WC-Kabine, knallte die Tür hinter sich zu, dann küssten sie sich abermals. Brettley war um einiges kleiner als Chris, doch in diesem Moment war Brettley die Dominanz in Person.

Und Chris ließ es zu. Brettley fühlte sich überlegen, so selbstbewusst. Und Chris war plötzlich winzig, machtlos.

Brettley griff ihm zwischen die Beine, spürte dort die Männlichkeit wachsen. Chris seufzte leise und schloss die Augen.

Brettley nahm daraufhin allen Mut zusammen und sprang über seinen Schatten. Die Neugier war einfach zu groß. Er öffnete Chris' Hose, ließ seine Hand dort hineingleiten. Er brachte Chris zum Stöhnen. Es war faszinierend, diesen großen, schlanken Mann so wehrlos zu sehen. Fast verletzt wirkend, lehnte er an der Wand und ließ Brettleys gierige Zunge an seinem Schwanz lecken.

Brettley zog Chris' magere Hüften ganz nah an sich heran. Wie viele Männer hatten dieses Prachtstück wohl schon im Mund gehabt? Wie viele wurden wohl schon von ihm gefickt?

Ein wohliger Schauer durchströmte ihn bei dem Gedanken daran. Es machte ihn an, unglaublich!

Plötzlich hielt Brettley inne. *Wo sollte das enden? Was wäre, wenn Chris jetzt mehr wollte? Wenn er ficken wollte? Meine Güte, das ging ihm zu schnell. Was sollte er bloß tun?*

Er überlegte krampfhaft. *Sollte er sich vielleicht an die Wand lehnen und die Hose einfach runterziehen? Vielleicht würde Chris im Rausch der Sinne gar nicht merken, dass da* irgendwas *fehlte? Er könnte Brettley unwissend nehmen und …*

Er verschluckte sich fast an dem harten, erigierten Schwanz. *Was hatte er bloß für Ideen?*

Abrupt hörte er auf. Chris sah ihn enttäuscht an.

„Mach weiter, bitte …“, flehte der.

Doch Brettley schüttelte den Kopf. „Nein, ich möchte nicht …“, sagte er leise.

„Das kannst du nicht machen!“, jaulte Chris. Fassungslos sah er auf seinen Penis, der noch immer steif und zu allem bereit erschien. „Ich war fast so weit … Bitte, mach weiter!“

Brettley verneinte abermals.

„Warum nicht?“, fragte Chris voller Verzweiflung.

„Weil …“ *Er sollte ihm die Wahrheit sagen, die verdammte Wahrheit.* „Weil ich … Ich dachte, wir fahren zu mir nach Hause?“

Oh, Scheiße, was hatte er angerichtet?

Chris grinste sofort, zog seine Hose wieder an. „Tolle Idee …“

So toll fand Brettley die Idee gar nicht. Und er hätte sich ohrfeigen können, als er vor seinem Haus hielt. Stillschweigend stiegen sie aus dem Wagen. Chris griff ihm an die Hüfte, nahm ihn in die Arme, während sie zum Eingang schlenderten. Fasste er alle Männer so an? So leidenschaftlich? So süß? Er war kein Draufgänger, das war klar, und doch … er war hier und erwartete sonst was …

Brettley öffnete die Haustür, ging hoch in die erste Etage zu seiner Wohnung. Er verschwand sofort im Badezimmer. Minutenlang starrte er in den Spiegel. Was sollte er im Bad? Sich frisch machen? Wofür? Sich ausziehen, damit Chris sofort sah, dass er rein biologisch gar kein Mann war?

Seufzend verließ er das Bad wieder. Chris saß im Schlafzimmer vor dem Aquarium. Leise setzte sich Brettley mit aufs Bett.

„Lustige Fische hast du“, sagte Chris vergnügt. „Wie heißen die denn?“

„Dirk und Leon“, antwortete Brettley.

„Mein Gott, sind die auch schwul?“, fragte Chris. Er lachte.

„Klar!“, erwiderte Brettley, ebenfalls grinsend, doch am liebsten hätte er sich den Zeigefinger an den Kopf getickt. Nun saß er hier, mit einem Traum von Mann, und was passierte? Sie redeten über seine Fische.

Doch Chris unterbrach seine Gedanken, indem er sich zu ihm drehte und ohne Worte sein schwarzes Hemd auszog. Chris' Oberkörper war umwerfend! Brettley hätte sich am liebsten direkt auf ihn gestürzt.

„Machen wir da weiter, wo wir aufgehört haben?", fragte Chris zaghaft. Brettley nickte nur still.

Chris legte sich vollständig aufs Bett, wo er von Brettley weiter ausgezogen wurde. Seine Erregung kam schnell wieder. Und Brettley war noch ungehemmter als in der Disco.

Er bearbeitete Chris' Härte voller Hingabe. Er konnte einfach nicht genug bekommen von dessen Gestöhne. Seine Haut war unglaublich heiß.

Keine Sekunde ließ Brettley Chris' Penis aus dem Mund gleiten, bis er merkte, dass Chris kam. Er zuckte unter ihm. Brettley hielt seinen Körper ganz fest und genoss mit ihm zusammen den Höhepunkt. Ein erlösender Laut kam aus Chris' Kehle. Brettley war sich sicher, es drang durch alle Wände, zu allen Nachbarn …

Doch das war jetzt egal. Er hatte ihm gegeben, was er wollte. Er hatte ihn befriedigt und selbst unheimlichen Spaß dabei gehabt. Er seufzte glücklich, bis Chris die Augen öffnete und ihn gierig ansah. Mit einer einzigen Bewegung, drehte er sich auf den Bauch.

„Fick mich!", flehte er.

„Was?", rief Brettley entsetzt.

„Fick mich, bitte!", wiederholte Chris.

Brettley sah auf sein blankes Hinterteil und schluckte. Oh Mann, wie gerne hätte er ihm diesen Wunsch erfüllt, mit voller Leidenschaft.

„Das geht nicht …", sagte er stattdessen zögernd. Chris drehte sich herum. Sein Blick war enttäuscht.

„Warum nicht? Bitte, mach es!"

„Nein!", rief Brettley verzweifelt. „Ich würde ja gerne, aber es geht nicht … Ich kann es nicht, verstehst du?"

Stille. Brettley senkte den Kopf. Nun war es so weit, und er hatte sich diese Scheiße auch noch selbst eingebrockt. Tränen schossen in seine Augen. Ihm wurde entsetzlich heiß, und er realisierte, dass er, im Gegensatz zu Chris, noch komplett angezogen war. Selbst die Plüschjacke hatte er noch an.

Chris richtete sich langsam auf.

„Du bist gar kein Mann, stimmt's?", fragte er mit ruhiger Stimme.

Brettley war schockiert. „Woher weißt du das?", entfuhr es ihm.

Tränen lösten sich.

„Ich hab es geahnt …“, gestand Chris. „Von Anfang an …“

Brettley schüttelte fassungslos den Kopf. „Du hast mir etwas vorgemacht? Die ganze Zeit?“, fragte er.

„Ich habe dir so viel vorgemacht, wie du mir was vorgemacht hast“, entgegnete Chris lächelnd.

Beschämt sah Brettley zur Seite.

„Aber du hast die Rolle gut gespielt, echt“, versicherte Chris. „Ich muss zugeben … etwas verwirrt hast du mich schon.“

„Tatsächlich?“ Brettley konnte das kaum glauben. Er wischte die Tränen von seiner Wange und musste jetzt ebenfalls grinsen. Er war froh, dass es endlich raus und Chris nicht böse war.

„Es tut mir leid“, sagte er trotz allem. Er zog seine Jacke aus. Nun war es egal.

„Muss dir nicht leidtun“, konterte Chris. „Ich finde es klasse, dass du so mutig warst und dich so überzeugend verstellt hast.“

Brettley konnte daraufhin nur mit den Schultern zucken. „Aber was bringt es mir? Siehst du ja jetzt.“ Es klang wirklich enttäuscht.

„Du wärst gerne ein Mann? Ein schwuler Mann?“

Brettley nickte zaghaft. „Ja, doch … ab und zu …“

„Das reizt dich, mmh, hab ich gemerkt …“, sagte Chris, dabei schmunzelte er süffisant. „Finde ich auch okay, dass du das so auslebst.“

Doch Brettleys Gesichtsausdruck wurde bei diesen Worten traurig. „Ausleben? So was kann man nicht wirklich ausleben … Fast jeder erkennt, dass ich eigentlich weiblich bin, das hab ich schon oft genug getestet … Welcher Schwule würde mit mir ins Bett gehen und mich behandeln wie einen Mann? Das ist doch absurd.“

Er schüttelte den Kopf, sah verzweifelt zu Boden. Da spürte er Chris’ Hand auf seiner Schulter.

„Wieso weinst du denn?“, fragte er mitfühlend.

„Ich muss immer weinen, wenn ich daran denke“, gestand Brettley. „Das macht mich fertig.“

„Braucht dich aber nicht fertigmachen … jedenfalls nicht heute.“

Chris strich über Brettleys Wange, dann küsste er ihn leidenschaftlich auf den Mund. Brettley ließ es geschehen. Er spürte eine immense Sehnsucht nach Chris und ließ sich bereitwillig von ihm ausziehen. Brettley schämte sich allerdings dabei, wusste er ja nicht, wie viel Erfahrung Chris schon mit weiblichen Körpern gemacht hatte. Vielleicht gar keine?

Er wurde von Chris auf das Bett gedrückt, er spürte seine Küsse, die seinen Körper benetzten. Seine weichen, warmen Hände streichelten Brettleys Bauch, seine Beine, das reichte völlig aus, um jenen wahnsinnig zu machen.

Brettley riss Chris zu sich heran. Sie küssten sich erneut. Und auch Chris war abermals sichtlich erregt.

Sie sahen sich nur an und wussten, was nun passieren würde. Chris umfasste Brettleys Taille und drehte ihn auf den Bauch. Seine Zunge kreiste auf seinem Rücken, seine Hände tasteten sein zitterndes Gesäß. Brettley streckte es willig empor. Chris zögerte kurz.

„Hast du Gleitgel? Ich will dir nicht wehtun."

Brettley nickte still. Daran hatte er vor Aufregung nicht gedacht. Aus dem kleinen Beistelltisch am Bett nahm er Gleitgel und ein Kondom heraus. Dass er beides wirklich mal mit einem schwulen Mann benutzen würde, hätte er nie für möglich gehalten …

Kurz darauf legte Chris sich sachte auf Brettleys Körper. Er drang vorsichtig in ihn ein. Brettley spürte fast keine Schmerzen. Er genoss es zutiefst, wie von ihm Besitz ergriffen wurde.

Chris blieb ausgesprochen lange in ihm drinnen. Seine Bewegungen waren sanft und einfühlsam. Brettleys Hand wanderte zwischen seine Schenkel, wo er sich zusätzlich stimulierte. Dass sich dort nicht *das* Organ befand, welches er gerne besessen hätte, war plötzlich nebensächlich.

Er erlebte eine Lust, wie lange nicht mehr. Er stöhnte geräuschvoll, was Chris den Anlass gab, härter vorzugehen. Er umklammerte Brettley, keuchte laut und stieß heftiger zu, bis es ihm kam.

Hitze durchströmte auch Brettleys Leib, als er einen Orgasmus erlebte, der seinen ganzen Körper mit einbezog.

Erschöpft blieb Chris eine Weile auf ihm liegen und küsste seine Schultern. „Ich hoffe, es war okay für dich?", fragte er mit leiser Stimme.

Brettley nickte. Er drehte sich um. Sie umarmten sich. „Das war wunderbar", gestand Brettley dabei und schloss verträumt die Augen.

„Das war aber nicht das erste Mal, dass du es so gemacht hast, oder?“, erkundigte sich Chris.

Brettley verneinte.

„Nein, aber es waren sonst andere Umstände … Das mit dir, das war ganz neu. Ich habe gespürt, dass du in mir den Mann gesehen hast. Ich hatte noch nie zuvor so viel Vertrauen gehabt, wie zu dir. Ich erzähle sonst niemandem von meiner Neigung, von meinen Sehnsüchten.“

Chris lächelte dankbar und strich über Brettleys dunkles Haar. „Hast du schon mal über einen operativen Eingriff nachgedacht?“, fragte er nach.

Brettley zögerte sichtlich. „Wenn das so einfach wäre … Aber all die jahrelangen Strapazen einer Umwandlung auf mich nehmen und womöglich mit dem Ergebnis nicht zufrieden sein?“ Er zuckte mit den Schultern. „Ich hasse meinen Körper nicht unbedingt, und was ich eigentlich ersehne ist … einen schwulen Freund. Und den werde ich wohl nie finden.“ Er seufzte tief und lehnte sich an Chris’ Brust.

„Nichts ist unmöglich“, sagte der noch, und wenig später schliefen sie ein.

Früh am Morgen wurde Brettley wach. Er hörte ein Rascheln. Als er die Augen öffnete, erblickte er Chris, der sich anzog.

„Du willst los?“, fragte Brettley enttäuscht. *Aber klar, er wollte sich aus dem Staub machen.* Er hatte ihn flachgelegt, was sollte er also noch hier? Chris stand offensichtlich auf Männer, und Brettley war eine Bio-Frau, da gab es nichts mehr zu diskutieren.

„Ich hab so einen Scheiß-Job an der Tankstelle“, erklärte Chris allerdings. „Ich muss leider los. Schichtarbeit.“

„Auch am Sonntag?“, erkundigte sich Brettley. Chris nickte.

Brettley senkte beschämt den Kopf. Er hatte wirklich geglaubt, Chris hätte ihm mit seinem Verständnis etwas vorgemacht. Er hatte wirklich kurz an ihm gezweifelt – und das nach so einer wunderbaren Nacht.

„Was ist denn?“, fragte Chris verwundert. „Soll ich mich krank melden?“

„Das würdest du tun?“, erkundigte sich Brettley sofort.

Chris nickte. „Ja, ich lasse dich ungern alleine. Du warst gestern so traurig."

Brettley war gerührt. „Also wegen mir, musst du nicht blaumachen", sagte er. „Mir geht es auch schon besser." Und das stimmte auch. Er erhob sich aus dem Bett und sah Chris an. Er war fasziniert von dessen Größe und Schönheit. „Aber ohne Kaffee, kommst du mir nicht aus dem Haus."

Chris grinste verlegen, während Brettley in der Küche verschwand. Und nun war der doch wieder das Kaffee kochende Weib. Trotzdem verspürte er Chris' Hände an seinen Hüften, den Kuss auf seinem Hals.

„Das war ein geiler Abend mit dir, echt", flüsterte Chris in sein Ohr.

„Mmh, fand ich auch", erwiderte Brettley. „Obwohl ich dir nicht das geben konnte, was du ersehnt hattest." Oh, er sah ihn immer noch vor sich, wie er „Fick mich!" flehte.

Chris lächelte schelmisch.

„Ach, für so etwas gibt's auch die richtigen Spielzeuge. Ich sehe da kein Hindernis."

Brettley schoss die Röte ins Gesicht. Wie direkt Chris war, unglaublich.

Als der seinen Kaffee eingenommen hatte, gingen sie zur Tür, wo sie sich noch einmal leidenschaftlich küssten.

Es war der schlimmste Abschied, den Brettley erlebt hatte. Nur schwer konnte er seine Traurigkeit unterdrücken. „Sehen wir uns mal wieder?", fragte er schüchtern.

„Klar!", antwortete Chris. „Nächste Woche, bei *Gay Fever.*" Seine Augen leuchteten. „Und wenn du möchtest schon eher." Er griff in seine Hosentasche und zog einen Zettel mit seiner Telefonnummer heraus. „Hier, wollte ich dir schon gestern geben."

„Danke …" Brettley strahlte über das ganze Gesicht. Chris zwinkerte ihm zu.

„Also, bis dann … Brettley."

Justin C. Skylark

geb. am 02.01.1975 in Kiel,
nach dem Fachhochschulabschluss hauptberuflich in der Krankenpflege tätig,
schreibt seit 1998 Romane, Kurzgeschichten und Gedichte.
www.jcskylark.de

Roman-Veröffentlichungen beim Dead Soft Verlag:

„Craig's little Dawn",
„Träume ... alles anders",
„Szandor's Erbe"
„Panthera Pardus"

Roman – Veröffentlichungen beim Himmelstürmer Verlag

„Liebeswut"
„Dein Glück hat mein Gesicht"
„Der Champion"
„Wir zwei zu dritt"
„Von Liebe und Gift"
„Überdosis Liebe"

Roman-Veröffentlichungen beim Hary Verlag

„Ranulf O'Hale – Spielball des Bösen (mit S.Rh. Beck)
„Senrico Van Dreike – Die Geschichte eines Krakenmenschen" (Gay Fantasy)

Kurzgeschichten wurden veröffentlicht in den Anthologien:

„Es passiert ... weltweit"
„2 men kissing" (Anthologie mit S.Rh. Beck)
„Love and other demons"
„La methode"
„Webstories"
„Dominik"
(alle beim Deadsoft Verlag)

„Gay Universum 1 & 2" (Himmelstürmer Verlag)
„Mein schwules Auge 2" (Konkursbuch Verlag)

Homepage: ***www.jcskylark.de***
Weitere Infos unter: ***www.deadsoft.de ,***
www.himmelstuermer.de, www.hary.li
Kontakt: ***J_C_Skylark@yahoo.de / www.myspace.com/jcskylark***

Anderswelt

von Nicole Henser

Die langen schlanken Finger malten komplizierte Symbole aus feurigen Linien auf die Nebelwand, dann murmelte Gavin gutturale Laute, denen magische Kräfte innewohnten. An einer Stelle wurde der Nebel dünner und lichtete sich schließlich, um ein verschwommenes Bild zu zeigen. Ungeduldig rutschte der hochgewachsene Mann hin und her, wie immer dauerte es ihm viel zu lange, bis er klar erkennen konnte, was es ihn zu sehen begehrte.

„Toby", flüsterte er zärtlich, als er das Gesicht seines Lieblings deutlich erkennen konnte. Das kurze braune Haar stand keck hoch und in den blauen Augen spiegelte sich die Lebenslust. Wie gern hätte er Tobys zarte Haut gestreichelt, die sich über die Muskeln spannte. Voller Verlangen streckte Gavin die Hand nach ihm aus, doch er wusste, dass er ihn nicht berühren konnte. Noch nicht.

„In zwei Tagen werde ich dich endlich fühlen. Ich kann es kaum erwarten …" Es gab Zeiten, da waren die Barrieren zwischen den Welten besonders durchlässig.

***

„Nun beeil dich schon, du Trödelliese, sonst gibt es keine Süßigkeiten mehr", trieb Toby seine sechsjährige Nichte Nadine an, die sich noch immer nicht vom Spiegel trennen konnte. „Eigentlich verkleidet man sich an Halloween als Geist oder etwas anderes Gruseliges."

„Ich bin eine Prinzessin!"

Er betrachtete die Kleine grinsend, die mit ihrem rosafarbenen Tüllkleid aussah wie eine Barbiepuppe. „Du sollst doch so tun, als wärst du selbst ein Gespenst, um die *echten* davon abzuhalten, dir etwas zu tun, und sie zu verscheuchen."

Prüfend schaute sie ihren Lieblingsonkel an, der mit seinen siebenundzwanzig Jahren für jeden Blödsinn zu haben war. Anscheinend nahm sie ihm die Geschichte nicht so ganz ab, aber dann verzog sie das Gesicht, als sie die ziemlich gut gelungene Wunde mit dem herausragenden Pappbeil auf seiner Stirn begutachtete, aus der das „Blut" herauslief. „Du wirst mich beschützen, darum kommst du mit!" Sie schürzte die Lippen und Toby musste unwillkürlich lachen.

„Dann aber los!“ Er nahm das Plastikeimerchen mit dem aufgeklebten Kürbis und reichte ihr die Hand. „Süßes oder Saures!“

Wie in jedem Jahr zog Toby nur mit Nadine los, um ihr einen Gefallen zu tun. In Deutschland war der Halloween-Brauch noch wenig bekannt, deshalb hielten nicht viele Familien Süßigkeiten bereit, und nur vereinzelte Kinder oder Grüppchen waren unterwegs.

Als sie die wenigen infrage kommenden Häuser abgeklappert hatten, wunderte sich Toby, einen als Waldschrat oder Kobold kostümierten jungen Mann an der Straßenecke zu entdecken. Die Aufmachung zeigte viel nackte Haut, doch er schien trotz der niedrigen Temperaturen nicht zu frieren; auf dem Kopf trug er einen Kranz aus Zweigen mit kleinen roten Beeren. Eine ungewöhnliche und sehr fantasievolle Verkleidung, wahrscheinlich war er ein Partygänger.

Aber am meisten erstaunte Toby der Blick, den ihm der Fremde zuwarf. Es kribbelte in seinem Bauch, denn er las eindeutig Verlangen in den Augen, die auf unerklärliche Weise in der Dunkelheit glommen. *Irisierende Kontaktlinsen?*, überlegte Toby, aber er war gedanklich schon viel weiter. Der Mann sah sehr gut aus, er konnte nicht aus seinem Stadtteil stammen, sonst hätte er ihn längst bemerkt.

„Hallo“, sagte Toby leise. Ein Anflug von Schüchternheit überkam ihn, normalerweise hatte er keine Probleme damit, aber dieser Typ strahlte etwas Ungewöhnliches aus – etwas Interessantes … Nur mit Mühe konnte er sich davon abhalten, ihn anzustarren.

„Kommst du zurück, nachdem du deine Begleiterin nach Hause gebracht hast? Ich würde dann hier auf dich warten“, antwortete der Unbekannte statt eines Grußes.

„Okay.“ Das Wort hörte sich ein wenig erstaunt an, aber Toby wunderte sich über seinen festen Klang. Als hätte er es plötzlich eilig, schob er Nadine vor sich her und nahm ihr den doch recht schweren Eimer ab. „Süße, wir haben deiner Mama versprochen, schnell wieder da zu sein. Es ist schon spät“, flunkerte er, da die Kleine einen Schmollmund zog.

Ohne sich noch einmal umzudrehen, gingen sie ihren Weg, aber Toby wusste, dass der mysteriöse Mann nach seiner Rückkehr noch da sein würde. Und es war eigentlich keine wirkliche Frage für ihn, *ob* er den Wunsch hatte, den Unbekannten erneut zu treffen …

***

Was hat dieser Kerl mit mir angestellt? Normalerweise würde ich ihn zwar wahrnehmen, aber mich mit einem Fremden zu verabreden ist eigentlich nicht meine Art. Und dieses Kribbeln im Bauch ist es auch nicht, wenn ich jemanden zum ersten Mal gesehen habe, dachte Toby, nachdem er die Tür hinter sich zugezogen hatte. Er hatte sich extra beeilt, wobei er noch schnell die Pappaxt mitsamt ihrer aufgemalten Wunde entfernt hatte, weil er sich lächerlich vorgekommen war. Dann hatte er seinen Kater gefüttert und war auch schon bereit – für ein Abenteuer? Ja, das war eine gute Erklärung für das seltsame Gefühl in seiner Magengegend.

***

„Er kommt zu mir." Gavin lächelte vor sich hin, er sah sich endlich am Ziel seiner Wünsche angekommen. Aber es würde noch spannend werden, denn er beobachtete Toby schon lange genug, um zu wissen, dass der junge Mann nicht ganz so leicht zu verführen war: Sein geschätzter Toby eroberte gern, umkreiste seine Beute, bevor er zuschlug. Die Zeit war jedoch ein Faktor, den Gavin nicht beherrschen konnte, zumindest nicht in der Welt der Menschen. Auch gegen ihren freien Willen war er machtlos.

„Noch in dieser Nacht muss er mir gehören, sonst werde ich mich wieder gedulden müssen." Und wer wusste schon, ob er eine zweite Chance bekommen würde?

***

Als Toby zu der Stelle zurückkam, drehte er sich suchend, doch er konnte zu seiner Enttäuschung niemanden mehr entdecken. „Mist", brummte er ungehalten. Er war so felsenfest davon überzeugt gewesen, dass der interessante Bursche noch da sein würde. Jetzt fühlte er sich wie ein Idiot.

Doch plötzlich bemerkte er in dem dunklen Hauseingang zu seiner Linken eine kleine Flamme, als würde sich jemand eine Zigarette anzünden. Sofort trat Toby einen Schritt näher, um herauszufinden, wer sich dort verbarg, und ein Lächeln stahl sich auf seine Lippen. *Ich wusste doch, dass er auf mich wartet.*

Im flackernden Schein des Feuers sah er das hübsche Gesicht mit den spitzbübisch funkelnden Augen, die Toby faszinierten. Aber noch mehr fesselte ihn das Flämmchen, das auf der geöffneten Handfläche des Mannes zu tanzen schien.

„Ich bin Gavin", flüsterte der Rätselhafte, warf den kleinen Glutball in die Höhe und fing ihn mit dem Handrücken auf, um ihn dann spielerisch stupsend den Arm hinauf, über seinen Nacken und an der anderen Schulter wieder hinabgleiten zu lassen.

Tobys Lippen wollten gerade seinen Namen formen, aber er konnte nur wie hypnotisiert auf die strahlende Kugel starren, die vor ihm in der Luft schwebte. *Ist das ein billiger Jahrmarkttrick oder ist er eine Art Zauberer? Es kann sich nur um eine Illusion handeln.* Er war versucht, seinen Finger nach dem Leuchtobjekt auszustrecken und es zu berühren.

„Toby, nicht wahr?", übernahm Gavin schmunzelnd das Reden für ihn und drückte ihm seinen Beerenkranz auf das Haar.

Woher kennt er meinen Namen? Voller Erstaunen wollte Toby zurückzucken, doch dann ließ er es geschehen, dass Gavin zärtlich den Linien seines Gesichtes nachfuhr. Ihm entging das leichte Zittern in seiner Hand nicht, das sicher nicht von der Kälte herrührte, denn die Berührung war ansonsten bemerkenswert warm.

Und wieso macht ihm diese Saukälte nichts aus? Toby ließ seine Fingerkuppen neugierig über Gavins gut ausgebildete Brust wandern und stellte fest, dass sich auch dort die Haut warm anfühlte. Sie kam ihm sogar beinahe heiß vor, weil seine Finger eisig waren, aber sie verursachten Gavin noch nicht einmal eine Gänsehaut.

Vorsichtig streichelte Toby ihn weiter, dann neckte er die zarten Brustwarzen und beobachtete, wie sie zu kleinen harten Kügelchen wurden. Gavin schloss die Augen, dann stöhnte er leise.

Es war dieser sehnsüchtige Ton, der Toby einen Schauer über den Rücken jagte und sein Herz zum Rasen brachte. *Gavin gibt mir viele Rätsel auf, aber es gibt auch Fragen, die gar nicht erst aufkommen …* Ein letztes Mal fuhr sein Daumen über die harte Perle, und sein Blick wanderte unwillkürlich weiter an Gavins Körper hinab: Die Bauchmuskeln zogen ihn magisch an und die feine Spur dunkler Härchen unterhalb des Nabels, die im Bund der Hose verschwand.

Das Kleidungsstück war aus grobem Stoff gefertigt und wurde von einer Kordel gehalten, es passte perfekt zu der Verkleidung.

Toby konnte das alles im schwachen Schein des Feuerbällchens mehr erahnen als deutlich erkennen, doch das machte den Reiz dieser skurrilen Situation aus. Gavin war in diesem Licht einfach wunderschön.

„Willst du mit mir kommen? Aber dafür musst du Mut beweisen", sagte dieser verführerisch und schaute Toby demonstrativ in die Augen; ein kleines, leicht arrogantes Lächeln umspielte seine Lippen.

Du denkst anscheinend, ich traue mich nicht auf deine abgefahrene Party. Aber du entkommst mir nicht, du geiler Kerl. Toby beantwortete das Lächeln und nickte leicht: Herausforderung angenommen …

Überraschenderweise drehte ihm Gavin den Rücken zu, malte glühende Zeichen in die Luft, dann murmelte er unverständliche Worte und nahm Tobys Hand. „*Möchtest* du mich begleiten?", fragte Gavin noch einmal eindringlich, ohne ihn anzuschauen.

„Ja." Toby wunderte sich, warum Gavin so einen Wirbel um die Frage machte, aber er freute sich darauf, mal wieder etwas Ungewöhnliches zu erleben. Als Gavin die Haustür öffnete und ihn hindurchzog, war er allerdings ein wenig erstaunt, denn er betrat nicht den Flur, wie er es erwartet hätte, sondern einen Raum, in dem es angenehm temperiert war. Sogleich wurde es ihm zu warm in seiner dicken Jacke.

Das Zwielicht in dem Zimmer zauberte eine prickelnde Atmosphäre; Toby versuchte die Lichtquelle auszumachen, doch es schien, als würde sie durch die in sich verwobenen Pflanzen an der Decke scheinen. Alles wirkte sonnendurchflutet und die Luft roch süß nach Frühling. „Wo bin ich hier?" Toby schaute sich um und bemerkte, dass dort, wo sie gerade eingetreten waren, nun eine grün bewachsene Wand war. Außer einem großen Bett gab es keine weiteren Möbel, obwohl er in einer Ecke so etwas wie einen Baumstamm sah, der in den Raum wuchs und zwischen seinen Ästen Platz für Kleidung und dergleichen bot. *Was ist das hier? Ein botanischer Garten?* Irritiert schaute Toby zu Gavin, der ihn am Kragen seiner Jacke zu sich zog: „Komm, zieh dich aus."

Gavin wusste, dass er Toby jetzt nicht drängen durfte; sein Gast musste die erste Verwunderung verdauen, bevor er daran denken konnte, ihn zu verführen. Es war ganz natürlich, dass ihm jetzt tausend Fragen durch den Kopf schossen, die Gavin allerdings nicht zu beantworten gedachte. Je weniger Toby wusste, umso besser war es für ihn; erst wenn er ihn näher kannte, war sein Liebling reif dafür, mehr zu erfahren.

Wie gern würde Gavin sein Herz erobern, doch dafür würde er länger brauchen als den flüchtigen Moment, den sie jetzt miteinander genießen konnten. Daher war es sein Ziel, zumindest die körperliche Liebe miteinander zu erleben.

Und jetzt solltest du dem Kater seine Beute schmackhaft machen. Lenke seine Gedanken wieder in die Richtung, wo du sie haben willst, dachte Gavin, während er Toby aus seiner Jacke schälte und mit den Händen unter den Pullover fuhr.

Die Verwirrung in Tobys Blick war einfach zum Küssen, darum konnte Gavin nicht länger widerstehen. Sein Mund näherte sich den Lippen des jungen Mannes, ganz sanft streichelte seine Zunge über die zarte Haut, um dann kurz einzutauchen und Toby zu necken. Zu gern hätte Gavin den Kuss vertieft und darum gebuhlt, dass Toby ihn erwiderte, doch er wusste, dass es noch nicht der richtige Zeitpunkt war. Es lohnte sich zu warten, denn die Küsse seines Gespielen würden leidenschaftlich und fordernd sein, wenn er sich nur geduldete …

„Du bist in meinem Heim, und ich lade dich ein, dich wohl und gut aufgehoben zu fühlen. Hier wird dir nichts geschehen." Mit einem lasziven Lächeln schob er Toby den Pullover über den Kopf, doch das T-Shirt ließ er unangetastet. Anscheinend konnte er gerade alles mit ihm machen, aber genau das zeigte Gavin, dass Toby noch nicht wieder ganz bei sich war. Zumindest war er noch immer sprachlos.

Du musst auch nichts sagen. Es reicht völlig, wenn deine Augen und dein Gefühl auf mich reagieren – vorerst. Gavin schnippte mit den Fingern und wie aus dem Nichts erschien ein weiterer Mann, ebenfalls gut aussehend, doch es war kein Vergleich zu Gavins Schönheit, dafür war er größer und muskulöser als er. Der Andere lächelte und sah seinen Meister aus glühenden Augen an: „Was kann ich für dich tun, Herr?“

„Das ist Erk, er wird dir zeigen, was du mit mir machen könntest. Du musst dich nur dazu entschließen, alles geschieht nach deinem Willen“, flüsterte Gavin in Tobys Ohr, er inhalierte dabei tief seinen warmen Duft. Voller Freude registrierte er, dass sich eine steile Falte auf der Stirn des jungen Mannes bildete, die seinen Unmut zeigte. Anscheinend war der Jäger seinem Opfer bereits auf der Fährte, jetzt musste er nur noch den unbändigen Drang verspüren, es zu erlegen. Eine magische Handbewegung ließ Toby bewegungslos erstarren, nur seinen Kopf konnte er noch bewegen.

„Lass uns das Feuer entfachen …“, hauchte Gavin, lachte leise und pustete über seine Handfläche, von der tausende Funken stoben und wie Glühwürmchen durch den Raum flogen. Als Toby etwas sagen wollte, legte Gavin einen Finger über seine Lippen und gebot ihm zu schweigen; erstaunlicherweise kam sein Gast dem Wunsch nach, ohne aufzubegehren.

Gavin gab lächelnd das zuvor mit Erk vereinbarte Zeichen und lehnte sich gegen den blonden Riesen, dessen Hände langsam über seinen Körper wanderten. Wie so oft stellte er sich vor, es wären Tobys Finger, die ihn sanft erkundeten, doch diesmal war es etwas Besonderes. Ein heißes Prickeln rieselte durch Gavins Unterleib, allein der Gedanke, dass sein Angebeteter dabei zuschaute, erregte ihn.

Als der Hüne ihn küssen wollte, drehte Gavin den Mund zur Seite, er hatte noch immer einen Hauch von Tobys Geschmack in Erinnerung, den er nicht verwischen wollte. *Niemals wieder werde ich einen anderen Mann küssen.*

Leise stöhnend legte Gavin den Kopf in den Nacken und schloss die Augen. Er wollte nicht sehen, wie Toby darauf reagierte, dass Erk ihn in erotische Schwingungen versetzte, er wollte es sich vielmehr ausmalen, um die Spannung zu erhöhen. Ganz in der Nähe konnte er Tobys schneller werdenden Atem hören.

Die gut sichtbare Ausbeulung in der Leinenhose war das Ziel, das die großen Hände als Nächstes ansteuerten. Die dicke Kordel am Hosenbund fiel, und kurz bevor Erk Gavins pralle Männlichkeit umschließen konnte, rief Toby: „Hör auf damit!“

Als Toby den Raum betreten und in dem sonnigen Zwielicht gestanden hatte, glaubte er seinen Augen nicht zu trauen. *In was für einem schrägen Film bin ich denn hier gelandet?*, hatte er sich gefragt, nachdem er sein Umfeld genauer betrachtete. Doch ehe er sich versah, hatte er kurz die Zunge von diesem scharfen Kerl in seinem Mund und seine Hände auf der nackten Haut gefühlt.

Das sanfte Pochen in seinem Glied war ein sicheres Zeichen dafür gewesen, dass ihn die Nähe und die Berührungen von Gavin alles andere als kalt ließen. Ein triebhafter Gedanke hatte sich aus dem Grundrauschen seiner Verwirrung befreit: *Ich will diesen Mann, jetzt und sofort!* Seine Gefühle waren in Aufruhr geraten, sie überlagerten jede rationale Überlegung. Noch nie hatte ihn so ein spontanes Begehren überfallen.

Doch plötzlich war er wie zur Salzsäule erstarrt, unfähig, auch nur einen Finger zu rühren. Alle Empfindungen waren so wie immer gewesen, aber seine Muskeln gehorchten ihm nicht mehr. Angesichts dieser Hilflosigkeit war Angst in ihm hochgestiegen; er glaubte nicht, dass Gavin ihm schaden wollte, aber er hasste es, wenn er die Macht abgeben musste.

Die Angst hatte sich jedoch schnell in Wut verwandelt, als es plötzlich einen Nebenbuhler um Gavins Gunst gab, den dieser als Erk vorstellte. Der große Kerl hatte Gavin seinen „Herrn" genannt; also was waren das für komische Verhältnisse? Das Glühen in seinem Blick hatte darauf hingedeutet, dass im Allgemeinen Liebesdienste von ihm verlangt wurden. *Na toll!*

Toby war so viel durch den Kopf gegangen, so viele Fragen, aber als er etwas sagen wollte, fühlte er Gavins Finger auf seinen Lippen, um sich dann in einem glitzernden Funkenregen wiederzufinden. *Was ist er für ein faszinierendes Wesen? Seine Tricks sind nicht von dieser Welt …*

„Lass uns das Feuer entfachen", hatte er Gavin flüstern hören und Erk hatte begonnen, ihn in einer Art und Weise anzufassen, die Tobys Gefühle zum Brodeln brachte. In ihm schlug das Herz eines Jägers, und es schlug im Moment verdammt schnell. Wieso schleppte ihn Gavin in einen Raum, den er weder erfassen noch sonst wie begreifen konnte, um sich dann von einem *Sexsklaven* befriedigen zu lassen? Fassungslos verfolgte er die Bewegungen der Hände auf

Gavins Körper – und *spürte* die Berührungen, als wäre es der seine.

Wie kann es sein, dass ich Gavins Lust mitempfinden kann? Erk stimulierte Gavins Brustwarzen, und Toby verging fast unter dem intensiven Reiz. Er stöhnte leise, zu gern hätte er sich das T-Shirt heruntergerissen, weil er den reibenden Stoff nicht länger ertragen konnte.

Erks große Hand lag nun auf Gavins deutlich ausgeprägten Bauchmuskeln und fuhr jeder Erhebung und Vertiefung nach. In Toby tobten Eifersucht und Verlangen, gleichzeitig fühlte er die Liebkosung von Erks Zunge, die am Hals seines mysteriösen Gastgebers entlangstrich. Er zitterte und bebte vor Erregung, seine Jeans war kurz davor, gesprengt zu werden.

Nein, nicht den Schwanz berühren, das überlebe ich nicht! Erst da begriff Toby, was Gavin zu ihm gesagt hatte. „Es geschieht nach meinem Willen", murmelte er, bemerkte aber auch im selben Moment, dass die Starre von ihm abfiel und er sich wieder frei bewegen konnte.

Mühsam kämpfte er seine Aggressionen nieder, um Erk nicht gleich die Faust ins Gesicht zu schlagen, sobald er ihm gegenüberstand. Bisher war alles nach Gavins Nase gegangen, doch er hatte ihm den Weg gewiesen, wie er das Zepter übernehmen konnte: „Hör auf damit!"

Toby legte seine Hand auf Erks und hielt sie fest. „Geh weg und lass uns in Ruhe!", setzte er ungehalten hinzu und spürte eine sanfte Kontraktion in den Lenden, die seine Aktion in Gavin ausgelöst haben musste.

Erk schmunzelte und hielt inne, anscheinend wartete er auf einen Wink seines Herrn, um der Aufforderung Folge zu leisten. Da dieser kaum merklich nickte, zog der gehorsame Liebesdiener sich wortlos zurück, ohne eine weitere Regung zu zeigen.

Jaaaa, endlich!, dachte Gavin, als Toby ihn fest in die Arme nahm und seine Lippen ungestüm eroberte. Während sich ihre Zungen umschlangen, erlaubte sich Gavin, seinen Geist zu öffnen und ebenfalls zu fühlen, was Toby empfand. Er keuchte überwältigt, als ihn die Wucht seiner Leidenschaft traf.

Gavin hatte den Eindruck, in einem pulsierenden Lichtbogen zu verglühen, Toby liebkoste ihn mit einer unerwarteten Intensität. Überall auf seinem Körper waren die Lippen und die Zunge des jungen Mannes, der ihm dabei sinnliche Ströme übersandte.

Gavin schnappte nach Luft. *Bei den Kräften des Universums!* Mit den Fingerspitzen erspürte Toby sein hartes Glied, reizte seine ganze Länge durch das grobe Gewebe und glitt dann suchend in die locker sitzende Hose. Er war versucht, sich gegen die ihn überflutenden Emotionen abzuschotten, doch das wäre nicht fair gewesen, denn auch Toby wand sich stöhnend.

Sie knieten nun beide auf dem großen Bett und befreiten sich gegenseitig von den restlichen Kleidern. Gavin konnte sich gar nicht sattsehen an Tobys athletischem Körper, schon so lange hatte er auf diesen Moment gewartet. Jetzt wollte er endlich von ihm bezwungen und genommen werden, doch für ein langes Vorspiel hatten sie keine Zeit, zu hoch war die Erregungskurve …

Gavin holte eine Schale mit duftendem Öl und begann sofort, Tobys Haut damit zu salben; genüsslich ließ er die kräftigen Muskeln durch seine Finger gleiten. Da sie beide noch immer doppelte Lust empfanden, durchfuhr es sie wie ein Stromschlag, als Gavin Tobys Härte sanft massierte und einölte. Er konnte gerade noch die Konzentration aufbringen, auch die prallen Hoden zu verwöhnen. Gavin flüsterte: „Nimm mich“, und lehnte sich zurück in die Kissen. „Ich möchte dich dabei ansehen.“

Wortlos nahm Toby ihm die Schale mit dem Öl aus der Hand und tauchte einen Finger hinein. Er bebte am ganzen Körper, doch er lächelte Gavin an, bevor er die zarten Falten zwischen seinen Backen erkundete, sie einfettete und dehnte. Die beiden Männer stöhnten wie aus einem Mund.

„Jetzt wirst du mir gehören, nur mir“, sagte Toby leise und Gavin konnte den versteckten Triumph aus seinen Worten heraushören. Ja, genau das war sein Wunsch: sich seinem Gespielen hinzugeben. Tobys dunkelblaue Augen fixierten Gavins Blick, als er behutsam in ihn eindrang, um sich dann langsam in ihm zu bewegen. Er legte sich auf ihn und küsste ihn gierig; Gavin hob ihm sein Becken entgegen und schlang die Beine um ihn.

Es war einfach überwältigend Toby tief in sich zu spüren und Gavin konnte sich nicht daran erinnern, das Liebesspiel schon einmal so genossen zu haben. Sie verschmolzen in ihren Bewegungen. Schon bald entlud sich Toby mit einem Aufschrei, er riss Gavin mit in den Abgrund seiner Lust und wurde direkt im Anschluss von dessen Höhepunkt geschüttelt. Atemlos lagen sie sich in den Armen und verloren sich in einem zärtlichen Zungenspiel. Dann glitten sie in kurzen Schlaf, bevor ihre Leidenschaft erneut erwachte …

***

„Verdammte Scheiße, warum bekomme ich den Schlüssel nicht ins Schloss?“, fluchte Toby leise, als er vor seiner Haustür stand. Seine Laune war sowieso nicht die beste, denn der stille Abschied von Gavin war ihm wesentlich schwerer gefallen, als er es sich eingestehen wollte. Eine ganze Nacht lang hatten sie sich verzweifelt geliebt. Keiner von ihnen hatte einen Endpunkt setzen wollen, darum hatten sie nicht viel Schlaf bekommen.

Als er erwacht war, hatte Toby allein in dem großen Bett gelegen, er hatte an die sonnendurchfluteten Decke geschaut, die seine Blicke noch immer nicht durchdringen konnten. Der Duft nach Blüten und einem wunderbaren Frühstück hatte ihn erwartet, doch von Gavin hatte er keine Spur entdecken können. Toby war dann schweren Herzens durch die einzige Tür in dem Zimmer gegangen, die plötzlich wieder an der alten Stelle gewesen war, und hatte sich in dem Hauseingang wiedergefunden, von dem aus er die „Anderswelt“ betreten hatte. Er hatte extra noch einmal geklingelt, um die Tür erneut zu öffnen, aber dahinter war nur ein muffiger Hausflur gewesen.

Was hast du nur mit mir gemacht, Gavin? Diese Frage hatte er sich – wie es schien in einem anderen Leben – schon einmal gestellt, aber das war vor seinem Erlebnis gewesen. Gavin hatte ihn verzaubert, ihr Liebesspiel war so innig und irgendwie besonders gewesen, dass Tobys Herz schmerzte, wenn er nur daran zurückdachte: Das war weit über bloßen Sex hinausgegangen.

Es hatte natürlich kein „Ich rufe dich an“ oder „Melde dich, wenn du magst“ gegeben, darum hatte er die Befürchtung, seinen Geliebten aus der Anderswelt vielleicht nie wiederzusehen. Der Gedanke trieb ihm die Feuchtigkeit in die Augen. Noch nie hatte er eine derartige Nacht erlebt; sein Wunsch nach einem festen Partner wurde übermächtig.

„Gavin, ich vermisse dich!“ Es war nur ein Flüstern, aber das Gefühl erfasste Tobys ganzen Körper. Ja, Gavin hatte ihn gebeten, für immer bei ihm zu bleiben, doch vor diesem Schritt war er zurückgeschreckt, zumal sein ungewöhnlicher Gastgeber eine sofortige Entscheidung von ihm gefordert hatte. *Ich war so dumm! Warum habe ich nicht zugesagt?*

„Tobias!“, hörte er plötzlich einen Schrei und seine Mutter stürzte auf ihn zu, um ihn zu umarmen. Zu seinem Erstaunen hatte er in kürzester Zeit einen großen Pulk Leute um sich herumstehen, die ihn mit aufgeregten Fragen bombardierten und ihn an sich drückten.

***

„Wo hast du dich herumgetrieben, Junge?“ Seine Oma schaute Toby mit großen Augen an, als sie ihm den schwarz-weißen Kater in den Arm drückte, der seinen Kopf sofort schnurrend an ihm rieb. „Du bist so lange weg gewesen, wir haben alle gedacht, dir wäre etwas passiert. Erst nach drei Tagen haben wir nach Sascha gesehen, er war halb verhungert und ich habe den armen Kerl dann bei mir aufgenommen“, erklärte sie und streichelte das Tier liebevoll.

„Ein Jahr und einen Tag.“ Toby kraulte Sascha nachdenklich hinter dem Ohr. Es war ihm vorgekommen, als wäre er nur eine einzige Nacht weg gewesen, darum hatte er gar keine Zeit gehabt, seinen tierischen Freund zu vermissen.

Die alte Dame nickte und sagte dann versonnen wie zu sich selbst: „Man könnte denken, dass die Feen dich geholt hätten.“

„Was sagst du da?“ Tobys Augenbrauen gingen erstaunt nach oben.

„Ja kennst du denn die alten Geschichten nicht, die man sich erzählt?“, fragte seine Oma und klopfte auf das Sofa neben sich. „Dann setz dich mal hin …“

***

Gavin seufzte und verwischte den Nebel. Schon zur Wintersonnenwende, kurz vor dem Fest, das die Menschen dieser Breiten Weihnachten nannten, würde er die Barriere wieder überwinden können und Toby in die Arme schließen.

Er hoffte, dass sein Süßer sich sein Angebot bis dahin überlegen würde, denn ganz sicher wäre Toby nicht scharf darauf, ein weiteres Erdenjahr für einen Kurzbesuch zu verpassen.

„Ordne dein Leben, verabschiede dich von deinen Freunden und deiner Familie ... und dann komme zu mir zurück und bleibe für immer – diesmal *mit* deinem Kater." Schmunzelnd dachte Gavin daran, dass Toby ihn aus Liebe zu seinem Schmusetiger verlassen hatte. ‚Mich gibt es nicht ohne Sascha', waren seine Worte gewesen.

Er musste sich weiter in Geduld üben. Gavin spielte lächelnd mit dem Feuerbällchen und warf es in die Luft. Doch schon bald würde er Toby ein Zeichen geben.

Nicole Henser

Nicole Henser wurde 1968 in Mülheim a. d. Ruhr geboren. Nach dem Abitur arbeitete sie im Marketingbereich einer großen Telekommunikationsgesellschaft. Mit ihrem Mann bezog sie ein altes Bauernhaus am Niederrhein, das schnell der Dreh- und Angelpunkt ihres Lebens wurde. Nachdem sich ihre kleine Tochter zu ihnen gesellte, begann sie im Jahr 2003 zum Ausgleich mit dem Schreiben.

Weitere Titel der Autorin:

GAYFÜHLVOLL – homoerotische Geschichten
von Nicole Henser und Inka Loreen Minden
ISBN: 978-3-837030-13-6

Feurige Offenbarung – Dämonenglut
von Nicole Henser und Inka Loreen Minden
ISBN: 978-3-934442-61-0

Das Beziehungs-Experiment
Eine Wohngemeinschaft der etwas anderen Art
ISBN: 978-3-837093-07-0

Besuchen Sie auch die Website von Nicole Henser:

www.nicole-henser.de

Sinfonie des Meeres

von Martin Skerhut

Manchmal bin ich mir nicht sicher, ob ich es wirklich erlebt oder nur geträumt habe. Aber immer, wenn die Frage aufkommt, bebt mein Körper und verlangt nach den sinnlichen Erfahrungen dieser einen Nacht. Dann schalten meine Gedanken ab, Gefühle übermannen meinen Geist und das rationale Denken verkriecht sich in die Tiefen des Unterbewusstseins.

Was damals wirklich geschehen ist, weiß ich nicht. Ich werde es wohl nie erfahren. Vielleicht war es eine Trübung des Geistes, oder ein Traum, oder etwas so Widerwärtiges, dass ich weder daran denken noch es aussprechen will.

Antworten habe ich keine, nur Fragen.

Es war eine sternenklare Nacht. Ich lag halbnackt, nur mit Badehose bekleidet, am Strand. Nur ich, der Sand, das Meer und die Sterne. Die abertausend grellen Punkte über mir faszinierten mich. Ich entdeckte den Großen Wagen, mehr kannte ich nicht. Ich erdachte Linien und zeichnete in Gedanken meine eigenen Sternbilder. Ich gab ihnen Namen und erfand ihre Geschichten.

„Hat diese Nacht nicht etwas Magisches an sich?“

Seine dunkle, aber sanft klingende Stimme erschreckte mich. Ich hatte ihn nicht kommen sehen, plötzlich war er da. Er saß neben mir und starrte in den Himmel. Ich warf ihm einen Blick zu und betrachtete ihn genauer. Ich kannte ihn nicht, hatte ihn nie zuvor gesehen. Er hätte ein Tourist sein können, kein Einheimischer der Sprache nach, oder ein Gott, herabgestiegen vom Olymp, um mir Gesellschaft zu leisten und mich zu verführen, wie es die griechischen Götter in den Sagen taten. Er war jung, von makelloser Schönheit. Braun gebrannt, mit schwarzem Haar. Adonis, obwohl sich mir ein anderer Name in meine Gedanken schlich: Tezcatlipoca. Ein Wort, das mir schwer über die Lippen kommt, ein unaussprechlicher Name und doch war er da. Drang in mein Bewusstsein ein und stellte sich vor, ohne Worte. Tezcatlipoca, der Azteken-Gott der Nacht. Es spielte keine Rolle, wer er war. Er war schön und ich begehrte ihn. Seine Haut musste weich wie Samt sein.

Er trug nur eine knappe Badehose, gerade groß genug, um seine wichtigsten Teile zu verbergen. Oder hervorzuheben, jedenfalls spannte sich der Stoff meiner Hose sehr stark. Ich hoffte, er würde es nicht bemerken.

„Die Sterne können uns viel erzählen", sagte er. Ich hörte das Lächeln in seiner Stimme und wartete, dass er fortsetzte. Er schwieg. Ich betrachte ihn vorsichtig, schielte zwischen den Sternen und dem nächtlichen Besucher hin und her. Ich zuckte zusammen, als er sich ohne Vorankündigung auf mich setzte und mit seinen Fingern sanft über meine Brust fuhr. Meine Haare stellten sich auf, und das Gefühl der Angst machte sich breit. Ich hatte mir gewünscht von ihm berührt zu werden, ihn zu küssen ... und mehr. Ich spürte seine Kraft, als er auf mir saß, sah das triumphierende Lächeln in seinem Gesicht.

„Keine Angst!", sagte er zärtlich. „Lass es über dich ergehen! Ich weiß, dass du es willst, aber deine Instinkte stehen dir im Weg. Lass dich von mir führen, lausche den Wellen, dem Wind!"

Ja, ich hatte Angst. Ich wollte fliehen, weg von diesem Ort, weg von diesem Mann, der alles sein konnte: ein Serienmörder, ein Perverser, beides zusammen und doch wollte ich ihn. Ich wollte ihn so sehr, wie ich noch nie eine andere Person wollte. Und ich wollte ihn nur jetzt, nicht später oder für ewig.

Kalt lief es mir den Rücken hinunter, heiß war meine Stirn. Ich wollte, ich wollte nicht, aber ich hatte keine Wahl. Ich konnte nicht weg. Ich musste wollen. Mein Körper wollte, mein Körper wollte nicht, mein Geist wollte, mein Geist wollte nicht.

„Genug!", sagte er, als würde er meinen inneren Kampf spüren. „Lausche den Stimmen des Ozeans, erfülle dein Herz und deinen Geist mit dem Gesang des Wassers. Werde eins mit der Nacht, dem Meer, öffne deine Sinne, gib dich mir hin!"

Und wie unter Hypnose gab ich nach. Die Angst wich der Erregung, mein ganzer Körper schrie nach mehr, nach Berührung, nach Liebe, nach Freiheit. Und ich bekam sie. Finger berührten meinen Körper, wir waren nackt, bevor ich auch nur ein Wort sagen konnte. Er küsste mich, seine Zunge umwarb meinen Mund, meine Zunge; sein Mund wanderte über meinen Körper, seine Hände strichen über meine Haut. Sanft schlugen die Wellen an den Strand, ich hörte die Bewegung jedes Sandkorns, in der Ferne Walgesang und das Geschrei von Möwen in der Nacht. Seetang wiegte sich in den Wellen, Quallen tanzten ein Ballett zu unhörbaren Klängen. Ich spürte das Meer, das Salz auf meiner Haut, den Sand auf meinem Körper und den Mann, der mehr war als ein Mensch, der mich zwang die Augen geschlossen zu halten, der mich zwang ihn zu küssen, ihn zu liebkosen, seine Haut auf meiner zu spüren. Der Gott, der mich verführte, vergewaltigte, berührte, der Mann, der mit mir tat, was er wollte und ich war hilflos. So hilflos wie ich sein wollte. Er drang in mich ein, er und der Sand und das Wasser und das Salz. Mein Körper, mein Geist, wir spürten ihn, wir wollten ihn. Wir wollten ihm gehören und er besaß uns, er besaß meinen Körper und meinen Geist.

Rhythmisch, im Einklang mit den Wellen und dem Tanz des Seetangs drang er ein, er knabberte an meinen Ohrläppchen und flüsterte in einer Sprache, die schon längst untergegangen war. Er sagte Dinge, die ich nicht verstand, Dinge, die zärtlich sein konnten, oder beleidigend, aber mein Körper reagierte darauf. Mein Geist erbebte, wir waren eins. Ich, das Meer, der Fremde, die Sterne und alles, was um uns war.

Unbeschreiblich war das Verlangen, das in mir geweckt und befriedigt wurde. Und als ich kam, war es mein Körper, der zuerst kam, der erbebte und die Harmonie des Meeres störte. Der Wellengang wurde stärker, höher kroch das Wasser den Strand entlang, sanft umspülte es meine Füße, die zuckend den Rhythmus störten. Mein Körper kam, doch mein Erguss ließ auf sich warten. Auf dem Rücken liegend scheuerte ich über den Sand, mein geheimnisvoller Geliebter unersättlich in unserem gemeinsamen Takt in mir. Dann kam ich erneut und er kam in mir, spritze seine Lust in mich, biss mir in den Nacken um mich zu kennzeichnen, seinen Besitz für alle Ewigkeiten sichtbar zu machen.

Ich lag schlaff und geschafft am Meer. Sanft schlugen die Wellen an den Strand, in der Ferne kreischten Möwen und nicht ganz so fern, der Lärm der Zivilisation, die Stadt, der ich für kurze Zeit den Rücken kehren wollte.

Ich öffnete die Augen. Ich sah in den Himmel und entdeckte den großen Wagen. Ich spürte … Ich spürte die Nachbeben meiner Lust und die wiederkehrende Angst. Ich setzte mich auf, ich war allein, aber ich fühlte den fremden Samen in mir. Ich zitterte am ganzen Leib, meine Haare standen zu Berge und kalter Schweiß rann über meine Stirn. Vergessen war der Einklang mit dem Meer. Zurück blieb Verzweiflung. Mein Geist kehrte aus den Tiefen des Unterbewusstseins zurück und mein Gewissen rührte sich.

Was hatte ich getan?

Was war geschehen?

Ich war allein, aber bis vor Kurzem war ich nicht allein. Oder?

Was hatte er gesagt? Was waren seine ersten Worte?

„Hat diese Nacht nicht etwas Magisches an sich?"

Ja, sie war magisch, mit mehr Magie geladen, als ich ertragen konnte.

Meine Gedanken ließen sich nicht ordnen, meine Angst nicht erklären. Verwirrt machte ich mich auf den Weg zurück in die Stadt.

Vor mir spülte das Wasser einen leblosen Körper an den Strand. Einen männlichen Körper.

IHN.

Es war der geilste Sex meines Lebens. Egal, ob wirklich oder nur geträumt, niemals werde ich Ähnliches erleben und niemals werde ich wissen was wirklich war.

War es wirklich Tezcatlipoca, oder nur ein plötzlich auftauchender Schönling? Und woher kam die Leiche?

Es war wirklich eine magische Nacht.

****

Tezcatlipoca war der Azteken- und Tolteken-Gott des Nordens, der Kälte, des Nachthimmels samt Mond und Sterne, der Farbe Schwarz, der Materie, des Krieges, der Helden, der Versuchung und der schönen Frauen. Er trug einen Spiegel mit sich, welcher Rauch absonderte und seine Feinde damit tötete. Deshalb wurde Tezcatlipoca auch *Gott des Rauchenden Spiegels* genannt.

****

Martin Skerhut

Martin Skerhut wurde 1972 in München geboren und lebt dort auch.
Seit 2004 erscheinen seine größtenteils fantastischen/erotischen Geschichten in verschiedenen Anthologien und Literaturzeitschriften.

2007 erschien sein Buch „Dämonenlust“.

Mehr über den Autor und sein Werk unter:
http://www.martin-skerhut.de/

Two-Spirit

von Inka Loreen Minden

Hahóo, Black Feather!“, begrüßt mich mein indianischer Freund überschwänglich, als wir uns in die Arme fallen.

„Hi, Kum!“ Ich drücke ihn kurz an mich und lege meine Wange unauffällig an sein seidiges Haar, bevor wir uns wieder voneinander lösen.

Drei Wochen habe ich den jungen Mann nicht mehr gesehen, doch es kommt mir wie Monate vor. Eigentlich heiße ich ja Sidney Brown und bin ein „Bleichgesicht“, wie mich Kumskaka manchmal nennt, wenn er mich ärgern will. Wir sind wie Brüder und haben unsere Verbindung vor langer Zeit mit Blut besiegelt. Da war ich erst zwölf und Kum kaum älter. Seit ich ihm damals das Leben rettete, haben wir uns beinahe jede Woche gesehen, wann immer wir uns davonschleichen konnten. Wir wussten schon vor vielen Jahren, dass unsere Freundschaft ungewöhnlich ist und weder von den Siedlern noch von den Shawnee toleriert wird, weshalb wir uns nur heimlich treffen. Aber in letzter Zeit litt unsere Freundschaft stark unter den kulturellen Unterschieden. Der weiße Mann versucht seit jeher, die Shawnee aus ihrem Land zu vertreiben, und so, wie es aussieht, ist es ihm endlich gelungen.

„Nächsten Monat wird unser Stamm wegziehen, denn wir werden uns in kein Reservat sperren lassen“, erklärt mir Kum in gebrochenem Englisch und zupft an seinem langen Rock herum, damit er mich nicht ansehen muss. „Das wird unser letzter gemeinsamer Ausflug werden, Sid.“

Mein Herz schnürt sich zusammen. Hätte uns der Krieg doch bloß entzweit, dann wäre manches so viel einfacher, denke ich betrübt. „Hast du das Messer noch, das ich dir beim letzten Mal gegeben habe?“, frage ich ihn, um das Thema zu wechseln.

Die dunklen Augen des schlanken Mannes funkeln und seine Zähne blitzen auf. Stolz zieht er die Klinge aus seinem Gürtel. Für die Shawnee ist Metall so wertvoll wie Gold für die Weißen. Er fragt mich: „Wer von uns wird den größeren Hirsch erlegen, was meinst du?“ Doch ich höre ihm kaum zu, bin mit meinen Gedanken ganz woanders.

Kum spricht nicht nur meine Sprache gut, er kennt auch *mich* so gut, dass er sofort bemerkt: „Hast du Sorgen, Bleichgesicht? Ist alles okay mit dir?“ Er tritt näher, um seine Hand auf meine Schulter zu legen.

„Nápévomóhtane“, erwidere ich schnell, denn auch ich habe ein paar Fetzen Algonkin aufgeschnappt. „Ich fühle mich gut. Komm, lass uns keine Zeit mehr verlieren!“

Sofort schüttle ich seinen Arm ab und laufe voraus durch den Wald, immer an einem sprudelnden Fluss entlang, doch Kum lacht nur und sprintet leichtfüßig an mir vorbei. Seine geschmeidigen Bewegungen sind die eines wilden Tieres, nur sein langer Rock behindert ihn beim Laufen. Ich frage mich schon lange nicht mehr, warum Kum keinen Lendenschurz trägt. Er ist in vielen Dingen anders, genau wie ich, deswegen fühle ich mich in seiner Gesellschaft wahrscheinlich so wohl. Aber dass er mit Schmuck behängt ist wie eine Frau, finde ich manchmal doch seltsam.

Schon ist er hinter einer Biegung verschwunden und ich habe Probleme, ihm hinterherzukommen. Kein Wunder, dass seine Leute ihn Kumskaka – fliegende Katze – nennen, geht es mir durch den Kopf. Seine nackten Füße berühren beim Laufen kaum den Boden und seine Haare wehen wie ein Schweif hinter ihm her.

Als ich ihn wieder sehe, steht er auf einem kleinen Felsen mitten im rauschenden Wasser, seinen Speer bereithaltend. Sein nackter Oberkörper glänzt athletisch in der Sonne; durch die rotbraune Haut kommt das Spiel seiner Muskeln besonders gut zur Geltung. Die langen schwarzen Haare fallen ihm lose über den Rücken und schimmern wie das Gefieder eines Raben. Eigentlich müsste *er* „Black Feather“ heißen, doch Kum gab *mir* diesen Namen, als er mir eine schwarze Feder schenkte. Er meinte, ein Rabe wäre ihm im Traum erschienen und hätte gesagt, dass er mein Schutzgeist sei. Seitdem trage ich die Feder immer in einem kleinen Beutel mit mir herum.

Plötzlich schnellt Kums Arm nach vorne und auf der Spitze seiner Lanze zappelt ein Fisch. „Das Mittagessen ist uns schon mal sicher!“ Er grinst in meine Richtung, da er genau weiß, wer von uns beiden der bessere Jäger ist. Doch das macht mir nichts aus. Ich genieße jede Minute, die ich mit ihm verbringen kann. Im Laufe der

Jahre habe ich viel von Kum gelernt und ich sehe die Natur nun mit ganz anderen Augen. In jedem Grashalm, in jedem Stein steckt eine Seele. *Spirit* nennt es mein indianischer Freund.

Kum brachte mir bei, wie man meditiert und zu Sonne, Wind und Regen tanzt. Er lehrte mich, welche Pflanzen bei Krankheiten helfen und wo ich eine Höhle oder einen anderen Unterschlupf finde, wenn ein Unwetter hereinbricht.

Normalerweise lebe ich zurückgezogen in einer Berghütte, denn mit den Ansichten der Siedler komme ich nicht mehr klar. Es ist für alle das Beste, denn ich habe große Angst was sie mir antun könnten, wenn sie erfahren, dass ich anders bin. Die Indianer sind auch anders – und müssen dafür teuer bezahlen.

Kum und ich laufen den ganzen Tag durch den Wald und jagen, wobei ich mich oft hinter ihm halte, um seine knackigen Pobacken zu betrachten. Der enge Rock spannt sich wie eine zweite Haut über sein muskulöses Gesäß, das ich zu gerne wieder einmal in natura sehen möchte. Ich kann es kaum erwarten.

Auch sein glattes, schwarzes Haar sieht verlockend aus. Wie mag es wohl duften? Ob es sich weich anfühlt? Mit meinen Fingern möchte ich durch die langen Strähnen fahren und sie an meine Wange halten. Oh Kum, was hast du nur mit mir angestellt?

Gegen Abend erreichen wir einen See, an dem wir übernachten werden. Doch zuvor nehmen wir noch ein erfrischendes Bad, um den Staub und die Hitze des Tages von uns abzuwaschen. Endlich.

Während mein Freund aus dem langen Rock steigt und die bunten Ketten ablegt, kann ich die Augen nicht von seinem schönen Körper nehmen. Alles an ihm ist schlank und sehnig, dennoch steckt er so voller Kraft, dass ich gegen ihn nie eine Chance hätte. Zudem hat er die Reflexe eines Kriegers. Aber er ist kein Krieger, weiß ich. Bei seinem Volk ist er ein Heiler.

Eine lange Narbe an seinem Schulterblatt zeugt davon, dass er nur knapp mit dem Leben davongekommen ist. Ein Puma hatte ihn damals angefallen, als ich ihn blutend hinter der Farm meines Vaters fand. Orientierungslos hatte sich der Junge durch die Gegend geschleppt. Pa wollte ihn zuerst erschießen wie ein tollwütiges Tier, doch ich habe mich vor Kum gestellt und ihn in unserer Scheune gesund gepflegt.

Drei Jahre später starb Dad an Blutvergiftung und ich habe die Farm verkauft. Aber Kum hat überlebt. Und wie er lebt ... Ausgelassen tobt er im Wasser. Er denkt, durch den Angriff sei der Geist des Berglöwen in ihn gefahren und genau so ist Kum manchmal: wild und wunderschön.

Bis zum Bauch steht er in dem kristallklaren Nass. Schillernde Tropfen perlen auf seiner dunklen Haut und reflektieren das letzte Licht der Sonne.

„Was ist los?“, ruft er und winkt mich zu sich.

Als meine Wildlederhose sowie das Hemd auf den Boden fallen und ich nackt am Ufer stehe, laufe ich schnell in den erfrischenden See, damit Kum nicht bemerkt, wie sehr mich sein Anblick erregt.

Wir toben herum wie Kinder, und immer, wenn ich seine Brust umfasse, um ihn unter Wasser zu ziehen, presse ich meinen Körper für einen Moment gegen seinen. Dabei hoffe ich, dass er meine beginnende Erektion nicht wahrnimmt, die das kühle Wasser kaum in Schach halten kann.

Ich schnappe nach seinem Arm, doch Kum ist wendig wie ein Fisch und ebenso schnell. Schon entschlüpft er mir und läuft auf das Ufer zu, ich hinterher. Lachend fallen wir in das weiche Gras, Kum auf mir, und unsere nackten Körper reiben sich aneinander. Mein Freund hat eine wundervoll samtige Haut, die ich möglichst unauffällig streichle, während wir herumbalgen. Beide atmen wir schwer, doch plötzlich halte ich erschrocken die Luft an, als mein Freund seine Nase in meiner Halsbeuge vergräbt.

„Was machst du?“ Ich versuche ihn von mir zu schubsen, doch eisern hält sich Kum an meinen Schultern fest.

„Du duftest“, flüstert er in mein Ohr und kichert leise. Seine nassen Strähnen bedecken mein halbes Gesicht und kleben an meiner Wange.

Mein Herz rast wie der Kolben einer Dampflok. „Ich stinke höchstens wie ein Iltis, du dämliche Rothaut!“

„Nein, du riechst nach Pfeffer. Würzig. Lecker!“ Schon beißt er spielerisch in meinen Hals, sodass sich ein Prickeln von der Stelle bis zu meinen Zehenspitzen ausbreitet. Was für ein herrliches Gefühl, aber Kum sollte das nicht machen!

„Kum, was soll das?“ Mit weit aufgerissenen Augen starre ich ihn an, seine Nasenspitze dicht an meiner, als er mir plötzlich mein feuchtes Haar aus dem Gesicht streicht.

„Ich möchte dich genau in Erinnerung behalten, mir alles einprägen, bevor ich mit meinem Volk weggehe, weißer Mann. Und jetzt halte still, dann ist es gleich vorbei." Er setzt sich auf, wobei seine nackten Pobacken gegen meine Erektion drücken, die ich nun nicht mehr verheimlichen kann. Aber Kum scheint das nicht zu stören. Mit den Fingerspitzen fährt er über meine Brust und die Nippel, die sich sofort zusammenziehen und steinhart werden.

„Du hast dort so viele Haare!" Kum sieht kurz an sich herab. Seine Brust ist glatt, die Arme und Beine nur mit einem dunklen Flaum bedeckt. Doch zwischen seinen Beinen, da ist er genauso ... „Au! Kum, was machst du?"

Grinsend hält er das ausgerissene Brusthaar zwischen zwei Fingern. „Ein Andenken!"

„Na warte!" Schon drücke ich ihn von mir herunter und wir tollen eine Weile über die Wiese, bis wir völlig entkräftet nebeneinander liegen bleiben.

„Du wirst mir fehlen, weißer Bruder", flüstert er kaum hörbar, doch als ich ihn ansehe, sieht er nicht traurig aus – nein, seine Augen scheinen zu glühen.

Mein Blick wandert weiter an dem herrlichen Körper hinab und ein Zucken durchfährt meinen Unterleib, als ich auf sein aufgerichtetes Glied starre.

„Ich war noch nicht fertig, Black Feather." Es klingt beinahe wie eine Entschuldigung, doch das Blitzen in seinen dunklen Augen verrät mir, was er für Absichten hat. Kum richtet sich auf und fährt über meinen flachen Bauch hinunter bis zu dem gekräuseltem Haar, sodass mir ein Keuchen entkommt.

„Deine Haut ist so weich wie das Blatt einer Seerose." Er streichelt die Innenseiten meiner Schenkel, was mich beinahe wahnsinnig macht, doch ich kann seine Hände nicht wegstoßen; ich kann mich nicht bewegen. Als er schließlich meine Härte umschließt, explodiere ich beinahe.

„Kum ..." Ich kann nur hilflos keuchen und weiß nicht, was ich ihm jetzt sagen soll.

Er streichelt und leckt mich überall, kitzelt mit der Zunge über meine Brustwarzen und weiter an meinem Hals herauf bis zu meinen Lippen. Sein Kuss ist vorsichtig, zärtlich – beinahe nur ein Hauch, also fasse ich in sein weiches Haar und ziehe ihn zu mir herunter. Sofort umschlingt meine Zunge die seine, wild und begierig, denn er schmeckt so süß wie die Beeren, die wir zuvor genascht haben.

Kum reibt sich schlangenartig an mir. Mein Freund ist ebenso sehr erregt wie ich, und gemeinsam keuchen wir in unsere Münder.

Jetzt traue ich mich auch, ihn anzufassen. Ich streichle über seinen Rücken bis zu den muskulösen Pobacken, um Kum fest an mich zu drücken. Unsere steifen Geschlechter schmiegen sich aneinander. In diesem Augenblick vergesse ich alle Zweifel – es gibt nur noch Kum und mich und unsere Leidenschaft, die über uns hinwegfegt wie ein Steppenbrand. Immer schneller bewegen wir uns, bis sich in meinem Unterleib alles zusammenzieht. Fast zur selben Zeit entlädt sich Kums und mein Lustsaft warm und feucht auf unsere Bäuche.

Mit fiebrigen Augen blickt Kum noch eine Weile stillschweigend zu mir herab, bevor er aufsteht und die Spuren unserer Leidenschaft im See abwäscht. Auch ich tue es ihm gleich und kann ihn dabei nicht ansehen. Was ist nur über uns gekommen? Das hätte nicht passieren dürfen, obwohl es für mich wunderschön war. Ich habe schon ewig diese Träume über mich und Kum, doch jetzt, als sie wahr wurden, fühle ich mich schlecht.

Da kommt mein Freund plötzlich auf mich zu, um mir beim Abwaschen der klebrigen Flecken zu helfen. „Es ist okay“, meint er nur, nimmt meine Hand in die seine und zieht mich zum Ufer. Sofort fühle ich mich besser.

Wir lieben und streicheln uns die halbe Nacht und erforschen unsere Körper, bis wir eng umschlungen einschlafen. Am nächsten Morgen, als wir uns auf den Nachhauseweg machen, verlieren wir kein Wort über die nächtlichen Ereignisse. Ab und zu greift Kum nach meiner Hand und lächelt scheu. Er war so natürlich, während wir uns liebten, so, als hätte er schon öfter den Körper eines Mannes verwöhnt. Und plötzlich sehe ich meinen Freund mit anderen Augen: sein Rock, der Schmuck, die Art, wie er sich bewegt ... Wie ist das bei den Shawnee? Kum ist ein angesehener Heiler bei seinem

Volk. Seine Andersartigkeit scheint dort niemanden zu stören.

Als wir uns mit einem zögerlichen Kuss verabschieden, weiß ich, dass ich den Shawnee folgen werde, wo immer sie auch hingehen. Auch dort werde ich einen Platz finden, auf dem ich mir eine Hütte bauen kann, um in Kums Nähe leben zu können.

Inka Loreen Minden / Lucy Palmer

Von der Autorin sind bereits folgende Bücher erschienen:

GAYFÜHLVOLL – homoerotische Geschichten
von Nicole Henser und Inka Loreen Minden
ISBN: 9783837030136

Feurige Offenbarung – Dämonenglut
von Nicole Henser und Inka Loreen Minden
ISBN: 9783934442610

TEMPTATIONS – VERSUCHUNGEN
4 gay historical romances – editio cupido
ISBN: 9783934442603

Sinful Kisses – Sündhafte Küsse
gay historical romance
ISBN: 9783934442627

SUPERNOVAE – corporis voluptas
Drei erotische Liebesgeschichten
ISBN: 9783833494772

Verlockende Versuchungen
14 märchenhaft-erotische Geschichten
ISBN: 9783866081086

Mach mich scharf! & Mach mich wild!
von Lucy Palmer / Blue Panther Books

Ihre ***eBooks*** erscheinen beim:
www.club-der-sinne.de

Besuchen Sie auch die Homepage der Autorin:
www.inka-loreen-minden.de

Sexspielchen

von Tobias Wolf

Dylan stand im Badezimmer vor dem Spiegel und musterte seine Klamotten, die er nach der heißen Dusche angezogen hatte. Zufrieden stellte er fest, dass das Hemd und die hautenge Hose seinen muskelbepackten Körper noch nie so gut zur Geltung gebracht hatten, wie in diesem Moment. Die Intensivkur mit dem Creatin und den acht Wochen Powertraining im Fitnessstudio um die Ecke hatten sich schon ausgezahlt. Dylan nahm die Tube Gel, gab einen kleinen Klecks in die Handfläche und fuhr mit den Fingern durch seine kurzen schwarzen Haare. Dann wusch er sich die Hände und verließ das Haus.

Vor der Tür stieg er ins Auto und nach einer etwa zwanzigminütigen Fahrt war er an seinem Ziel angekommen. Er blieb noch kurz in seinem Wagen sitzen, doch je länger er das tat, desto stärker meldete sich die Stimme in seinem Kopf, die er schon seit einigen Tagen immer wieder hörte. Sie drängte ihn dazu, seinen Plan, den er schon seit langer Zeit mit sich herumtrug, in die Tat umzusetzen.

Als Dylan das Gefühl hatte, dass sein Kopf sich immer mehr zusammenzog, öffnete er die Tür und blieb in der dunklen Nacht vor dem Haus stehen. Er beobachtete es schon seit einiger Zeit und wusste, dass der alleinerziehende Vater Jason mit seinem Sohn darin wohnte. Doch der Junge war an diesem Wochenende bei seiner Mutter ... was Dylan sehr gelegen kam.

Komm schon, mach es!, hörte Dylan wieder die Stimme. *Komm schon, mach es! Du hast es so lange geplant.* Dylan ging ein paar Schritte auf das Haus zu. *Noch hast du Zeit es dir anders zu überlegen.* Doch er setzte seinen Weg fort und stand vor der Terrassentür, schob sie mit einem leisen Quietschen auf und ging hindurch.

Er befand sich in der Küche des Hauses, die ihm ziemlich neu erschien, denn sie vermittelte den Eindruck, dass hier noch nicht allzu viel gekocht und gearbeitet worden war. Mit ein paar Handgriffen orientierte er sich in den Schränken und suchte sich einige Dinge zusammen. Dann ging er durch die Küchentür und blieb vor der großen Treppe im Flur stehen.

Beruhigend flüsterte er: „Du musst das nicht machen, wenn du nicht willst, Dylan." Doch die Stimme in seinem Inneren meldete sich wieder und befahl ihm, die Sache, die er sich immer wieder aufs Neue durch den Kopf hatte gehen lassen, endlich durchzuziehen.

Dylan ging die große wuchtige Holztreppe nach oben. Er achtete darauf, so vorsichtig und leise wie nur irgendwie möglich die einzelnen Stufen zu betreten, weil er befürchtete, dass diese unter seinem Gewicht ein lautes Knarren von sich gäben. Doch er hatte Glück und konnte ohne jegliche Geräusche hinaufgehen. Als er auf dem Absatz am Ende der Treppe angelangt war, blieb er stehen, bog nach rechts und ging in Richtung Schlafzimmer.

Vor der Tür angekommen, öffnete er sie leise und sah Jason in hautengen Boxershorts, die zwischen dessen Beinen eine große Beule formten, daliegen. Diese vielversprechende Wölbung war sogar noch etwas größer, als er erwartet hatte. Dylan blieb kurz vor dem Bett stehen, sah sich Jason etwas genauer an und vergewisserte sich, dass dieser wirklich tief und fest schlief. Ihm schoss der Gedanke durch den Kopf, dass es ihm sehr viel Spaß bereiten würde, die Muskeln des Schlafenden und die kleinen Brustwarzen mit seiner Zunge zu massieren. Dylan sah, wie sich Jasons Brustkorb sanft hob und senkte, als er wieder hörte: *Na los, jetzt oder nie! Wenn er die Augen öffnet, ist es zu spät!*

Dylan zog ein kleines schwarzes Tuch aus seiner Hosentasche, beugte sich über das Bett und drückte es Jason über die Augen. Sofort wurde dieser wach und begann so laut zu schreien, wie es seine Stimme in diesem Moment zuließ. Er wehrte sich mit aller Kraft, doch Dylan ließ sich davon nicht beeindrucken. Mit einem festen Knoten band er das Tuch hinter Jasons Kopf zusammen.

Doch Jason gab seine Bemühungen, sich zur Wehr zu setzen, nicht auf, während er spürte, dass sich ein fester Griff um seine Handgelenke schloss. Sein Angreifer legte ihm, dem klickenden Geräusch nach zu urteilen, Handschellen um. Jason spürte in diesem Moment nur noch den kalten harten Stahl auf seiner Haut.

Leichte Panik überkam den Gefangenen: Was passierte hier mit ihm? Konnte das wirklich wahr sein? Doch der Schrecken war noch nicht vorbei, denn er merkte, wie sich jemand am Bund seiner

Boxershorts zu schaffen machte und versuchte, sie ihm auszuziehen. Jason setzte seine Befreiungsversuche fort, in der Hoffnung, das Vorhaben des Fremden beenden zu können.

Plötzlich und völlig unerwartet ließ sein Widersacher von ihm ab. Jason atmete tief durch. War es vorbei? Eine dunkle, verzerrt klingende Stimme sprach ihn an: „Ich werde dir jetzt zeigen, wie lieb Männer miteinander umgehen können, egal, ob du es willst oder nicht."

Jason schluckte und Panik stieg erneut in ihm auf, denn er spürte die Hand des Unbekannten an seinen Beinen. Aus voller Kehle begann er zu schreien, ihm wurde aber schnell klar, dass ihn das nicht aufhalten würde. Er verstummte und absolute Stille kehrte im Zimmer ein. Es wirkte so, als ob an diesem Abend nichts geschehen wäre.

Jason hörte etwas weiter vom Bett entfernt ein Geräusch, das er aber nicht einordnen konnte und rief: „Wer ist da? Was haben Sie mit mir vor?" Aber er bekam keine Antwort. Stattdessen merkte er, wie sich jemand neben ihn aufs Bett setzte, sich zu seinem Ohr herunterbeugte und ihm zuflüsterte: „Hallo Jason, ich werde dich jetzt ficken und du kannst nichts dagegen tun."

Jason fing wieder an zu schreien. Gleichzeitig versuchte er, von den Fesseln, die seine Handgelenke umgaben, loszukommen, doch auch dieses Mal hatte er keinen Erfolg. Er spürte, wie sich der Mann, den er nicht sehen konnte, erneut an seinen Boxershorts zu schaffen machte und dabei war, sie ihm auszuziehen. Die Panik in Jason stieg noch weiter an, denn mittlerweile lag er nackt auf seinem Bett und war vor Angst nicht mehr in der Lage, sich zu bewegen. Ein einziger Gedanke beherrschte ihn: *Bring die Sache einfach so schnell wie es geht hinter dich.*

Dylan stand nun vor dem Bett und blickte auf seine Eroberung in dieser Nacht herab, als er wieder die Stimme in seinem Kopf wahrnahm: *Ich weiß, dass er dir mit seinen Brustmuskeln, seinem definierten Sixpack, seinen langen blonden Haaren und den athletischen Beinen gefällt. Und dass sein Schwanz genau dem entspricht, was du schon immer mal im Mund haben wolltest. Nun los, hol dir, was du haben willst – denn er kann sich nicht wehren!*

Der Anblick, der ihm geboten wurde, faszinierte ihn. Hilflos lag Jason auf dem Bett. Dylan zog sich aus, knöpfte sein Hemd auf und entblößte seine Brust, dann öffnete er seine Hose und ließ sie an den Beinen hinab auf die Erde fallen. Ebenso nackt wie Jason setzte er sich zurück aufs Bett und legte eine Hand auf dessen Oberschenkel.

Jason fuhr vor Schreck zusammen und fing an zu zittern. Er spürte, wie die Hand des Fremden an seinem Oberschenkel entlang, über seinen Penis, Bauch und Brust wanderte und an seinem Hals zum Stehen kam. Sein Herz schlug wie wild. Dann hörte er wieder die Stimme des Fremden:- „Keine Angst, ich werde dir nicht wehtun." Der Mann wollte Jason einen Kuss geben, aber er weigerte sich diesen zu erwidern. Doch als er von ihm dazu gezwungen wurde, überkam Jason eine unerwartete Welle der Gefühle, die ihn dazu brachte seinen Mund etwas zu öffnen und dem anderen die Möglichkeit gab, die Zunge in seinen Mund zu schieben.

Beide konnten dem Verlangen, den anderen zu schmecken, nicht länger widerstehen. Dylan legte sich nun auf Jason und küsste dessen Hals, knabberte an seinen Ohren und schob ihm voller Hingabe die Zungenspitze ins Ohr. Er hatte es geschafft: Jason konnte sich gegen sein Empfinden nicht mehr wehren und ließ nun die Gefühle, die sich in seinem Körper entwickelten, zu.

Dylans Schwanz fing an zu zucken, wurde härter und richtete sich auf, bis er senkrecht vor seinem Bauch stand. Nach einem Blick auf Jasons ebenfalls zuckenden Ständer umfasste er diesen sachte und entlockte ihm ein leises Stöhnen. Sein Gefangener bekam einen Kuss von Dylan auf den Mund gedrückt und hörte, wie seine Stimme im Flüsterton sagte: „Um den werde ich mich später kümmern." Dylan streichelte über Jasons Brust, die sich so hart anfühlte, als ob er nichts anderes als Sport in seinem Leben kennen würde. Jason stöhnte erneut leise auf, denn Dylan erkämpfte sich mit der Zunge den Weg zu seinen Brustwarzen und fing an sie zu massieren. Solche Gefühle hatte Jason bis zu diesem Abend noch nie verspürt, zumal er aus einem unerfindlichen Grund seine Angst verloren hatte. Plötzlich war er sich sicher, dass ihm nichts geschehen würde.

Dylan ließ nun seine Zunge in Richtung Bauch gleiten und umfuhr jede einzelne Kontur, die Jasons Körper ihm auf dem Weg entgegenstreckte. Pure Lust durchfuhr Jason, und er wusste nicht mehr, wie ihm geschah. Noch kein Liebesakt hatte ihm solch ein Stöhnen und Verlangen nach einem Menschen entlockt. Er flüsterte Dylan zu: „Fick mich endlich, ich will dich in mir spüren!"

Dylan fuhr mit seiner Hand durch Jasons Haare und drückte ihn gleichzeitig zurück aufs Kissen; er zeigte ihm damit, dass er das Sagen hatte. Vom Bett aufgestanden, ging Dylan zum Schreibtisch hinüber und griff nach der Tasse, die er aus der Küche mit hinaufgenommen hatte.

Als er wieder vor dem Bett stand, sich aber nicht rührte, rief Jason: „Hallo, bist du noch da?" Nachdem er keine Antwort bekam, wurde Jasons Stimme lauter und er rief noch mal: „Bist du noch da?"

Dylan brach das Schweigen, indem er einen Eiswürfel auf Jasons Brust fallen ließ, der sich unmittelbar seinen Weg in Richtung Schwanz suchte. Jason stöhnte und fühlte, dass nun seine Lippen kalt wurden. Er öffnete sie einen Spalt, und Dylan fuhr mit einem weiteren Eiswürfel über seinen Mund.

Völlig von seiner Lust übermannt, bemerkte Jason zunächst gar nicht, dass Dylan mittlerweile sein bestes Stück erreicht und in den Mund genommen hatte. Langsam fuhr er mit seiner Zunge um die Eichel. Jason war kaum noch in der Lage, seine Geilheit unter Kontrolle zu halten. „Ich komme gleich, wenn du so weiter machst", stöhnte er.

Dylan ignorierte seine Bemerkung und ließ die Zunge weiter über Jasons Schaft gleiten, dann begann er, am Schwanz zu saugen. Er legte seine Hand auf Jasons Bauch, der sich nun immer schneller hob und senkte. Um zu kontrollieren, wann Jason zum Orgasmus kommen würde, konzentrierte er sich auf das Stöhnen. Es dauerte nicht lange, bis sich das Keuchen steigerte und der Höhepunkt kurz bevorstand. Dylan stoppte und ließ seinem Gegenüber die Möglichkeit, kurz zu verschnaufen, damit er seine Ejakulation unterdrücken konnte.

Als es sich etwas beruhig hatte, dreht Dylan sein „Opfer" auf den Bauch, öffnete die Handschellen und kettete sie jetzt am Bettgestell fest. Jasons kräftiger Rücken bot sich Dylan an, den er von oben nach unten nun langsam liebkoste. Ein Stück oberhalb des knackigen Pos hielt er inne. Jason zitterte und stöhnte so laut, dass sich Dylan ein Lächeln nicht verkneifen konnte. Er platzierte seine Hand genau so auf dem Rücken, dass sein Mittelfinger direkt zwischen den Pobacken und dann auf Jasons Anus landen würde, wenn er in wenigen Augenblicken seine Hand weiterbewegte.

Jason drehte seinen Kopf zur Seite und flüsterte zu Dylan: „Tu mir nur einen Gefallen. Sei vorsichtig, wenn du in mich eindringst“. Doch Dylan tat so, als wenn er das nicht gehört hätte. Er fuhr mit seiner Hand nun hinab, blieb stehen, als er Jasons Anus erreicht hatte, und drückte mit etwas Kraft darauf. Das war für Jason schon zu viel, denn er konnte seine Lust nicht mehr kontrollieren und ließ ihr freien Lauf. Ein leichter Samenerguss verteilte sich auf dem Bettlaken.

Dylan griff nach der Tube Gleitgel, nahm etwas auf die Fingerspitze, und fing an, ihm das Gel mit seinem Sperma auf der Eichel zu verteilen. Jason stöhnte laut auf, als Dylan mit seiner Hand wieder in Richtung Anus glitt und mit seinem Finger eindrang, ihn Stück für Stück tiefer hineinschob. Jason wurde es fast schwindelig und es gelang ihm nicht länger, den Orgasmus, zurückzuhalten. Sein Samen ergoss sich erneut auf das Bettlaken.

Daraufhin zog Dylan seinen Finger heraus und legte beide Hände auf die Pobacken vor ihm. Sanft drückte er sie auseinander, streichelte noch einmal kurz mit dem Finger über Jasons Öffnung und nahm seine Zunge zur Hilfe, um den Anus, der sich so hervorragend in seine Richtung hob, zu massieren.

Jason bebte vor Verlangen, doch Dylan ließ das kalt. Stattdessen vergrub er seine Zunge noch etwas tiefer und ließ sie in kleinen Kreisen hin und her wandern. Als er sah, dass Jason vor Erregung zitterte, hörte er kurz auf. Verschmitzt grinsend beugte er sich zu ihm herunter und flüsterte ihm ins Ohr: „Ist alles okay mit dir?“ Jason drehte seinen Kopf in Dylans Richtung, nickte und vergewisserte ihm damit, dass er weitermachen solle.

Dylan nahm den Dildo, auf dem er das Gleitgel gleichmäßig verteilt hatte, in die Hand und setzte ihn vorsichtig an Jasons Eingang. Bevor er ihn jedoch einführte, sagte er leise: „Versuch dich zu entspannen, denn ansonsten könnte es wehtun."

Jason nickte wieder und gab sich alle Mühe, sich zu beruhigen und den Muskel zu lockern. Es folgte ein kurzer stechender Schmerz. Trotzdem begann er sofort zu stöhnen, denn er hatte das Gefühl, dass sich alles um ihn herum drehte und man ihm den Boden unter den Füßen weggerissen hätte. Er konnte sich kaum noch im Zaum halten und fing an, sich lang über den Dildo hin und her zu schieben.

Dylan ging es genauso, seine Erektion pulsierte heftig und er wusste, wenn er noch ein paar Mal seinen gehärteten Schwanz berührte, könnte er seinen Orgasmus nicht länger zurückhalten.

Doch je mehr Jason sich auf dem Dildo bewegte, desto erregter wurde Dylan, bis er so große Lust spürte und Jason vom Dildo befreite, nach seinem Schwanz griff und anfing ihn zu massieren. Jason fühlte eine heiße Flüssigkeit auf seinem Rücken und wusste sofort, dass der Fremde nun seiner Erregung Luft gemacht hatte. Schlagartig wurde ihm bewusst, dass es nun vorbei war. Er hatte den Gedanken noch nicht richtig zu Ende gedacht, als er schon das Klicken der Handschellen hörte. Dylan drehte ihn um, drückte ihm noch einen leidenschaftlichen Kuss auf den Mund und entfernte ihm die Augenbinde. Endlich konnte Jason dem Fremden, in die Augen gucken.

Als Jason sah wer sein „Wohltäter" war, fingen beide an zu lachen und Dylan sagte zu Jason: „Du wolltest immer mal anderen Sex haben, und ich hoffe, dass es anders genug für dich war, mein Schatz."

Jason atmete immer noch schwer und sagte nur noch erschöpft: „Gut zu wissen, dass du das Echo vertragen kannst …

Tobias Wolf

Tobias Wolf wurde 1981 in Siegen geboren. Nach seiner Schulzeit arbeitete er im Hotel- und Gaststättengewerbe als Koch und Hotelfachmann, machte dann im Anschluss eine neue Ausbildung als Buchhalter und ist nun im Betrieb seiner Eltern tätig. Das Schreiben ist Neuland für ihn, aber er hat sehr großen Spaß daran und wird noch einiges aufs Papier bringen.

Der Gefangene von Temnora

von Charlotte Engmann

Jursha schluckte hart. Die Kraft wich aus seinen Beinen, und er sank auf die Knie, bevor ihn die Soldaten zu Boden stoßen konnten. Die Angst schnürte dem jungen Heiler die Kehle zu. Schon als die Burgwachen zu ihm ins Siechenhaus gekommen waren, um ihn zur Königin zu bringen, hatte er das Schlimmste befürchtet. Flehend blickte er zu seiner Herrin Borjanka auf, die um drei Stufen erhöht auf dem hochlehnigen Herrschersitz thronte.

„Also, wo ist mein Gefangener?", verlangte die Zauberkönigin zu wissen. Sie winkte einem Diener, der Jursha eine wohlbekannte Tasche vor die Füße legte. Der lederne Beutel enthielt die Kräuter und Gerätschaften, mit denen Jursha die Verletzten versorgte und die Kranken heilte. Der junge Mann schlug die Augen nieder. Er wusste, er war verloren. Es gab kein Entrinnen.

Borjanka erhob sich von ihrem Thron. Ihr frostblaues Gewand rauschte wie der Wind in den Baumkronen, während sie die Stufen hinabschritt und vor Jursha stehen blieb. Die Diamanten an ihrem Hals, den Handgelenken und Fingern funkelten wie Eiskristalle im Morgenlicht, das durch die hohen Fenster des Thronsaals fiel. „Was hast du mit ihm gemacht?", fragte sie weiter nach dem Gefangenen. „Wage es nicht, es zu leugnen: Du bist bei ihm gewesen."

„So wie Ihr es mir aufgetragen habt, Herrin", presste Jursha heiser hervor. Nur widerwillig war er diesem Befehl gefolgt, denn er hatte ihn in den Kerker geführt und somit in jenen Bereich von Burg Temnora, der seinem gesamten Streben zuwiderlief. Während er im Siechenhaus um das Wohlergehen oder gar das Leben seiner Patienten kämpfte, wurde hier unten gefoltert und getötet. In den finsteren Gewölben herrschte der Kerkermeister über seine Knechte und die unglücksseligen Gefangenen, die den Zorn der Zauberkönigin auf sich gezogen hatten. Am liebsten wäre er umkehrt, doch er musste seiner Herrin gehorchen – oder er würde die Treppe hinunterwandern, aber nicht wieder herauf.

Der junge Heiler ballte die Faust um den Riemen seiner Ledertasche und stieg die schmalen Stufen hinab. Blakende Fackeln warfen Ruß und Schatten auf die rauen Wände. Die stickige Luft roch scharf nach Rauch und verbranntem Fleisch, und auf dem zweiten Absatz vermeinte Jursha, ein schwacher Windhauch würde die leisen, verzweifelten Schreie eines Gefangenen mit sich tragen. Die großen Steinquader, die bisher die Wände geformt hatten, wurden von nacktem Fels abgelöst. Die Treppe machte eine letzte Wendung und endete an einer schweren, mit Eisen beschlagenen Tür.

Tief holte Jursha Luft, ehe er gegen das massive Holz hämmerte. Sein Klopfen verhallte, und Stille breitete sich aus, allein von dem Knistern einer nahen Fackel unterbrochen. Schon hob der Heiler die Hand zum zweiten Mal, als ein Schlüssel im Schloss klapperte. Knirschend öffnete sich die Tür und ein halbnackter Mann kam zum Vorschein. Sein muskulöser Oberkörper glänzte feucht, und Wassertropfen oder Blutspritzer hatten dunkle Flecken auf die enge Lederhose gemalt. Hochschaftige Stiefel gaben seinen Tritten den notwendigen Nachdruck, und breite Bänder stärkten seine Handgelenke. Wie bei den meisten Bewohnern von Finsterland war sein Haar schwarz, seine Haut dagegen hell, fast krankhaft blass, und in seinen dunklen Augen lag ein hungriger Ausdruck.

„Ah, Frischfleisch", grinste der Folterknecht, und Jursha unterdrückte den Impuls, zurückzuweichen und das Weite zu suchen. Entschlossen hob er das Kinn und musterte Rashenko mit einem seiner funkelnden Blicke, mit denen er sonst seine weniger willigen Patienten zur Räson brachte.

„Die Herrin schickt mich. Ich soll nach dem Gefangenen schauen", antwortete er ruppig.

Rashenko nickte knapp und bedeutete dem Heiler mit einer Geste, ihm voranzugehen. Nur ungern folgte Jursha dieser Aufforderung, denn er konnte die begehrlichen Blicke des Folterknechts wie Dolchstiche in seinem Rücken spüren. Er wusste, Rashenko war hinter ihm her wie ein Hund hinter einem saftigen Stück Fleisch, und ohne den Schutz seiner Freunde bei der Burgwache würde er den Kerker nicht unversehrt verlassen können.

Angespannt stieg Jursha die gemauerte Treppe hinab, die in das zentrale Gewölbe des Kerkers führte. Vier massige Säulen trugen die Decke, die sich in runden Bögen über den Boden aus roten Ziegelsteinen spannte. An eisernen Wandhaken hingen die unterschiedlichsten Folterwerkzeuge, große und kleine Zangen, Messer und Spieße, Peitschen und Riemen. Wie rote, gierige Augen schwelte die Glut in drei Kohlebecken, während ein großes Feuer im Kamin für ein bisschen Helligkeit und Wärme sorgte. Der Anblick der Streckbank und des wuchtigen Eichentisches, von dessen Kopf- und Fußende schwere Eisenketten baumelten, jagten kalte Schauder über Jurshas Rücken, und mit Grausen wandte er den Blick.

„Die Herrin glaubt, er sei ein Paladin der Zauberkönigin Rhymoria", brach Rashenko die lastende Stille. Der Anflug von Missbehagen in der rauen Stimme ließ den Heiler aufhorchen. Er blieb stehen und musterte forschend den Folterknecht. „Du bist anderer Ansicht?"

Rashenko wiegte den Kopf. Es war gefährlich, die Meinung der Zauberkönigin zu hinterfragen. Sie duldete keinen Widerspruch, nicht von ihren Beratern und schon gar nicht von einem jungen Heiler oder einem einfachen Folterknecht. Gedehnt antwortete er: „Er wurde von einer Patrouille aufgegriffen, doch keiner unserer Krieger erwähnte den Einsatz von Magie, weder vor noch während des Kampfes. Dabei ist allgemein bekannt, dass Rhymoria ihre Zauber durch die Augen ihrer Paladine wirken kann. Wenn er also einer ihrer magischen Streiter ist, warum hat sie ihn dann nicht gerettet?"

„Sie wird wohl ihre Gründe haben", erwiderte Jursha steif. Warum sollte Rhymoria anders sein als die Herrin Borjanka? Mit ihrer Magie beherrschten die Zauberkönige ganz Finsterland, und das Volk lebte in ständiger Furcht vor ihrer Willkür. Seit zwei Jahrzehnten nun dehnte Königin Rhymoria ihr Reich langsam, aber stetig aus, und schon mehr als ein Zauberer hatte sich ihrer wachsenden Macht beugen müssen. Die Herrin Borjanka hatte allen Grund anzunehmen, dass die Rivalin ihre berühmt-berüchtigten Paladine als Spione in das Land der Feindin schickte.

„Weiß man seinen Namen?", fragte Jursha nach dem Gefangenen, der Rashenko zufolge bloß zur falschen Zeit am falschen Ort gewesen war.

„Er will Vriddick heißen." Der Folterknecht übernahm die Führung und geleitete Jursha in einen schmalen, düsteren Gang, von dem mehrere Zellentüren abgingen. „Aber das muss nichts bedeuten."

Jursha nickte zustimmend. Einige von Rhymorias Streitern hatten eine gewisse Berühmtheit erlangt, wie die von Dämonen besessene Seylian Schattenstern oder der verräterische Nachtalb Morandir, der schon zum dritten Mal einer neuen Herrin die Treue geschworen hatte. Ein Paladin namens Vriddick war jedoch bisher unbekannt. Vielleicht war der Name falsch oder der Gefangene war eine neue Größe in dem ewigen Streit um die Vorherrschaft über Finsterland.

„Hier ist er." Rashenko zog eine der niedrigen Türen auf, nahm eine Fackel aus dem Gang und steckte sie in eine Halterung in der Zelle. An Jursha vorbeitretend, verließ er den düsteren Kerker, doch auf der Schwelle verharrte er kurz. „Nimm dich ihn Acht", warnte er eindringlich. „Er ist gefährlich."

Jursha nickte und wandte sich dem Gefangenen zu. Fast augenblicklich brach ihm der Schweiß aus, und das lag nicht an der schwülen Wärme, die sich in der Zelle gesammelt hatte. Rashenko hatte Recht: Vriddick war gefährlich – und zwar in mehr als einer Hinsicht. Vordergründig waren da die ausgeprägten Muskeln, die sich unter der ungewöhnlich dunklen Haut spannten und von überlegener Kraft sprachen. Hinzu kamen ein offensichtlich eiserner Wille, den weder Gefangenschaft noch Folter hatten brechen können, und eine nahezu animalische Anziehungskraft, die Jurshas Herz schneller schlagen ließ. Unwillkürlich benetzte er mit der Zunge seine trockenen Lippen.

Vorsichtig, als würde er über eine dünne Eisschicht gehen, trat er tiefer in die Zelle. Da Königin Borjanka befürchtete, dass der Gefangene über magische Kräfte verfügte, waren seine Augen mit einem breiten Lederband verbunden. Jeder Finger war einzeln an das hölzerne Joch gefesselt, das über den breiten Schultern ruhte, sodass er seine Hände nicht bewegen konnte. Von der Decke hingen zwei Eisenketten, die Vriddick auf den Füßen hielten, doch vermutlich wäre er sowieso nicht in die Knie gegangen. Er stand aufrecht und stolz, und allein eine winzige Bewegung seines Kopfes verriet, dass er wachsam nach den zögernden Schritten des Heilers lauschte.

„Ich bin Jursha", stellte sich dieser vor. Seine Stimme klang heiser und jungenhaft hell in seinen Ohren, und eine sanfte Röte flutete über seine Wangen. Er schluckte trocken und kämpfte um einen angemessenen Ton, während er fortfuhr: „Ich bin Heiler und soll mich um Eure Wunden kümmern." Überrascht bemerkte er, wie förmlich er sprach, dabei gab es keinen Anlass für Höflichkeit. Der Mann war sicherlich ein Spion, für wen auch immer, und in Borjankas Kerker würde er eh nicht lange überleben.

Aus seiner Tasche holte Jursha eine Kerze und entzündete sie an der Fackel, um Vriddicks Verletzungen genauer betrachten zu können. Brandeisen und Peitsche hatten ihre grausamen Spuren auf der braunen Haut hinterlassen, und Jursha fühlte den gewohnten Schauder des Abscheus vor dieser unmenschlichen Gewalt. Er stellte die Kerze ab, zog ein weiches, sauberes Tuch und ein Töpfchen mit einer Heilsalbe aus der Ledertasche. Die Salbe würde die Wunden reinigen und eine Entzündung verhindern, aber auch die Schmerzen lindern.

„Es brennt ein bisschen", sagte er aus Gewohnheit, ehe er sich erinnerte, dass Vriddick heute schon ganz andere Qualen erlitten hatte. Er zog eine Grimasse und wischte sich mit dem Ärmel den Schweiß ab, der plötzlich auf seiner Stirn perlte. Behutsam versorgte er erst die roten und teilweise blutigen Striemen auf dem breiten Rücken, dann begann er, die Brandwunden auf Vriddicks Brust zu behandeln. Um den Gefangenen zu demütigen, hatte man ihm seine Kleider genommen, und über sich selbst erschrocken bemerkte Jursha, dass er sich Vriddicks nacktem Körper stärker bewusst war, als es einem Heiler anstand. Mehr als einmal erwischte er sich dabei, wie er mit der freien Hand die warme, glatte Haut berührte, ohne dass es einen Grund dafür gegeben hätte. Seine Kehle war wie ausgedörrt, und im Stillen dankte er allen sechs Göttern, dass er nicht zu sprechen brauchte, denn er wusste, er hätte keinen Ton herausgebracht. Unbewegt wie eine Statue stand Vriddick vor ihm. Keine noch so winzige Bewegung, nicht einmal das kleinste Zucken eines Muskels verriet, ob der Gefangene Schmerzen empfand oder die Berührungen des Heilers überhaupt wahrnahm. Allein sein Atem, der tief und gleichmäßig seine Brust hob und senkte, zeigte Jursha, dass Vriddick wach und am Leben war.

Er blickte zu dem Mann hoch, der ihn um gut einen Kopf überragte. Wider jede Sitte trug er sein Haupt kahl geschoren. Die Lederbinde verbarg seine Augen, dennoch vermeinte Jursha zu spüren, wie ein prüfender Blick auf ihm ruhte. Vriddicks Lippen waren voll, sein Kinn ausgeprägt und seine Nase breiter als bei den meisten Männern, sodass sich der Heiler nicht zum ersten Mal fragte, aus welchem fernen Land der Krieger wohl stammte. Er wollte eine entsprechende Bemerkung formulieren, doch die Worte erstarben auf seinen Lippen. Er wusste, seine Stimme würde sein Begehren und seine Lust verraten.

Erschrocken wich er zurück. Bei den Göttern, was war mit ihm los? Der Mann vor ihm war ein Gefangener, wahrscheinlich ein feindlicher Spion – und er selbst führte sich auf wie … wie …

Ein winziges, leicht überhebliches Lächeln erschien auf Vriddicks Lippen. Flüsternd forderte er: „Auf die Knie."

Jursha fiel das Tuch mit der Heilsalbe aus der Hand. Fassungslos starrte er den Mann an. Er konnte kaum glauben, was er da gehört hatte. Das musste Einbildung gewesen sein, ein Streich seiner Sinne.

„Leck mich", schnurrte Vriddick gleich einer Raubkatze, verlockend sanft und bedrohlich zugleich. Jursha öffnete den Mund, zu einer Erwiderung, einer Frage oder Zustimmung, doch nur sein warmer Atem entströmte seiner Kehle. Das Herz schlug ihm bis zum Hals, und seine Knie wurden weich. Er zerrte an dem Kragen seines Kittels, der ihm plötzlich die Luft abschnürte, unschlüssig, wie er sich jetzt verhalten sollte.

„Lutsch meinen Schwanz", drängte Vriddick, und seine vormals lockende Stimme klang jetzt hart und befehlend. Jursha fiel auf die Knie. Für einen flüchtigen Augenblick schoss ihm der Gedanke durch den Kopf, auf was für eine Torheit er sich da einließ. Sollte je einer davon erfahren, war sein Leben keinen Kupferling mehr wert. Er wusste, er sollte seine Sachen packen und weglaufen, so schnell er konnte – doch er wollte nicht. Wahrscheinlich würde er es bereuen und eines Tages dafür bezahlen müssen, aber er konnte sich nicht von Vriddicks Anblick lösen. Er wollte ihn berühren, streicheln, schmecken …

Nahezu andächtig hob er die Hände und legte sie auf den gespannten Körper. Unter seinen kalten Fingern glühte die warme Haut wie ein Stein, den die Sonne erhitzt hatte. Er spürte die festen Konturen der Muskeln und dann, als sich seine Rechte weiter abwärts wagte, weiches, noch schlaffes Gewebe, das unter seiner Berührung an Härte gewann. Sanft ließ er seinen Atem über diese empfindlichste Stelle gleiten. Vriddick brummte zufrieden, und mit einem entspannten Lächeln schloss Jursha die Lippen um die schwellende Erektion. Langsam erkundete er das pulsierende Fleisch, ertastete die kräftige Ader an der unteren Seite und schmeckte das herbe Aroma des fremden Kriegers. Wie alles an Vriddick strotzte auch seine Männlichkeit vor Kraft und einer raubtierhaften Überlegenheit. Obwohl blind und gefesselt, bestimmte er den Rhythmus und Jursha folgte ihm willig. Der Heiler vergaß den kalten Boden, auf dem er kniete, die stickige Luft der Gefängniszelle, sogar seine Bedenken fielen von ihm ab, während er den anderen Mann nach allen Regeln der Kunst verwöhnte. Vriddicks Bewegungen wurden schneller, die Stöße, mit denen er Jurshas Mund eroberte, härter. Das zufriedene Stöhnen schwoll zu einem lauten Grollen an und gipfelte schließlich in einem lauten Löwengebrüll. Jursha erstarrte vor Schreck. Instinktiv schluckte er den Samen hinunter, der sich in seinen Mund ergoss. Das konnte nicht unentdeckt geblieben sein, jemand musste Vriddick gehört haben!

Dennoch vermochte er sich nicht zu rühren, bis Vriddicks Bewegungen erstorben waren. Erst dann fiel die Starre von Jursha ab wie ein Zauberbann. Er sprang auf die Füße und floh aus dem Kerker, wobei er seinen Lederbeutel vergaß.

Der junge Heiler starrte auf die Tasche, die ihm nun zum Verhängnis zu werden drohte. Hätte er sich bloß an sie erinnert! Oder hätte ihm Rashenko den Beutel zurückgebracht, wenn er dem Folterknecht zu Gefallen gewesen wäre?

Leicht wie das Streicheln des Windes fasste Borjanka Jurshas Kinn und hob es an, damit er ihr ins Gesicht sah. Zaubersprüche hielten ihr Antlitz jung, doch in ihren kalten Augen standen die Jahre geschrieben und die Macht, über die sie gebot. Sie legte ihre Fingerspitzen auf seine Schläfen, und Tränen der Verzweiflung trübten seinen Blick. Er wusste, wozu sie fähig war, welche fürchterlichen Schmerzen sie einem Menschen bereiten konnte, denn mehr als einmal hatte er sich ihrer Opfer, deren Verstand unter der unsäglichen Qual zerbrochen war, erbarmen müssen.

„Bitte, Herrin", flehte er flüsternd, „ich habe dem Gefangenen nicht zur Flucht verholfen. Ich habe seine Fesseln nicht gelöst, nicht einmal, um seine Wunden zu verbinden."

„Lügst du mich auch nicht an?", fragte sie weich wie ein Strang Seide. Ihre Hände drückten fester auf seine Schläfen. Jursha schloss die Augen und ergab sich in sein Schicksal.

„Herrin?“ Eine schneidige Stimme lenkte Borjankas Aufmerksamkeit von dem Heiler ab. Der Druck auf Jurshas Schläfen ließ nach, und der junge Mann wagte einen tränenblinden Blick über die Schulter. Der Waffenmeister von Temnora stand auf der Schwelle zum Thronsaal und grüßte die Zauberkönigin mit einer knappen Verbeugung, während er meldete: „Herrin, wir können den Folterknecht Rashenko nicht finden. Vermutlich wird er dem Gefangenen zur Flucht verholfen haben.“

Borjanka stieß einen unfeinen Fluch aus. „Findet ihn!“, befahl sie ihren Soldaten. „Findet sie alle beide und bringt sie mir, tot oder lebendig!“

In ihrer Wut stieß sie Jursha zur Seite, und überwältigt von dieser Rettung im letzten Augenblick, stürzte der Heiler haltlos zu Boden. Langsam, um nicht den Zorn der Zauberkönigin zu erregen, schob er sich auf seine Knie zurück. Er senkte den Kopf, sodass seine Haare sein Gesicht verdeckten und die Gefühle, die sich darin widerspiegelten. Er war wütend auf Rashenko, der ihn in diese gefährliche Lage gebracht hatte, und zugleich dankbar, dass der Folterknecht Vriddick befreit hatte. Hoffnung, dass die beiden den Häschern entkamen, paarte sich mit der Angst vor einem Wiedersehen: Denn sollte Vriddick jemals nach Temnora zurückkehren, würde ohne jeden Zweifel Blut fließen. Entweder würde der Krieger einen grausamen Tod finden – oder er würde Borjankas Tyrannei ein Ende setzen.

Charlotte Engmann

wurde 1971 in Neuss geboren und lebt jetzt in Köln, wo sie Germanistik, Anglistik und Geschichte studiert und eine Ausbildung zur Verlagskauffrau absolviert hat. Von ihr wurden bislang sechs Romane und unzählige Kurzgeschichten der Genres Fantasy und Horror veröffentlicht. Beim dead soft verlag ist mit großem Erfolg u. a. ihre "Entführung nach Alhalon" erschienen, ein Fantasy-Roman über schwule Liebe, Lust und Leidenschaft im heißen Wüstensand. Die vorliegende Geschichte "Der Gefangene von Temnora" ist Teil der so genannten "Heldenmoritaten", die von den schwarzen Rittern der Zauberkönigin Rhymoria erzählen. Weitere Informationen zu den Werken und dem Wirken von Charlotte Engmann finden sich auf ihrer Homepage:

www.charlotte-engmann.de

The Battle

von Nicole Henser

Langsam stieg der Nebel aus den Wiesen und der Horizont färbte sich gelb. Bald würde die Sonne aufgehen, und schon blendeten Zack die ersten gleißenden Strahlen, die aus den Wolken hervorbrachen. Er schloss die Augen und genoss den Moment der Ruhe, während der Wind mit seinem langen dunklen Haar spielte. Außer dem nervösen Scharren von Motorradstiefeln war kein Laut zu hören, erst auf sein Zeichen hin würden die „Dark Rebels" ihre Maschinen anwerfen.

Zack hatte das Gefühl, er könne die ferne Melodie von Dudelsäcken wahrnehmen, die in der klaren Luft hing. Vorboten der Schlacht – doch natürlich war das nur Einbildung, denn sie waren weder in den Highlands noch trugen seine Leute karierte Röckchen. Die Fuchsschwänze wehten allerdings kampflustig an vielen Antennen, als spürten sie die Anspannung.

Plötzlich hörten sie ein Donnern, das von Sekunde zu Sekunde lauter wurde. Es würde nicht mehr lange dauern, bis ihnen die „Satanic Riders" in Gefechtsformation gegenüberstünden.

Ob er bei ihnen ist?, dachte Zack unruhig und strich sich nervös über das Gesicht, das durch den besorgten Zug um die Mundwinkel nicht weniger attraktiv wirkte. Wenn seine Männer wüssten, was ihn bewegte, würden sie ihn mit Sicherheit verachten. Sein Herz klopfte hart gegen die Rippen, die Angst um seinen „Liebling" dämpfte seine Angriffslust.

Ich muss mich zusammenreißen. Sie brauchen einen Anführer, der ganz bei der Sache ist. Niemals würde er seine Krieger in Gefahr bringen, indem er sich von den verwirrenden Gefühlen, die in ihm tobten, ablenken ließ.

„Bleibt ruhig, ich sage euch, wenn es so weit ist", rief Zack seinem Nebenmann zu, als sich die feindliche Reihe in einigem Abstand aufstellte. Der ohrenbetäubende Lärm ließ schlagartig nach, denn die gegnerische Gang drosselte die Drehzahl der Motoren, um in eine abwartende Haltung zu gehen.

„Keine Sorge, Chef, wir warten auf dein Kommando", sagte Ricoh, der alte Haudegen, grinsend. „Sollen wir die Waffen bereithalten?"

Er hob seine Fahrradkette, die voller Vorfreude darauf wartete, ihre Feinde von den Rädern zu holen.

Zack nickte abwesend, seine grauen Augen hatten ihr Ziel gefunden und saugten sich förmlich daran fest: Monty! Unbeschwert wie ein Junge lachte dieser, wobei ein Grübchen in seinem Kinn erschien; die langen Ponyfransen hingen ihm verwegen ins Gesicht. Anscheinend quoll auch er über vor Tatendrang und war begierig, sich ins Getümmel zu stürzen.

Nur mit Mühe riss Zack sich von dem Bild los, um zu tun, was man von ihm erwartete. Der schnarrende Ruf eines Raben verkündete endgültig den neuen Tag.

„Werft die Maschinen an!" Der Kampf konnte beginnen.

Ketten peitschten durch die Luft, und eine selbstgebaute Ramme hob die Fahrer aus dem Sattel, wie die Lanzen beim Ritterturnier. Es gab keine Regeln bei diesem Gemenge, außer dem beidseitigen Bestreben, den jeweiligen Gegner in den Morast zu befördern.

„Shit!", knurrte Zack. Er riss seine Honda zurück, Dreck spritzte hoch und nur knapp kam er vor dem am Boden liegenden Mann zum Stehen. „Steig auf!" Zack griff in die Lederjacke und zog den Gestrauchelten auf die Füße. „Du solltest demnächst besser auf den glitschigen Untergrund achten", raunte er ihm zu, nachdem dieser sich gezwungenermaßen hinter ihm auf den Sitz geschwungen hatte. Das Motorrad des Pechvogels war ihm unter dem Hintern weggerutscht, ohne dass es das Zutun eines anderen benötigt hätte. Jetzt lag es verbeult und mit sich wild drehendem Hinterrad am Boden.

„Halt dich gut fest!", rief Zack ihm zu, während er die Maschine herumzwang, um dem Schlag einer Eisenkette auszuweichen. Fast wäre sein Sozius beim nächsten Wendemanöver wieder unsanft abgestiegen, also hielt Zack kurz an und drehte sich um: „Verdammt, Monty! Du willst nicht mein Gefangener sein – aber ist es wert, dafür zu sterben?"

Sein Herz zerbarst beinahe, als er bemerkte, dass sein heimlicher Schwarm verletzt war. Er hielt sich den Arm und hatte das Gesicht voller Abschürfungen; vielleicht hatte es ihn sogar noch schlimmer erwischt. „Wird es gehen?", fragte Zack rau.

Monty fluchte leise und schlang dann den gesunden Arm um seine Taille. Geschmeidig passte er sich daraufhin den Ausweichbewegungen an, denn Zack versuchte im weiteren Verlauf des Kampfes, Angriffen aus dem Weg zu gehen.

Die „Dark Rebels" betrachteten den jungen Mann auf dem Rücksitz ihres Anführers als Kriegsbeute. Angespornt durch diesen Erfolg, legten sie sich mächtig ins Zeug und schlugen die „Satanic Riders" schon bald unter wildem Gejohle in die Flucht. In sicherem Abstand rotteten sich diese zu einem Pulk zusammen.

„Los, zeig es ihnen!", zischte Ricoh Zack zu. Der hartgesottene Lederkerl war der zweite Mann in der Hierarchie, wenn man in ihrer Gruppe davon sprechen konnte, und er würde keine Ruhe geben, bis er bekam, was er verlangte: Eine stellvertretene Demütigung Montys für den unterlegenen Boss wäre ganz nach Ricohs Geschmack.

Nachdenklich musterte Zack den Verletzten, der wie ein begossener Pudel neben dem Motorrad stand und seinen Blick mied. „Was soll ich mit dir machen?", flüsterte er ihm zu. Monty schaute ihm kurz in die Augen und Zacks Magen krampfte sich zusammen.

Kurzentschlossen stellte er sich hinter den etwas kleineren Mann und schrie ins gegnerische Lager: „Bones! Was hältst du davon, wenn ich dir ein bisschen den Sack kraule? Nach eurer kleinen Niederlage wirst du doch sicher nichts dagegen haben?"

Seine Leute grölten und wieherten vor Lachen, während Zack seine gespreizte Hand auf Montys Bauch legte. Als dieser versuchte, sich dagegen aufzulehnen, drehte ihm Zack den unverletzten Arm auf den Rücken; der andere schien ohnehin nutzlos zu sein. Er tat seinem Opfer nicht weh, aber Zack hielt ihn so fest, dass Monty anscheinend schnell merkte, dass es sinnlos war sich weiter zu sträuben, er hielt ganz still – sein Atem ging jedoch keuchend.

Der Wortführer wartete, bis sich Bones, der Bandenchef der „Satanic Riders", umdrehte, dann wanderten seine Finger demonstrativ zu Montys Schritt. Der wehrlose Bursche zuckte zusammen, Zack umfasste seine Männlichkeit, die sich unter der sanften Massage schnell zu beachtlicher Größe entwickelte. Ein Beben ging durch den Körper des Gefangenen und obwohl sein Arm schmerzen musste, stöhnte er leise.

„Das wollte ich immer schon mal tun, Bones!“ Zack verhöhnte seinen Rivalen grinsend, der dies mit einem wütenden Aufheulen quittierte.

„Fahr zur Hölle!“, keuchte Monty, als Zack seine Härte genauer ertastete. Der junge Mann spannte seine Bauchmuskeln an und Zacks Hand glitt ungehindert in den Bund der geknöpften Jeans. Nun liebkoste er dem Opfer das nackte Glied, dabei schmiegte er seine eigene Erektion an dessen Hintern. Hilflos zappelnd kämpfte Monty gegen den eisernen Griff; trotz aller Gegenwehr reagierte er sehr auf die intime Berührung.

Er ist groß, heiß und samtig. Ein göttlicher Schwanz!

Zack lachte, doch innerlich war er ein Wrack. Er liebte Monty schon lange aus der Ferne; ihm eine solche Schmach antun zu müssen, tat ihm unendlich weh. Dennoch war er wie elektrisiert, weil sein Gespiele derart auf die Behandlung ansprang. Sein ganzer Körper vibrierte vor Lust.

Ob er wohl schwul ist? Zack beschleunigte seine Bewegungen und spürte erste Feuchtigkeit an seinen Fingern. Der verführerische Kerl hatte den Kopf mit geschlossenen Augen an seine Schulter gelehnt und stöhnte unterdrückt. Fasziniert betrachtete Zack sein Profil, während es in seiner Hand zu zucken begann; es würde nicht mehr lang dauern, bis Monty kam.

Als dieser sich in seinen Armen aufbäumte, hätte Zack alles dafür gegeben, mit ihm allein zu sein. *Aah, er ist wunderschön. Ich will ihn endlich küssen! Und mehr …*

Stattdessen hielt er zum Beweis seine klebrige Hand in die Höhe. „Es war schön mit dir, Bones! Jederzeit wieder!“

Der geschlagene Gegner würde noch lange an seiner Niederlage zu knacken haben. Nun durfte er sich endlich mit seinen Männern zurückziehen – so sah es das ungeschriebene Gesetz für die Verlierer vor. Wortlos drehten sie sich um und stiegen auf ihre Maschinen, so weit diese noch fahrtüchtig waren.

Siegesgeheul der „Dark Rebels“ erfüllte die kühle Luft und schon bald lag das Schlachtfeld wieder friedlich in der Morgensonne. Nur die tiefen Radspuren in der Grasnarbe waren Zeugen des Geschehens.

Zack beobachtete den Raben mit zusammengekniffenen Augen, während die Motorräder in ihre Wagenburg rollten, die sie aus alten Wohnanhängern und Bauwagen gebildet hatten. Der große Vogel ließ sich zielstrebig auf seinem Caravan nieder und schaute ihnen keck entgegen.

Das Mistvieh verfolgt uns schon, seit wir das Schlachtfeld verlassen haben. Ist es Morrigan, die Göttin des Krieges? Fordert sie ihr Opfer, weil es keine Toten gegeben hat?

Für einen Moment fuhr Zack der Schreck in die Glieder, als er daran zurückdachte, dass er Monty um Haaresbreite überrollt hätte. Doch das Gefühl wechselte schnell zu Erleichterung und verhaltener Freude. *Er ist bei mir – ich bin nicht länger allein …*

Da Zack es den Frauen zu ihrer eigenen Sicherheit untersagt hatte, die „Dark Rebels" bei Raubzügen und dergleichen zu begleiten, stürmten diese aus den provisorischen Unterkünften, um die Heimkehrer zu begrüßen. Erwartungsvolle Blicke richteten sich auf den Anführer, denn es lag nun an ihm, ob es zu einem spontanen Siegesgelage käme.

Lachend schüttelte Zack den Kopf. „Feiert, was das Zeug hält, aber ich muss mich jetzt um unseren *Gast* kümmern." Er schwang sich von der Maschine und half Monty vorsichtig beim Absteigen, dann bugsierte er das widerstrebende Opfer in seinen Wohnwagen.

Draußen erklang wieder das triumphierende Geheul und Zack wusste, dass schon bald eine ausgelassene Party im Gange sein würde, aber das interessierte ihn nicht weiter. „Komm schon, ich muss mir deinen Arm ansehen", sagte er leise, als er Monty herunterdrückte, bis er auf der Liegefläche saß, auf der noch das zerknautschte Bettzeug lag. Alles machte einen halbwegs sauberen Eindruck, denn Zack hasste es, wie ein Outlaw leben zu müssen, und er versuchte sein Umfeld so angenehm wie möglich zu gestalten. Es fiel ihm allerdings schwer, auf dem engen Raum Ordnung zu halten, deshalb umgab sie ein kreatives Chaos.

Er öffnete kurz den Einbauschrank und raschelte mit einer Packung, dann drehte Zack sich wieder um und ging zwischen Montys Schenkeln in die Hocke. „Zieh dein Shirt aus", flüsterte er sanft, doch der junge Mann hielt ihn fest, als er den Stoff hochschieben wollte.

„Nicht." Mit gesenktem Blick beharrte Monty auf seiner Weigerung, doch dann schien er ein Einsehen zu haben und ließ Zack gewähren. Zögernd ließ er dessen Hand los und ließ zu, dass er ihn behutsam von der Kleidung befreite. Am liebsten hätte Zack seine Nase in dem T-Shirt vergraben; die zarte Haut lud dazu ein, die Finger darübergleiten zu lassen, aber er hielt sich mühsam zurück.

„Der ist nicht gebrochen, bestimmt ist er nur geprellt", murmelte er, nachdem er den Arm untersucht hatte. Er schaute in Montys Gesicht, das nicht nur schlamm- und blutverschmiert war, sondern auch von einem dünnen Schweißfilm überzogen. Schmerz zeichnete sich darauf ab und er hielt die Augen fest geschlossen.

Zack legte die Tablette auf seine eigene Zunge und streichelte ohne groß nachzudenken mit den Lippen über Montys Mund. Die Zungenspitze verschaffte sich Einlass und das schmerzstillende Medikament wechselte den Besitzer. Genüsslich erforschte Zack dann seine Mundhöhle und küsste ihn innig. Monty erwiderte seine Zärtlichkeiten nicht, aber er blockte sie auch nicht ab.

Mit wild klopfendem Herzen beendete Zack den Kuss, um zärtlich über die geschundene Wange zu streicheln. Für den verletzten Arm konnte er jetzt nicht viel tun, aber er konnte das hübsche Gesicht von all dem Schmutz befreien, der es verunstaltete. Geschmeidig stand er auf und füllte einen Kessel mit Wasser, den er auf die Gasflamme seines kleinen Herdes stellte.

Aus dem Augenwinkel bemerkte Zack, dass sich Monty leise stöhnend auf sein Bett legte und sich das Kopfkissen unter dem Kopf zurechtschob. *Wenigstens macht er es sich gemütlich, dann scheint er sich bei mir nicht so unwohl zu fühlen,* stellte er schmunzelnd fest, während er eine Schüssel und einen halbwegs sauberen Lappen hervorkramte.

Da Monty aussah, als wäre er eingenickt, setzte sich Zack auf die Bettkante und wrang das warme Tuch aus. Er tupfte behutsam das Blut von den Abschürfungen, folgte den Linien des markanten Kiefers und strich den Hals hinunter, an dem noch dick der getrocknete Lehm klebte.

Nur ein kurzes Zucken verriet, dass Monty wach war. Es war die einzige Reaktion auf die sanften Berührungen, doch Zack ließ sich nicht beirren und entfernte weiter die Spuren des Kampfes. Schon bald lag der Lappen auf Montys nackter Brust, Zacks Finger streichelten die dichten Augenbrauen und erkundeten dann die zarte Haut seiner Lippen. Automatisch öffnete sich der Mund ein wenig und Zack ließ seine Fingerspitze hineingleiten. Er hielt den Atem an, als Montys Zunge zögernd damit spielte und ihn zu necken schien. Ganz langsam umkreiste sie seine Fingerkuppe, die Nervenenden gerieten dabei in erregte Schwingungen.

Das bringt mich um, ich will diesen Mann!, schoss es Zack durch den Kopf. Wie oft hatte er sich so eine Situation in seinen Träumen ausgemalt, doch jetzt wagte er es kaum, sich zu bewegen, um den Zauber des Augenblicks nicht zu zerstören.

Monty hatte anscheinend alles um sich herum vergessen, er saugte und leckte noch immer intensiv an dem Finger. Zack konnte förmlich zusehen, wie sich in der Jeans des Burschen etwas aufbaute, worauf es auch in seinem Schritt heftig zu spannen begann. Die Reize, die von seiner Fingerspitze ausgingen, landeten direkt in Zacks Unterleib, darum wäre er niemals auf die Idee gekommen, seinem unfreiwilligen Gefährten das Spielzeug zu entziehen.

Stattdessen suchten seine Lippen nach Montys kleinen Brustwarzen, die er genüsslich verwöhnte, bis sie zu harten Perlen wurden. Zack fühlte, dass sich der Atem seines Gespielen beschleunigte; er zog den Finger langsam aus Montys Mund, doch als er ihn küssen wollte, drehte der junge Mann den Kopf zur Seite.

Unschlüssig, was er jetzt tun sollte, nahm Zack das Tuch und wusch es gründlich in dem warmen Wasser aus, das sich rötlichbraun verfärbte. *Ich weiß noch nicht einmal, ob du auf Männer stehst*, dachte Zack deprimiert. *Eigentlich weiß ich so gut wie nichts über dich.*

Da Monty noch immer die Augen geschlossen hatte, fuhr er damit fort, seinen Körper zu reinigen. Er wusch den Oberkörper, die muskulösen Arme, wobei es in Zacks Kopf fortlaufend rotierte: Diese Passivität machte ihn wahnsinnig!

„Verdammt, rede mit mir! Wenn du mich nicht wie ein menschliches Wesen behandelst, sehe ich keinen Grund, human zu sein! Ich könnte mir einfach nehmen, was mir als Sieger zusteht!“

War das ein Lächeln auf Montys Lippen? Konnte es sein, dass er genau das mit seinem Verhalten bezweckte? Zack wartete noch einen Moment, dann knurrte er: „Gut, du hast es so gewollt!“

Mit ein paar Handgriffen hatte er seinem Gefangenen die Jeans ausgezogen und bestaunte den durchtrainierten nackten Körper, der im Sonnenlicht zu leuchten schien. Monty hatte sich nicht gewehrt, sondern ihm hier und da unauffällig Hilfestellung gegeben.

„Aus dir soll einer schlau werden“, flüsterte Zack nachdenklich und ließ seine Hände auf Wanderschaft gehen. Er reizte und stimulierte Monty mit Zunge und Lippen, erkundete seinen prallen Ständer und den wundervollen Hintern, doch das Opfer gab seine teilnahmslose Haltung nicht auf. Nur sein Körper verriet, dass es die Berührungen genoss.

Erst, als Zack sich Montys Unterschenkel über die Schultern legte und sich vorsichtig in ihm versenkte, riss dieser die Augen auf – begleitet von einem tiefen Stöhnen; den Blick dunkel vor Lust …

Die Sonne brannte erbarmungslos vom Himmel und sie ließen sich den Wind um die freien Oberkörper wehen. Leise brummend ordnete Zack den Inhalt seiner Jeans. Er saß am Steuer der schweren Honda und Montys Hand lag ziemlich weit oben auf seinem Oberschenkel. Da dieser seinen ruhiggestellten Arm gestreckt halten musste, war es während der Fahrt die bequemste Haltung, aber Zack hatte ihn im Verdacht, dass er dies als Vorwand nutzte, um ihn zu quälen.

Schon seit Tagen spielten sie Katz und Maus: Monty reagierte weder darauf, wenn er ihn ansprach, noch wenn er ihn berührte. Jeden von Zacks Annäherungsversuchen hatte er apathisch über sich ergehen lassen, bis dieser entnervt und halb wahnsinnig vor Verlangen aufgegeben hatte. Und doch reizte Monty ihn wann immer er konnte, seine Rolle als Beifahrer gab ihm ausreichend Gelegenheit dazu.

Höllenfolter! Warum spricht er nicht mit mir? Der Anführer der „Dark Rebels“ war wie von Sinnen, seine Emotionen gerieten immer weiter außer Kontrolle. Es schien so einfach zu sein, aber als willenloses Spielzeug wollte er Monty nicht, darum hatte er ihn nicht angerührt, seit sie das erste Mal miteinander geschlafen hatten.

Sein Körper spricht eine ganz andere Sprache, aber sein Innerstes verschließt er vor mir. So geht das nicht weiter! Das war das Opfer, das Morrigan von ihm verlangte: Er sollte sich selbst das Herz herausreißen, um es ihr noch warm und zuckend in die gierig ausgestreckten Klauen zu legen! Verstohlen schaute er sich um und sah seinen schwarzgefiederten Begleiter am Himmel über sich; der Rabe verfolgte ihn wie ein Fluch.

Mit einem tiefen Seufzer nahm er Montys Hand und legte sie in der Nähe des Knies zurück auf sein Bein. „Ich fahre dich jetzt zu deinen Leuten“, rief er ihm zu. „Du bist nicht länger mein Gefangener.“ Zack gab den „Dark Rebels“ das Zeichen zum Anhalten und nahm Ricoh kurz an die Seite. Mit ein paar Worten übergab er ihm das Kommando, dann steuerte er das Hauptquartier der „Satanic Riders“ an.

Nach wie vor erntete er nichts als Schweigen vom Rücksitz. Es zerriss Zack förmlich, dass sein Geliebter ihn weiterhin mit Nichtachtung strafte.

„Fahr hier in den Weg!“, sagte Monty plötzlich und zeigte mit dem steifen Arm die Richtung an. Erstaunt lenkte Zack das Motorrad auf den schmalen Pfad, der in ein schattiges Waldstück führte. Normalerweise hätte er sie gar nicht wahrgenommen, so unscheinbar und zugewachsen war die kleine Einmündung. „Das ist keine Crossmaschine“, bemerkte er, als sie über dicke Wurzeln holperten. „Lange machen die Federn das nicht mit.“

„Da vorn ist eine versteckte Lichtung. Halte dort an!“ Monty klang bestimmend und Zack war viel zu neugierig, was dieser vorhatte, um aufzubegehren. Außerdem freute er sich, dass der junge Mann zur Sprache zurückgefunden hatte.

Beim Absteigen verlor Monty das Gleichgewicht und lehnte sich gegen ihn, warme Haut berührte sich. Ihre Körper wurden kurz aneinandergedrückt und Zack war schlagartig klar, dass auch Monty die heimlichen Liebkosungen genossen hatte. Am liebsten hätte er ihn erneut an sich gezogen, um seine Erregung deutlicher zu spüren, aber er wurde sanft weggestupst.

„Stell’ dich dort mit dem Gesicht an den Baum!“ Sein bisheriger Gefangener hatte anscheinend genaue Vorstellungen, was er wollte, und Zack folgte fasziniert den Anweisungen.

Blitzschnell schlang Monty die Schlaufe eines langen Spanngurts, den er im Staufach unter der Sitzbank gefunden hatte, um seine rechte Hand und zog sie fest. Dann führte er das reißfeste Band um den dicken Stamm und fixierte sein anderes Handgelenk. Zack hätte sich problemlos befreien können, zumal Monty gehandikapt war und die Knoten unbeholfen knüpfte, trotzdem hielt er still und beobachtete ihn bei seinem Tun.

Wenn er sich rächen will – nur zu, ich habe es verdient. Und doch war es einen Versuch wert, ihn zu erobern.

Schicksalsergeben ließ er alles geschehen, aber als Monty das Tuch von seinem Hals nehmen wollte, sagte er: „Das ist mein Glücksbringer, der mir viel bedeutet. Mach bitte keinen Blödsinn damit, okay?“

„Was denkst du, was ich damit tun werde?“ Der junge Mann lachte, dann kam er ganz nah heran, um den Knoten mit Hilfe der Zähne zu lösen. Zack fühlte seinen heißen Atem an der empfindlichen Haut und gleich darauf die vorwitzige Zunge, die ihn bis zum Ohr neckte. Eine Gänsehaut überlief seinen Körper.

„Ich verbinde dir die Augen. Dann bist du völlig hilflos und fühlst dich so ohnmächtig, wie ich es getan habe“, flüsterte Monty.

Als er ihm in die Halsbeuge biss, war es mit Zacks Beherrschung vorbei. *Heavens!* Er stöhnte tief und erbebte, dann wurde es dunkel, das Tuch verdeckte die obere Hälfte seines Gesichts. *Ich sollte das Ding mal waschen – Glück hin oder her,* kam ihm überflüssigerweise in den Sinn. Plötzlich spürte er Montys Hand, die sich von hinten zwischen seine Beine legte und den Sack knetete. Mit dem Fuß spreizte er seine Schenkel noch etwas weiter.

„Bestimmt wird es deine Männer sehr erfreuen, wenn sie dich hier nackt gefesselt antreffen. Du wirst für lange Zeit Gesprächsstoff sein.“ Monty lachte und hauchte ihm dann ins Ohr: „Oder vielleicht sollten es lieber *meine* Leute sein, die dich so vorfinden. Bones wird sich noch an die Schmach erinnern, die du ihm zugefügt hast …“

Zack schluckte hart. Die ganze Situation hatte augenblicklich ihren Reiz verloren, als ihm klar wurde, dass er ein gottverdammter Esel gewesen war. Monty hatte ihn noch nicht einmal überwältigen müssen, er hatte sich selbst in Erwartung eines erotischen Spiels in diese missliche Lage gebracht.

Und doch erbebte er, als er Montys Härte am Hintern fühlte. Der junge Mann umfasste seine Taille und öffnete in aller Seelenruhe seine Jeans; Zack konnte das Ganze nur hilflos geschehen lassen. *Oh nein, muss mein Schwanz jetzt unbedingt steif werden?* Besitzergreifend legte Monty seine Finger um die beginnende Erektion und rieb sie genüsslich, aber dann ließ er von ihm ab, zog ihm die Hose aus und sagte mit eiskalter Stimme: „Dein Motorrad werde ich als Trophäe behalten und mich zur Abwechslung auch mal feiern lassen. Soll Bones sich an dir austoben und für mich Rache nehmen …"

Das waren Montys letzten Worte, danach hörte Zack nur noch den Motor seiner Maschine aufheulen. Stille breitete sich aus, als die Geräusche immer weiter verklangen, darum zuckte er erschreckt zusammen, als der Rabe direkt über seinem Kopf schnarrte.

„Ja, dir muss das gefallen, nicht wahr?", sagte er bitter und legte seine heiße Stirn gegen den Stamm; am liebsten wäre er vor Scham im Boden versunken.

Das Knacken eines Astes schreckte Zack hoch, denn er hatte sich gegen den Baum gelehnt und war in leichten Schlummer gefallen. Seine Wangen brannten wie Feuer, er hatte versucht, zumindest das Tuch über seinen Augen zu entfernen, indem er es an der rauen Borke abstreifte, doch es war ein hoffnungsloses Unterfangen gewesen. Nun war er noch immer blind und seine Haut verschrammt.

„Ist da jemand?", fragte er mit fester Stimme. Angespannt horchte Zack in seine Umgebung, aber außer den Geräuschen des Waldes konnte er nichts weiter wahrnehmen. Da war wieder ein Knacken, das nun ganz aus der Nähe erklang. Es raschelte hinter ihm und Zack war sich sicher, leises Atmen zu hören, das sich langsam auf ihn zu bewegte.

„Binde mich los!" Er versuchte es mit Strenge, doch das leise Lachen direkt neben seinem Ohr zeugte davon, dass der Unbekannte seiner energischen Bitte nicht Folge leisten wollte. Der Laut bescherte ihm eine Gänsehaut und Zack war sich seiner Hilflosigkeit schon fast schmerzhaft bewusst. Statt der erwarteten Antwort fühlte er eine Berührung an seinem nackten Hinterteil, sie war warm und feucht und ließ Zack an eine Zungenspitze denken, die ihn dort sanft reizte.

Die Frage: „Wer bist du?", kam schon weit weniger forsch über seine Lippen. Er hatte verzweifelt versucht, sich zu befreien oder sich zur Wehr zu setzen, aber es war zwecklos, Monty hatte ihn sicher verzurrt. Zarte Bisse in die festen Backen, die rhythmisch auseinander gezogen wurden, brachten Zack zum Beben, und auch die jetzt hinzukommenden tastenden Finger hinterließen eine sehr erotische Wirkung. Sein anonymer Besucher schien es zu genießen, sich an seinem Fleisch zu laben, er ging behutsam aber sehr zielstrebig vor. Als die Zunge zurückkehrte, sog Zack den Atem scharf ein, das Gefühl war einfach überwältigend.

Wer auch immer du bist – hör nicht auf!, dachte er, darauf bedacht, seine Erregung nicht zu sehr zu zeigen. War es ein Fremder, der zufällig vorbeigekommen war? *Du bist nicht Bones und auch keiner meiner Männer … Also, wer bist du dann?* Die lustvollen Zuckungen in seinem Ständer, der mal gerieben und mal an die grobe Borke gedrückt wurde, ließen seine Gedanken immer unwichtiger werden.

„Jesus!“, stöhnte er, als er erst von mehreren Fingern penetriert wurde und dann kurz darauf von einem stattlichen Schwanz. Der Unbekannte vergrub eine Hand in Zacks Haar und bog seinen Kopf zurück, sodass er die Lippen erreichen konnte. Schon fühlte er die Zunge in seinem Mund, der Kuss war gierig und voller Leidenschaft.

Ja, das habe ich mir gewünscht. So wollte ich es schon immer … Monty, ging es Zack unwillkürlich durch den Kopf, wobei er noch gar nicht ganz begriff, dass er seinen Verführer erkannt hatte. Nur ein einziges Mal hatte er den jungen Mann küssen dürfen, doch die dazugehörigen Eindrücke hatten sich fest in seiner Erinnerung verankert.

Plötzlich erwärmte sich sein Inneres und er entspannte sich, um ihn tiefer in sich aufzunehmen. Zack war sich ganz sicher, dass er sich nicht täuschte. Er empfing jeden Stoß voller Freude und stöhnte auf, als seine Härte von sanften Fingern liebkost wurde.

„Hättest du mich mal gefragt, ob ich zu meinem Clan zurück möchte“, keuchte sein Geliebter in Zacks Ohr. „Es ist schön bei dir, aber du dürftest dich auch gern mal an mir bedienen.“

Erleichtert legte Zack den Kopf in den Nacken und lachte leise, dann wurde er von einer Woge der Lust erfasst und entlud sich fast zeitgleich mit Monty, der seinen Samen heiß in ihn hineinpumpte.

„Frag mich doch mal, ob ich zu *meinem* Clan zurückkehren will." Zacks Stimme war rau, als er seinen Befreier an sich zog und ihn dann zärtlich küsste. „Lass uns Richtung Sonne fahren …"

Das Motorrad wirbelte eine dicke Staubwolke auf, als es endlich wieder die Straße unter den Rädern hatte. Zack drehte sich kurz zu Monty um und lächelte ihn an, dann beobachtete er, wie der Rabe am Himmel eine Schleife zog und das Lager der „Dark Rebells" ansteuerte.

„Da geht er hin, mein Fluch. Es ist alles nur eine Frage der Zeit, bis sie ihr Opfer bekommt …", murmelte er nachdenklich. „Morrigan, Göttin der Schlacht und Vorbotin des Todes."

Sollten seine Männer sich unter Ricos Führung ihrem Ende entgegenbewegen – für ihn, Zack, hielt das Schicksal etwas anderes bereit.

Traumdämon

von Martin Skerhut

Florian saß an seinem Schreibtisch und wartete. Ungeduldig spielte er mit einem Kugelschreiber. Da teilten ihm ein kurzer Piepston und die Stimme seines Sekretärs die Ankunft seines Angestellten mit. Er ließ ihn sofort hereinbitten.

Die Tür öffnete sich und der Mann trat ein. Er trug Shorts und ein weißes Shirt, welche seine Muskeln betonten. Er war Mitte zwanzig, Florian wusste es nicht genau, aber es war ein knackiges Kerlchen, das genau seinen Geschmack traf. Nicht mehr so jung, aber doch jugendlich wirkend, sportlich und gut aussehend. Der Mann machte einen leicht eingeschüchterten Eindruck. Er wusste nur, dass sein Chef ihn sehen wollte, aber kannte den Grund nicht.

Florian bot ihm einen Sitzplatz an und der Mann setzte sich auf den Stuhl vor dem Schreibtisch. Den vor ihm liegenden Unterlagen konnte Florian auch den Namen des Mannes entnehmen: Mark.

Er sah ihn an.

„Ich habe gehört, dass Sie eine merkwürdige Begegnung im Keller hatten“, kam er sofort zur Sache. Mark nickte zögernd.

„Wollen Sie mir davon erzählen?“

Mark schwieg und starrte auf den Boden.

„Es gibt Gerüchte“, sagte Florian, „die von einem seltsamen Geschöpf handeln, welches im Keller sein Unwesen treiben soll. Und einer Ihrer Kollegen meinte, Sie hätten es gesehen.“

Ein seltsames, verträumt wirkendes Lächeln, schlich sich auf Marks Gesicht. Langsam nickte er.

„Ich habe es nicht nur gesehen“, sagte er zögernd, dann suchte er Florians Blick. „Ich habe ihn gefickt.“

Fasziniert sah Florian auf seinen Angestellten. „Und? Wie war es?“

„Geil.“ Jegliche Schüchternheit war aus Marks Stimme verschwunden. „Ich weiß, dass ich nicht verrückt bin, und es war der tollste Sex, den ich jemals hatte.“

Florian grinste und griff an seinen Schritt. Mark konnte das nicht sehen, die Schreibtischplatte verdeckte ihm die Sicht.

„Mmh“, sagte Florian, während er langsam über seine Beule strich.

Sein Schwanz war begierig darauf, die Geschichte in allen Einzelheiten zu hören, gleichzeitig wollte er mehr, mehr als nur eine erotische Erzählung. „Ich glaube, das muss noch bewiesen werden."

Mark grinste. „Ich habe gehört, Sie hätten einen großen Schwanz." Florian erwiderte das Grinsen und stand auf.

„Das musst du selbst entscheiden."

Er ging zu Mark beugte sich hinunter und küsste ihn sanft auf den Mund. Mark stand auf, sein Riesenpimmel zeigte seine Umrisse deutlich an der Hose.

Florian entledigte sich seiner Krawatte, warf sie achtlos in eine Ecke und knöpfte bedächtig sein Hemd auf. Währenddessen machte sich Mark an seinem Hosenschlitz zu schaffen und zog Florians Hose bis über die Knie. Der Slip folgte. Wie eine Feder sprang der Schwanz seines Arbeitgebers hervor, nach Befriedigung lechzend.

Mark ging in die Knie, seine Lippen umfingen die Eichel seines Chefs und lutschten begierig daran. Florian hatte den Kopf leicht nach hinten geneigt und stöhnte leise. Mark leckte über den riesigen Schaft, spielte mit Fingern und Zunge an den rasierten Eiern und berührte selbst hin und wieder seinen Schritt. In einer fast beiläufigen Bewegung schlüpfte er aus seinen Shorts, während er mit der anderen Hand sanft über Florians Bauch strich, den Weg zu seinen Nippeln suchend. Gemächlich bewegte sich sein Chef rückwärts, und er folgte ihm treuherzig wie ein Hund. Langsam ließ sich Florian auf ein Sofa fallen. Im Liegen konnte er das Spiel seines Angestellten weiter genießen. Sein Stöhnen wurde lauter, und auch Mark gab Geräusche der Lust und der Erregung von sich.

„Ich will dich ficken!", flüsterte Florian.

„... ficken!"

Florian öffnete die Augen. Er musste sich erst einmal an die Dunkelheit gewöhnen und den seltsamen Traum verdrängen. Er drehte sich um und sah seine Freundin Linda friedlich schlafend neben sich. Irritiert stand er auf und ging ins Badezimmer. Was hatte dieser Traum zu bedeuten? Warum träumte er von Männern? Und warum hatte er dabei eine Erektion bekommen? Sein Schwanz stand immer noch. Linda und er hatten vor dem Schlafen noch leidenschaftlichen Sex gehabt. Grinsend musste Florian an die ziemlich gewagten experimentellen Positionen zurückdenken. Ob diese bereits im Kamasutra bekannt waren? Ein Blick in den Spiegel brachte ihn wieder auf andere Gedanken. Sex mit Männern? Er hatte nie darüber nachgedacht. Er hatte keine schwulen Freunde und ihm war auch egal, was andere hinter verschlossenen Türen machten. Das tuntige Gehabe einiger Männer nervte ihn zwar, aber er war ein toleranter Mensch. Während er sich selbst im Spiegel anstarrte, suchte er Antworten auf seine Fragen. Er war nicht schwul, das wusste er. Der Sex mit Linda machte ihm Spaß, befriedigte ihn. So wie es bei den meisten seiner Freundinnen zuvor auch der Fall gewesen war.

„Florian?" Lindas Stimme riss ihn aus seinen Gedanken. Sie stand direkt hinter ihm, nackt, wie sie ins Bett gegangen waren.

„Was ist los mit dir?", fragte sie. Er zwang sich zu einem Lächeln, murmelte ein „Nichts", und ging mit Linda ins Bett zurück. Der Wecker zeigte drei Uhr morgens. Sobald er die Augen geschlossen hatte, schlief Florian ein.

Die nächsten Tage musste Florian oft an den Traum denken. Die folgenden Nächte verliefen traumlos. Nur tagsüber erwischte er sich oft dabei, wie er an Mark dachte.

Fast schien es so, als hätte das Schicksal einen anderen Weg als bisher vorgesehen. Linda musste für ein paar Tage zu ihren Eltern. Florian blieb zurück, es war eine spontane Entscheidung gewesen, und er hatte keinen Urlaub genehmigt bekommen.

Er verabschiedete seine Freundin am Hauptbahnhof, suchte danach eine Erotik-Videothek auf und entlieh sich einen Schwulenporno. Er fühlte sich unwohl in seiner Haut, und als er die DVD wählte, zitterten seine Knie. Eine freundliche Angestellte wollte ihm helfen, aber er flüsterte nur ein „Danke, ich schaue nur". Wie hätte sie ihm auch helfen können? Er wusste ja nicht, was er suchte. Er war sich nicht einmal sicher, ob er das wollte. Schließlich hatte er sich für einen Film namens „Desert Train" entschieden.

Zuhause schob er die DVD in das Abspielgerät. Er wusste nicht was auf ihn zukam. Sein Herz schlug wild, vor Erwartung und Aufregung.

Er sah sich die DVD nicht zu Ende an. Die anfängliche Masturbationsakrobatik war noch erträglich, das war nichts Fremdes für Florian, obwohl ihn der nackte, im Sand liegende Männerkörper nicht erregte. Die nachfolgende Szene widerte ihn an. Kerle, die mit lautem Stöhnen und merkwürdig verzerrten Gesichtern ihrer Geilheit Ausdruck verliehen, während sie sich oral und anal befriedigten, wollte er nicht sehen. Er schaltete den Fernseher aus.

Aber sein Traum ließ ihn nicht los, vermischte sich mit den Szenen der DVD und bildete ein neues Bild. Und das erregte ihn wieder, obwohl er den Geschlechtsakt zwischen zwei Männern nach wie vor als widerlich empfand. Und in der Nacht träumte er erneut:

Florian stand am Straßenrand, nur mit Stiefeln und einer Jeans bekleidet. Er musste inmitten einer Wüste sein. Die Sonne brannte erbarmungslos, die Vegetation war vertrocknet und der Wind wirbelte den Sand umher. In unregelmäßigen Abständen rollten Büsche über die Straße. Abgesehen von Florian war kein einziger Mensch zu sehen. Dann tauchte aus der Ferne ein Truck auf. Florian streckte seinen Daumen aus und tatsächlich hielt der riesige Lastwagen direkt vor ihm. Die Tür der Beifahrerseite öffnete sich. Ein junger Mann, etwa Mitte zwanzig, beugte sich zu Florian hinunter.

„Wohin kann ich dich mitnehmen?“ Der blonde Mann hatte ein verführerisches Lächeln. Er trug ein weißes T-Shirt, kurze enge Jeans und war braun gebrannt.

„Reno.“

„Wie praktisch, das liegt genau auf meinem Weg. Steig ein!“

Florian stieg ein und der Truck fuhr los.

„Ich heiße Mark“, sagte der Fahrer grinsend und legte beiläufig seine linke Hand an seinen Schritt.

„Florian“, erwiderte Florian und starrte auf die größer werdende Beule an Marks Hose. Mark entging das nicht und er fuhr mit dem Truck an den Straßenrand.

„Hier kommt keine Menschenseele vorbei“, sagte er nur und lächelte. Seine Hand wanderte zu Florians Schenkel. Auch zwischen seinen Beinen kam Regung auf. Aber auch die Realität meldete sich kurz zu Wort.

„Ich kann das nicht!“

Mark nickte und zog seine Hand zurück.

„Ich sehe und ich spüre es“, bemerkte er. „Du bist noch nicht bereit. Aber ich mache dir einen Vorschlag: Finde in der wachen Welt heraus was du willst, dann werden wir uns vielleicht wiedersehen.“

Florian öffnete die Augen. Der Traum hatte ihn verstört. Er war so real und doch so, wie ein Traum sein sollte. Aber in ihm wuchs die Erkenntnis, dass mehr dahinter steckte. Vielleicht lag tatsächlich etwas Wahres in Marks Worten. Florian grinste gequält. Warum sollte er sich ausgerechnet jetzt zu Männern hingezogen fühlen. Es gab keinen Grund dafür. Mit Linda lief alles großartig und „Desert Train“ hatte ihm bewiesen, dass ihm der Sex mit Männern nicht gefiel. Andererseits ... Er hatte nur den Film gesehen. Er war genauso real wie sein Traum. Florian warf einen Blick auf seinen Wecker. Es war halb vier, viel zu früh zum Aufstehen, aber seine innere Unruhe ließ ihn nicht mehr an Schlafen denken. Er stand auf und ging an seinen Computer.

Bevor er einen Psychiater aufsuchen würde, wollte er mehr über seine Gefühle in Erfahrung bringen. Und die Vergangenheit hatte ihm oft gezeigt, wie hilfreich das Internet sein konnte.

Tatsächlich fand er schnell einige Seiten über Homosexuelle. Er hatte mit pornografischen Bildern und Anzeigen gerechnet, aber er wurde angenehm überrascht. Er entdeckte mehrere Plattformen, welche Informationen über schwules Leben boten. Er fand sogar die Adresse eines schwulen Kommunikationszentrums. Dort gab es auch Ansprechpartner für bestimmte Probleme, und Psychologen. Vielleicht konnte man ihm dort weiterhelfen. Er musste nur den Mut aufbringen, dort hinzugehen.

Am Nachmittag schaffte er es, eine der Telefonnummern zu wählen.

Eine hohe Männerstimme meldete sich. Nach anfänglichem Stottern brachte Florian sein Problem hervor, allerdings verschwieg er den Traum und beschränkte sich aufs Wesentliche.

„Ich habe eine Freundin, aber ich glaube, ich bin schwul.“

Es wurde sofort ein Termin für den Abend vereinbart. Die Männerstimme, die sich mit Gerhardt vorgestellt hatte, wollte wissen, ob Florian ins Zentrum kommen wollte oder ob ihm ein anderer Ort lieber wäre.

Florian war auf das Zentrum neugierig. Also würde er sich dort an der Information melden und man würde ihn weiterschicken.

Am Abend war es dann so weit. Mit zitternden Knien hatte sich Florian auf den Weg in das schwule Viertel der Stadt gemacht. Rund um die Müllerstraße hatten sich Bars und Geschäfte ganz auf eine schwule Kundschaft eingestellt. Anfangs fühlte sich der junge Mann etwas unwohl, gleichzeitig bekam er einen Einblick in die echte schwule Kultur, jenseits der Pornografie. Männer sahen ihm nach, und er erwiderte die Blicke. Der eine oder andere würde ihm sogar gefallen. Dann dachte er an Linda und versuchte, wie ein Pferd mit Scheuklappen den Weg zum Kommunikationszentrum zu gehen. Es gelang auch, aber sobald er es betreten hatte, war er erneut in einer fremden und auf beängstigende Weise doch vertrauten Welt. Es war nicht Marianne Rosenberg oder Rosenstolz, die ihn musikalisch begrüßten, sondern Silbermond. Am Informationsstand am Eingang saß ein älterer Herr, der sich in keines der schwulen Klischees quetschen lassen wollte und vollkommen normal aussah. Freundlich lächelte er Florian an.

„Kann ich dir helfen?“, fragte er mit sanfter Stimme.

Florian nickte. „Ich habe einen Termin bei Gerhardt.“

„Die Treppe hoch, dann links, gerade aus, die letzte Tür, gegenüber den Toiletten.“

„Danke.“

Florian folgte der Wegbeschreibung. Er musste an der Theke vorbei, aber weder die drei Männer davor noch die beiden Männer dahinter, schenkten ihm große Beachtung. Im ersten Stock des Zentrums gab es eine Art Aufenthaltsraum mit einigen separierten Zimmern, einer Kuschelcouch und Regalen voll mit Büchern. Von den Titeln hatte Florian aber noch nie gehört. „Versuch über die Pubertät“ von einem Hubert Fichte, stand neben „Bevor es Nacht wird“ von Reinaldo Arenas. Darüber befanden sich tatsächlich auch Bücher von Frauen, die über Homosexuelle schrieben. Vielleicht konnte sich Florian später damit auseinandersetzen. Er fand das Zimmer, welches einfach als Besprechungszimmer eins bezeichnet worden war. Zaghaft klopfte er. Eine hohe Stimme rief ein: „Herein!“, und Florian betrat das Zimmer.

Jetzt konnte er sich auch ein erstes Bild von Gerhardt machen. Die Gestalt des Mannes wollte nicht richtig zur Stimme passen. Gerhardt war ein Bär. Dick, mit leicht ergrautem Vollbart und kurzen schwarzen Haaren, die von weißen Strähnen durchzogen waren. Er trug ein rotes Holzfällerhemd, dessen erste drei Knöpfe offen standen und einen Blick auf die behaarte Brust frei gaben, und Jeans. Freundlich lächelnd stand er auf und reichte seinem Besucher die Hand.

„Du bist also Florian. Setz dich! Ich bin mir sicher, ich kann dir bei deinem Problem helfen, wenn es eines sein sollte.“

Florian setzte sich. Das Besprechungszimmer war einfach eingerichtet. Er sah nur einen Schrank und einen Schreibtisch mit Computer. Ein Stuhl vor und einer hinter dem Tisch. Das breite Fenster gab den Blick auf die darunterliegende Straße frei. An den Wänden hingen Bilder von halbnackten jungen Männern, die vor HIV warnten.

„Du sagtest am Telefon, dass du eine Freundin hast, aber glaubst schwul zu sein. Stimmt das?“

Florian nickte.

„Wie kommst du darauf?“

Erst zuckte Florian mit den Schultern, dann besann er sich eines Besseren. Das war schließlich keine befriedigende Antwort und würde ihm bei seinem Problem nicht weiterhelfen können.

„Eigentlich fing es mit Träumen an.“

„Mit Träumen?“, hakte Gerhardt nach, nachdem Florian nicht weitersprach.

„Ja, ich habe davon geträumt, mit Männern Sex zu haben.“

„Und? War es ein bestimmter Mann? Jemand, den du kennst?“

„Es war ein bestimmter Mann ... Immer wenn ich träume, taucht er auf. Aber ich kenne ihn nicht. Und ich habe noch nie darüber nachgedacht, mit einem meiner Freunde Sex zu haben. Früher war das nie so.“

„Und wie ist das mit deiner Freundin? Wie läuft es zwischen

euch?"

„Gut. Wir sind seit zwei Jahren zusammen und hatten nie Probleme. Auch im Bett klappt alles hervorragend."

„Hm." Gerhardt überlegte kurz. „Kann es sein, dass sie dich nicht wirklich befriedigt? Fehlt dir irgendetwas?"

Florian schüttelte den Kopf.

„Hast du jemals in Betracht gezogen, deine Träume in die Tat umzusetzen?"

„Ich habe mir eine DVD ausgeliehen, aber ich fand das eklig."

Gerhardt lachte, wollte etwas sagen, verkniff sich dann aber einen Kommentar.

„Zwischen Film und Realität besteht ja ein kleiner Unterschied", sagte er schließlich. „Wie weit sind deine Träume gegangen?"

„Nicht sehr weit. Es war nur Vorgeplänkel, aber richtig zur Sache kam es nie." Florian machte eine kleine Pause, aber bevor Gerhardt etwas sagen konnte fuhr er fort: „Der letzte Traum war merkwürdig. Es war fast so, als ob es ein Stück Realität gewesen wäre. Ich weiß nicht, wie ich es beschreiben soll, aber mein Traumpartner meinte, ich sollte herausfinden, was ich will, dann ..."

„Dann?"

„Dann werden wir uns wiedersehen."

„Hm." Gerhardt schwieg für kurze Zeit und warf einen Blick aus dem Fenster. Seine Gedanken wollte er Florian aber nicht mitteilen.

„Das klingt sehr mysteriös", meinte er schließlich. „Ist er seitdem wieder aufgetaucht?"

„Nein, aber der Traum liegt noch nicht so lange zurück."

„Ich weiß nicht, ob ich dir wirklich helfen kann, aber ich vermute, da steckt mehr dahinter als du denken magst. Ich will dir jetzt nicht unbedingt gleich zu einem Psychiater raten, aber der Rat deines Traumpartners, wie du ihn genannt hast, scheint mir gar nicht so schlecht zu sein. Schau dich ein bisschen in der Szene um. Wir bieten auch einige Gruppen an, die dir vielleicht weiterhelfen können. An der Information bekommst du eine Broschüre. Vielleicht hast du nur deine weibliche Seite entdeckt, wie man sagt, und bist beidseitig bespielbar."

Gerhardt grinste und erhob sich.

„Du musst dir keine Gedanken machen. Es gibt weitaus Schlimmeres und viele Ehemänner und Väter finden erst nach Jahrzehnten ihre homosexuelle Seite. Vielleicht ist das aber auch nur eine Phase in deinem Leben. Lass dir im Bett mit deiner Freundin etwas Neues einfallen, aber wenn du immer noch Zweifel hast oder du nicht mit deiner Situation klarkommst, komm wieder zu mir, ich kann dir einen guten Psychiater empfehlen. Der kann dir weiterhelfen. Mehr kann ich im Moment nicht für dich tun."

Florian grinste und erhob sich ebenfalls.

„Ich glaube, du hast mir schon sehr geholfen. Ich werde mal sehen, was ich aus deinen Ratschlägen machen kann."

„Viel Glück!"

Mit diesen Worten geleitete Gerhardt Florian an die Tür.

Florian ging zur Information zurück. In der kurzen Zeit, die er bei Gerhardt verbracht hatte, hatte sich das Kommunikationszentrum gefüllt. Die Barhocker an der Theke waren alle besetzt. An den Wänden standen Männer unterschiedlichsten Alters, in gestenreiche Gespräche vertief.

„Und?", fragte der Mann an der Information freundlich. „Was kann ich dir jetzt Gutes tun?"

„Gerhardt meinte, ihr hättet Informationsmaterial über die unterschiedlichen Gruppen des Zentrums."

Der Mann nickte.

„Suchst du was Bestimmtes?"

Florian lächelte verlegen. „So genau weiß ich das auch nicht. Banal ausgedrückt könnte man sagen, ich suche meine eigene Sexualität."

„Hm, für die Jugendgruppen bist du zu alt, für uns Senioren zu jung. In die Coming-out-Gruppe passt du auch nicht. Vielleicht der Stammtisch der Bisexuellen? Das sind sehr nette Männer und Frauen, die können dir vielleicht helfen."

Der Mann suchte nach einem Flyer und hielt dann einen kleinen hellblauen Zettel vor Florians Augen.

„Du hast Glück", sagte er. „Der Bisexuellen-Stammtisch ist morgen im Café Paris."

„Und das ist wo?"

„Du musst nur die Straße zurückgehen, vor der U-Bahnstation ist eine kleine Seitenstraße. Das erste Lokal ist das Paris."

„Vielleicht sollte ich da vorbeischauen."

„Mach das, das wird bestimmt nett." Der Mann lächelte aufmunternd. „Du wirst schon noch erkennen, wohin du dein Fähnchen stecken musst."

„Meine Fahne", korrigierte Florian, ehe ihm bewusst wurde, was er sagte. Der ältere Mann und er fingen gleichzeitig zu prusten an. Florian bekam einen hochroten Kopf, ergriff den Flyer und verließ das Kommunikationszentrum, immer noch lachend.

Der unbeabsichtigte Witz schien eine Barriere in ihm gelöst zu haben. Er hatte sich doch etwas befangen in der Nähe der Homosexuellen gefühlt, aber er musste zugeben, dass sie nicht anders als andere Männer waren. Und er war nicht in der Lage, über sie urteilen zu können, da seine eigene Unsicherheit ihm den richtigen Weg, seinen richtigen Weg, zeigen konnte.

Wie es der Mann an der Information gesagt hatte, kam Florian fast am Café Paris vorbei. Der kleine Abstecher würde nicht schaden, er hatte keine anderen Verpflichtungen, und ob er zuhause vor dem Fernseher saß oder noch schnell ein Bier trank, machte keinen Unterschied.

Zögernd betrat er das Café. Eine hellblaue Wand mit weißen Wölkchen und dem Eiffelturm empfingen ihn. Rechts vorm Turm befand sich eine Theke, links von ihm ein paar Tische. An der rechten Seite befand sich eine Art Paravent, der den Zugang zu den Toiletten verbarg.

Hinter der Theke standen zwei grauhaarige Männer, die sich spielerisch mit Spültüchern bewarfen. Ihr jugendliches Lachen war weithin zu hören. Zwei weitere Männer an der Theke beobachteten die beiden, schienen sie sogar aufzustacheln. Es war wie ein Spiel unter Freunden. Nur einer der Tische war besetzt. Dort saß ein junges Pärchen, Händchen haltend. Etwas irritiert bemerkte Florian, dass es sich um ein normales Paar handelte. Er war der Meinung gewesen, dass das Paris ein schwules Café sei, aber das war entweder nicht der Fall oder die beiden Turteltauben hatten sich einfach verirrt.

Florian wollte auf einen der leeren Ecktische zusteuern, als ihn ein Zuruf zurückhielt: „Wenn du nichts anderes vorhast, junger

Mann, dann komm doch zu uns an die Theke. Wir beißen nicht. Höchstens wenn wir darum gebeten werden." Es war einer der Männer hinter der Theke. Freundlich lächelnd winkte er Florian zu sich. Er folgte der Aufforderung und setzte sich zwischen die beiden anderen Männer, die ihm bereitwillig Platz machten.

Die beiden Männer hinter der Theke waren so freundlich und stellten sich vor. Es handelte sich um die Besitzer des Cafés. Paul war derjenige, der Florian angesprochen hatte, der andere war Danny, sein Partner und Lebensgefährte. Adrian und Norbert waren die beiden Männer, die ihn zwischen sich gelassen hatten, Freunde von Paul und Danny.

Florian bestellte sein Bier. In der nächsten Stunde entwickelte sich ein angeregtes Gespräch, in dem Florians Person hauptsächlich im Mittelpunkt stand. Von den älteren Schwulen erfuhr er einiges über eine ihm unbekannte Welt. Er hatte von seinen Träumen und seinen Zweifeln erzählt und dabei erfahren, dass es Paul genauso gegangen war. Er hatte sogar geheiratet und zwei Kinder in die Welt gesetzt, bevor er Danny kennengelernt und sich vollkommen von seiner Frau zurückgezogen hatte, um ein anderes Leben zu führen.

Als Florian schließlich den Heimweg antrat, war er um einiges Wissen reicher, aber immer noch unwissend über seine Zukunft. Pauls Schicksal ließ ihn grübeln. Gleichzeitig entstand der Zwang, sich über seine Gefühle im Klaren zu sein. War es wirklich Liebe, die er für Linda empfand? Was war mit seinen Träumen? Musste er sie ernst nehmen, oder konnte er sie ignorieren?

Innerlich verfluchte er sich selbst ... Warum hatte er den Träumen so viel Bedeutung zugeschrieben? Er hasste die Unsicherheit, die ihn quälte.

Nach einem längeren Telefonat mit Linda über die banalen Dinge des Alltags, war ihm auch nicht besser.

Unruhig fiel er in den Schlaf.

Der Gefangene saß lässig auf seiner Pritsche. Nur die Gitter der Zelle trennten ihn von Florian.

„Ich halte es nicht mehr aus", sagte er.

„Was?", wollte Florian wissen. Er wusste, dass er träumte und er kannte den Mann jenseits der Gitter. Mark, der Mann, der nur in seinen Träumen existierte. Mark, der Mann der ihn verführen wollte.

„Das Warten."

„Das Warten worauf?"

Mark stand auf und spannte ganz beiläufig die Muskeln seines Oberkörpers an. Er war braun gebrannt, außer einer zerrissenen Jeans trug er nichts. Er ging an die Gitterstäbe.

„Das Warten auf deine Entscheidung."

„Das ist nur ein Traum", murmelte Florian zusammenhanglos. Mark nickte.

„So magst du es sehen, doch was ist, wenn dieser Traum Wirklichkeit werden könnte?"

„Warum sollte er?"

„Weil ich es will."

„Aber das ist nur ein Traum", sagte Florian zum zweiten Mal, und wieder nickte Mark.

„Willst du, dass er Wirklichkeit wird?", fragte er. Florian zuckte mit den Schultern.

„Ich weiß es nicht. Ich weiß nicht, was diese Träume bedeuten. Ich weiß nicht, wer du bist."

„Ich bin Mark."

„Ja, aber warum bist du immer in meinen Träumen. Habe ich dich schon einmal gesehen?"

„Nur in deinen Träumen", entgegnete Mark grinsend. „Ich bin in der realen Welt nicht existent. So lange du es nicht willst."

„Ich verstehe nicht ..." Fragend sah Florian zwischen den Gitterstäbe hindurch. Der andere Mann faszinierte ihn, erregte ihn.

„Dann erkläre ich es dir", sagte Mark nur. „Vielleicht hat alles danach ein Ende."

Florian konnte nicht behaupten, dass er die Worte Marks verstand, aber er wartete ab.

„Ich bin ein Traumdämon", begann Mark seine Erklärung. „Ich suche schwule Männer heim, lasse sie einen wunderschönen erotischen Traum erleben und labe mich an ihrer Lust."

„Aber ich bin nicht schwul", widersprach Florian und Mark nickte. Er trat durch die Gitterstäbe, als wären sie nur ein Hologramm, und ging auf Florian zu. Er grinste breit und entblößte seine spitzen Eckzähne. Florian zuckte zurück.

„Keine Angst“, beruhigte ihn Mark. „Ich will dir nichts tun. Ich bin kein böser Dämon.“

„Und ich bin nicht schwul!“, wiederholte Florian.

„Ich weiß“, entgegnete Mark. „Das ist eine längere Geschichte.“

„Es ist ein Traum“, stellte Florian fest. „Ich glaube wir haben alle Zeit der Welt.“ Der Traumdämon nickte.

„Aber wenn ich mir von dir schon die Beichte abnehmen lasse, dann doch an einem anderen Ort.“

„Was ...“

Bevor Florian seine Frage beenden konnte, hatte sich die Umgebung geändert. Statt einer tristen Gefängniszelle befanden sie sich an einem romantischen Palmenstrand bei sternenklarer Nacht und Vollmond. Das warme Wasser streichelte seine Füße. Mark und er lagen nahe des Ufers, nur mit hautengen Shorts bekleidet.

„Es gibt verschiedene Arten von Traumdämonen“, begann Mark mit leiser Stimme. „Auch die Succubi und Incubi gehören dazu, aber es gibt zahlreiche andere und nicht alle haben Namen. Ich gehöre diesen namenlosen Massen an. Ich und meine Artgenossen sind so unbedeutend, dass wir nur in den Träumen existieren, ohne festen Körper. Dabei hätten wir mehr verdient. Wir sind nicht böse. Wir sorgen für angenehme erregende Träume und diese Erregung ist es, die uns nährt. Fast könnte man sagen, dass wir nur von Lust und Liebe leben, auch wenn die Liebe uns eigentlich verwehrt ist.“ Mark schwieg. Er hatte die Augen geschlossen und Florian war sich nicht sicher, ob der Dämon nicht eingeschlafen war, als er fortfuhr: „Ich habe immer gedacht, dass ein Gefühl wie Liebe, dass überhaupt irgendwelche Gefühle außer der Leidenschaft, uns verwehrt bleiben. Aber da habe ich mich wohl geirrt.“

„Wie meinst du das?“

Mark lächelte, hielt die Augen aber immer noch geschlossen. „Manchmal machen wir Dämonen Fehler. Ich habe Geschichten von einem Succubus gehört, der verzweifelt versucht hat, einen Schwulen zu verführen. Ich habe sie belächelt, aber ...“

„Aber?“, hakte Florian nach, als Marks Schweigen anhielt.

Der Dämon öffnete die Augen und sah Florian an. „Dann traf ich dich. Ich wollte dir einen schönen erotischen Traum schicken, nur musste ich feststellen, dass du auf Frauen stehst.“ Mark lächelte gequält.

„Warum hast du dann nicht aufgehört?“, fragte Florian.

„Weil ... weil ich mich in dich verliebt habe.“

„So schnell?“

Mark nickte. „Ich konnte nicht anders, ich musste zu dir kommen, ich wollte bei dir sein, aber du wolltest nicht.“

Florian grinste breit. „Vielleicht ist das jetzt anders“, meinte er. „Seit ich das erste Mal von dir geträumt habe, bin ich mir meiner Sexualität nicht mehr so sicher. Ich bin es auch jetzt nicht. Ich liebe ...“

Florian wollte Linda sagen, aber irgendetwas hinderte ihn daran. Es war nicht ihr Name, der ihm über die Lippen kam, es war gar kein Name. Er sagte nur: „Ich liebe ... dich!“, und war darüber ebenso erstaunt wie Mark, der ihn mit großen, glänzenden Augen ansah.

„Ist das dein Ernst?“, fragte der Dämon.

Florian musste nicht lange überlegen. „Ich habe zuerst an dich gedacht, dann an Linda. Als muss es die Wahrheit sein.“ Er wirkte plötzlich verunsichert. „Aber was jetzt?“

„Was soll jetzt sein?“

„Was wird aus Linda? Was wird aus mir? Was wird aus uns?“

Mark zuckte mit den Schultern. „Das werden wir herausfinden müssen“, sagte er nur. „Jetzt beginnt ein Teil meines Lebens, den ich selbst noch nicht kenne.“

Florian öffnete die Augen. *Was für ein seltsamer Traum,* dachte er. Neben sich hörte er das gleichmäßige Atmen von ... Mark! Sein heftiges Zusammenzucken weckte den Schläfer. Er wirkte genauso verwirrt wie Florian, fasste sich aber schneller wieder und lächelte beruhigend.

„Was ist passiert?“, fragte Florian benommen.

„Manchmal ...“, flüsterte Mark, „Manchmal werden auch die Wünsche eines Dämons wahr.“ Er lachte, als er Florians wachsende Verwirrung sah.

„Ich habe einen Wunsch geäußert. Solltest du dich in mich verlieben, will ich einen eigenen Körper haben. Es hat funktioniert. Jetzt bin ich so wie du.“

„Und was jetzt?“

„Das habe ich dir doch schon in deinem Traum gesagt", flüsterte Mark. „Jetzt beginnt ein Teil meines Lebens, den ich selbst noch nicht kenne."

Überraschend warf er sich auf Florian und presste seine Lippen gegen die des anderen Mannes. Florian wehrte sich nicht.

In diesem Augenblick wollte er nur Mark spüren, seine Lippen, seinen ganzen Körper. Linda war vergessen.

Martin Skerhut

Martin Skerhut wurde 1972 in München geboren und lebt dort auch.
Seit 2004 erscheinen seine größtenteils fantastischen/erotischen Geschichten in verschiedenen Anthologien und Literaturzeitschriften.

2007 erschien sein Buch „Dämonenlust".

Mehr über den Autor und sein Werk unter:
http://www.martin-skerhut.de/

Jäger und Gejagte

von Kira Hawke

„Eine Geschichte! Bitte, Onkel David!"

David Calhoun setzt ein Gesicht auf, als würde sein Neffe Arthur eine schier unmögliche Leistung von ihm verlangen, aber der Junge kennt diese Geste bereits. Sie gehört zum allabendlichen Ritual, wie die Bitte um eine Geschichte. Arthur kann das Dienstpersonal im Nebenzimmer hören, das die Reste des abendlichen Dinners aufräumt, und seine Eltern im Zimmer nebenan, die einen Sherry und ein Glas Cognac zu sich nehmen.

Arthur sieht zum Kamin, wo der Butler die Holzscheite anfeuert und das Dienstmädchen die Gaslaternen weiter dämpft. Janus, Onkel Davids großer Jagdhund, schleicht mit gesenktem Kopf heran und legt sich vor das auflodernde Feuer. Der Butler zieht sich zurück und nimmt das Dienstmädchen mit sich. Onkel David holt sich einen der großen Lehnstühle heran und Janus brummt. Er legt seinen massigen Kopf auf Davids Füße und Arthur klettert auf den Schoß seines Onkels.

„Eine Geschichte, ja?", fragt er, wie um sich zu vergewissern, ob David seinen Teil des Rituals einhalten wird. Und wie jeden Abend lächelt der und Arthur weiß, dass er, wie jeden Abend, eine Geschichte von David Calhoun, dem großen Werwolfjäger, erzählt bekommen wird. In der Zeit, als Werwölfe noch eine echte Gefahr in den Straßen Londons dargestellt hatten, hatte allein David Calhouns Name die Halbmenschen erzittern lassen. Jetzt sind keine Werwölfe mehr in den Städten. Nicht einmal Onkel David kann mit Sicherheit sagen, wohin sie sich zurückgezogen hatten und er spekuliert nicht darüber. Arthur ist es egal, er will lieber hören, wie Onkel David diese Menschenfresser und Halbmenschen gejagt hat.

„Was für eine Geschichte willst du denn hören?", fragte David und streicht seinem Neffen über den hellen Haarschopf. Haar, das ebenso blond ist wie das seine. Die Familienzugehörigkeit lässt sich nicht leugnen. Das schmale Gesicht wird von einem Strahlen überzogen. „Dein schwerster Kampf!", sagt er, wie aus der Pistole geschossen und stößt die geballten Fäustchen in die Luft, als würde er sich selbst gegen einen mächtigen Gegner zur Wehr setzen. Seine leuchtenden Augen liegen aber weiter auf seinem Onkel, der milde lächelt.

„Mein schwerster Kampf also“, sagt er mit nachdenklicher Stimme und nimmt das Glas irischen Whiskeys, der auf dem kleinen Tisch neben dem Kamin steht. Seine andere Hand tätschelt Janus' Kopf. Er lässt sich etwas der goldenen Flüssigkeit in die Kehle rinnen und schluckt. „Mein schwerster Kampf“, wiederholt er und stellt das Glas wieder ab. „Es war vor einigen Jahren“, beginnt er mit seiner besten Geschichtenstimme. „In London ging das Gerücht um, dass der mächtigste Werwolf des gesamten Empires aufgetaucht war und alle Wölfe der Stadt um sich versammeln wollte ...“

David Calhoun zog den dunklen Wollstoff seines Mantels enger um sich. Er konnte froh sein, dass es nicht regnete, sondern nur ein wenig Feuchtigkeit in der Form von Nebel in der Luft lag. Hier, so nah an den Ufern der Themse, war es um diese späten Abendstunden nichts Ungewöhnliches. Der Nebel tauchte ganz London in dumpfes, trübes Licht, ausgestrahlt von den Gaslaternen, die gegen die Dunstschwaden ankämpften. Sie verloren jedes Mal. Regen hätte Davids Sicht weitaus schlimmer behindert und er wäre nur nass geworden. So reichte sein leichter Wollmantel, um ihn vor der nächtlichen Kälte zu schützen. Es war April, aber die Kälte der Nacht hätte gut zu einem Februar gepasst.

Der Gestank von tranigem Flussfisch und brackigem Wasser stieg ihm in die Nase. Warum diese Biester immer die schmutzigsten Gegenden Londons aufsuchten, war ihm ein Rätsel. Er hatte es satt, seine Nächte in den Hafenvierteln der Themsestadt zu verbringen. Das Warten war zermürbend. Früher hatte wenigstens die Jagd dafür gesorgt, dass das Adrenalin durch seine Adern schoss und er dafür gerne stundenlang in den Schatten lauerte. Doch nach zehn Jahren Lauern, Töten und keiner einzigen Niederlage, gab es keine Herausforderung mehr für ihn. David Calhoun langweilte sein Geschäft.

Er strich mit der Hand über seine Hüfte. Unter dem Wollstoff des Mantels bildete eine kleine Handarmbrust eine Beule. Andere unerfahrenere und jüngere Jäger schworen auf Musketen oder Pistolen. David aber wusste, dass nichts effektiver war als ein silberummantelter Stahlbolzen. Silberkugeln entfalteten oft nicht die Durchschlagskraft, die nötig war, um das dichte Fell und die dicke Haut dieser sabbernden Bestien zu durchdringen. Ganz anders ein Armbrustbolzen. Diese Waffe war direkt an Davids Bedürfnisse angepasst; sie war perfekt ausbalanciert, leicht auseinanderzubauen und besaß einen kleinen Zylinder, der an Miniaturstützen über der Einlegeschiene der Bolzen angebracht war. Auf Knopfdruck wurde sofort ein weiterer Bolzen eingelegt, sobald der erste die Sehne verlassen hatte. Dieses System hatte ihm mehr als einmal das Leben gerettet.

David lauschte. Er hörte etwas: ein Geräusch, das nicht zum Nieselregen, dem Plätschern des Flusses und dem Quieken der Ratten zwischen den Müllhaufen passte. Er machte nicht den Fehler aufzusehen und damit sein helles Gesicht einem eventuellen Gegner zu präsentieren. Stattdessen zog er den Kopf tiefer zwischen die Schultern und machte einen Schritt weiter in die Schatten. Er stand nun über dem Überhang einer der vielen Brücken Londons und verschmolz auf geübte Art und Weise mit der Dunkelheit. Langsam schloss er die Augen, um sich ganz auf seinen Gehörsinn konzentrieren zu können. Das Geräusch wiederholte sich, diesmal lauter. Es war ein leises Rascheln, von Fell gegen Stein. Der Geruch von nassem Tier wehte zu David herüber. Er spürte einen leisen Hauch der früheren Aufregung, als er den Mantel millimeterweise zur Seite zog und das Halfter der Miniaturarmbrust löste. Ihr Griff schmiegte sich bereitwillig in Davids Hand und er begrüßte das vertraute Gefühl. Es klickte nicht einmal, als er sie herauszog und auf das Ziel richtete.

In der Richtung, aus der das Geräusch gekommen war, bewegte sich etwas. Ein Schatten, dunkler als die um ihn herum. David hob den linken Arm auf Brusthöhe und winkelte ihn an. Die Armbrust legte er drauf, um seinen Schuss zu stützen. Nur eine weitere Bewegung, ein winziges Zucken, damit er ein besseres Ziel hatte!

David kniff die Augen weiter zusammen, um etwas durch die Dunkelheit sehen zu können und dann, endlich, tat sich etwas. Allerdings nicht vor ihm, sondern schräg hinter ihm! Er bemerkte den Angriff nur aus dem Augenwinkel, doch das war sein Glück. Noch während sein Angreifer auf ihn zusprang, drehte David sich ganz um. In der Drehung, mit der er sich aus der Reichweite seines Angreifers bringen wollte, erwischte ihn ein schwerer Körper und stieß ihn auf den Rücken. Scharfe Fänge rutschten durch seine Bewegung an seinem Mantel ab, aber der Wucht des Aufpralls konnte er nichts entgegensetzen. Der Geruch von nassem Raubtier stieg ihm überwältigend in die Nase und ein schwerer Körper presste ihn auf den Boden. David wand sich. Durch den Sturz hatte er seine Armbrust verloren; er sah sie im Halbdunkel einige Meter entfernt auf dem Boden liegen. Der Schuss hatte sich zum Glück nicht gelöst.

Sein Angreifer lag noch immer auf ihm und hielt ihn nur durch sein Gewicht auf den Boden gedrückt. David drehte den Kopf, um ihn ansehen zu können; sein Blick traf auf ein weit geöffnetes Maul, aus dem der Gestank nach altem Blut und rohem Fleisch schlug. David würgte und wandte den Kopf zur Seite. Dieser verfluchte Werwolf hatte ihn überrumpelt! Er war zu nachlässig geworden und hatte sich durch einen der ältesten und dümmsten Tricks überwältigen lassen! Die Erkenntnis und die darauf folgende Scham brannten schlimmer als der Sturz.

„Keine Tricks mehr in der Hinterhand, Calhoun?"

Die Stimme des Wesens klang kratzig, rau und tief. David war überrascht; es war das erste Mal, dass er eine dieser Bestien sprechen hörte. Sonst waren sie immer zu schnell tot, als dass sie noch Zeit für ein paar letzte Worte gefunden hätten.

„Gib mir fünf Minuten, dann fällt mir sicher noch einer ein", presste er zwischen zusammengebissenen Zähnen hervor; der Geruch nach Raubtierkäfig und totem Fleisch war fast zu viel und er kämpfte darum, die massige, muskulöse Gestalt von sich herunterzubekommen.

„Vielleicht hast du keine fünf Minuten mehr", grollte der Werwolf und die Zähne näherten sich Davids Gesicht. Der atmete schwer und stieß dem Untier seinen Unterarm gegen die Kehle, um dieses monströse Gebiss auf Abstand zu halten.

„Wie hast du ihn überwältigt?!", fragt Arthur und seine Augen leuchten.

David ist sich sicher, dass sein Neffe die Details, die er ihm bisher erzählt hat, in seinem Kopf wieder und wieder durchspielen wird. Er ist in den Augen des Jungen gewachsen – ein Held, der sich in einer großen Gefahr befindet und sich nun aus eigener Kraft befreien muss! David lächelt unwillkürlich bei dem Gedanken und gönnt sich einen weiteren Schluck Whiskey, ehe er fortfährt. „Ich lag also unter diesem Untier, die rasiermesserscharfen Zähne nur Zentimeter von meiner Kehle entfernt. Er wollte mir ans Leben, das sah ich deutlich in seinen glühenden Augen! Aber ich war schlauer als er. Das Biest wusste nicht, dass ich noch einen Behälter mit Ersatzbolzen an meinen Gürtel geheftet hatte. Ich griff danach, konnte unbemerkt einen entnehmen und rammte ihn, so gut ich konnte, in das Fleisch der Bestie. Ich traf durch meine Lage ihren Rücken und sie ließ, vor Schmerzen heulend, von mir ab ...“

David rang nach Atem. Irgendwo hinter ihm klirrte es leise. Aus einem Reflex heraus sahen sowohl er als auch der Werwolf auf: Eine Ratte hatte interessiert mit der Schnauze gegen die Armbrust gestupst und das Klirren verursacht. David erholte sich von der Ablenkung als Erstes. Er griff mit der freien Hand zu seinem Gürtel, an dem sich der Behälter mit den Ersatzbolzen befand. Er ließ einen herausfallen, umfasste ihn und wollte ihn seinem Widersacher in den Rücken stoßen. Seine Hand verharrte auf halber Strecke, aufgehalten von einer pelzigen Pranke. Der Werwolf grinste auf David herunter. „Ich muss zugeben, ich hätte mehr erwartet“, sagte er. „Das ging zu einfach.“

„Wer sagt, dass ich besiegt bin!“, knurrte David.

Der Werwolf lachte und es klang wie Kieselsteine, die in einem Eimer umhergeschüttelt wurden. Die Verwandlung setzte ein; David bemerkte es mit Entsetzen. Der Raubtiergestank wurde schwächer, vermischte sich mit dem Odeur des Flusses und verschwand schließlich ganz. Das drahtige Fell wurde kürzer, als würde es in den Körper eingesogen. Gliedmaßen dehnten sich, andere zogen sich zusammen. Die Zähne blieben aber gebleckt und auch der Griff, der David auf den Grund festgenagelt hielt, änderte sich nicht. „Du liegst auf dem Boden, Calhoun“, erwiderte der Werwolf mit einer wesentlich menschlicheren Stimme. Auch sein Gesicht bestand nicht mehr aus einer langen Schnauze und funkelnden gelben Augen, sondern war das eines ungekämmten, stoppelbärtigen Mannes. Das Kinn war kantig, die Gestalt noch immer muskulös. David sah über seine Schulter und bemerkte, dass die Bestie nackt war. Diese Sekunde Unachtsamkeit reichte; der Werwolf riss Davids Arm zur Seite und drückte den anderen, den er noch immer hielt, auf die schmierigen Steine des Kopfsteinpflasters. Seine eigenen Beine lagen auf Davids Oberschenkeln und mit seinen Armen auf diese Weise auf den Boden fixiert, konnte der sich kaum rühren.

Der Werwolf sah auf ihn herunter. Er leckte sich unmerklich über die Lippen. „Unter Wölfen ist es üblich, dass der Verlierer auf dem Rücken liegt." Er öffnete seinen Mund und scharfe Zähne streiften Davids Kehle. Der erwartete den finalen Biss, aber der Werwolf glitt überraschend sanft über die Haut. „Und er präsentiert dem Sieger seine Kehle, damit der entscheiden kann, ob er ihn am Leben lässt oder nicht." Der Atem des Werwolfs roch noch immer nach Blut, aber eine andere Geruchsnote hatte sich darunter gemischt. Sie erinnerte David an Holz, Feuer und Asche. Er wagte nicht einmal zu schlucken. „Ich bin der Sieger, Calhoun." Der heiße Atem wanderte von Davids Kehle zu seinem Ohr. Das Gefühl war sacht und ... verheißend? David blinzelte verwirrt und versuchte, seinen Ärger nicht zu vergessen.

„Deine Kehle, dein Leben gehören nun mir. Und ich kann damit anfangen, was immer ich will." Er grinste, David hörte es deutlich in seiner Stimme. „Ich denke, ich will ein wenig spielen."

David schauderte bei diesem Satz. Nur einen Moment später berührten die scharfen Zähne des Wolfes sein Ohr. Sie ritzten die Haut ein wenig und David zischte leise auf. Ein Lachen antwortete ihm und der Werwolf führte seine Handgelenke zusammen, um sie mit einer Hand festzuhalten. Die andere fuhr unter den Stoff des Mantels, über die Baumwolle des Hemdes und verharrte an der Stelle zwischen Davids Beinen. Der riss die Augen auf, als er erkannte, was das Ziel dieser kleinen Erkundungsroute war. „Bist du des Wahnsinns? Ich bin ein Mann?!", keuchte er und fühlte, wie die Finger des Werwolfs ihn durch die Hose hindurch umfassten.

„Was macht das für einen Unterschied?", erwiderte der und packte fester zu. David warf den Kopf zurück und keuchte. Das konnte nicht sein, er konnte unmöglich auf diesem schmierigen Kopfsteinpflaster liegen, mit der Hand eines Mannes, eines Werwolfs zwischen seinen Beinen! Er wand sich, versuchte loszukommen, aber sein Gegner schob seine Beine zwischen Davids, sodass er sie nicht mehr schließen konnte. Etwas Hartes drückte sich gegen Davids Lende. „Du bist Abschaum!“, zischte er und versuchte wegzurutschen. Ein herrisches Zudrücken um seinen Schaft hielt ihn auf.

„Und du ein Heuchler“, lachte der Wolf. „Oder was ist das?“ Er hatte Davids Hose geöffnet und zu dessen Scham hatte sein Penis begonnen, sich mit Blut zu füllen. Er wurde langsam hart und konnte nichts dagegen tun. David versuchte, an Eiswasser zu denken, an seinen Hund, Himmel, er dachte sogar an seine Mutter! Aber es half nichts. Die Hand des Werwolfs war wissend – sie berührte zart die Eichel, strich über die ganze Länge des Penis’, der sich ihm immer weiter entgegenreckte, und massierte überraschend hart den behaarten Hodensack.

David presste die Lippen zusammen, aber es half nichts. Ein heiseres Stöhnen entschlüpfte ihm. „Runter von mir, du dreckiger Mistkerl!“, stöhnte er, wohl wissend, dass sein Tonfall die Worte Lügen strafte.

„Hör auf zu zetern“, sagte der Wolf spöttisch und seine Hand bewegte sich nun in schnellem Takt auf und ab, auf und ab ...

„Er konnte sich selbst mit dem Bolzen im Rücken noch wehren?!“, fragt Arthur fassungslos. David nickt und krault Janus über den Kopf. Er hofft, dass seine Wangen nicht so rot sind, wie sie sich anfühlen und falls doch, dass er es auf die Hitze des Kamins schieben kann. Er sollte seinen Neffen nicht belügen, aber eigentlich ist es keine Lüge, nur ein leichtes Zurechtbiegen der Wahrheit, nicht wahr?

„Die Wunde war für ihn kaum mehr als ein Kratzer“, bestätigt er. „Er wehrte sich verbissen und hatte mich bald auf den Boden festgenagelt. Da lag ich nun, unfähig, mich zu rühren und seiner Willkür ausgesetzt.“

„Was geschah dann?“

David spürte, wie, gegen seinen Willen, Lust seinen Körper übernahm. Er war ihr völlig ausgeliefert und verlor stetig die Kontrolle über sich selbst, je drängender die Hand auf seinem Schaft pumpte. Der Werwolf sah auf ihn herab und grinste selbstgefällig. „Komm schon", sagte er nah an Davids Mund. „Zeig mir, wer von uns beiden der dreckige Mistkerl ist, Werwolfjäger."

David stöhnte und merkte, wie er seine Hüften immer wieder gegen diese pumpende Hand stieß. Werwolfjäger – das Wort drang durch den roten Schleier aus Wollust zu ihm durch. Ja, Werwolfjäger, das war er trotz allem noch. Werwolfjäger, und zwar der beste! David stöhnte rau. Er stand kurz vor seinem Höhepunkt, aber so leicht würde er nicht aufgeben. Mit einem Ruck schlang er seine gespreizten Beine um die Hüften des Werwolfs und nutzte den Schwung, um sich aus der Hüfte zu drehen. Der Mann auf ihm verlor das Gleichgewicht und fiel auf den Rücken. David wurde mitgerissen und kniete nun über seinem Opfer. Er rang nach Atem und riss seine Hände frei. Der Werwolf lag unter ihm und sah ihn mit einer Mischung aus Überraschung und Gier an. David wartete nicht darauf, dass er sich wieder erholte, sondern packte nun selbst dessen Handgelenke mit einer Hand und schob nur eines seiner eigenen Beine zwischen die des Mannes. Unter ihm bewegte der Wolf seine Hüften und seine Erektion drückte sich gegen Davids steifen Penis, der noch immer aus der halb offenen Hose lugte.

„Dreckiger Mistkerl, mhm?", murmelte er leise und sah wie hypnotisiert auf das steife Stück Fleisch zwischen seinen Schenkeln. Jetzt war er in der überlegenen Position; aber etwas lenkte ihn ab. Nicht etwas – dieser Wolf. Wie im Traum ließ er seine Hand tiefer sinken und beobachtete, wie seine Finger sich um den Penis des anderen Mannes schlangen. Seine Haut war heller als die des Werwolfs. Seine Finger hoben sich nur zu deutlich ab. Er schlang sie fester um den zuckenden Schaft und ließ sie daran tiefer gleiten, bis er dichtes, drahtiges Haar fühlte. Der Wolf unter ihm stöhnte leise. David runzelte die Stirn. Er ließ seine Finger wieder höher wandern, zu der roten Spitze des Schafts. Dort drückte er probeweise zu und erntete ein Keuchen; er wiederholte das Spiel, drückte fester zu und ließ seine Finger wieder tiefer gleiten. Wie sein eigener Körper nur Augenblicke zuvor, wand sich der Wolf auf dem schmutzigen Boden des Themseufers. Doch das Lächeln blieb in seinem Gesicht. „Nimm beide“, raunte er.

David verstand erst nicht, was er meinte, bis sein eigener, zuckender Penis wieder gegen den anderen stieß. Er schluckte rau, und die Lust, die ihn bereits zuvor gefangen genommen hatte, überwältigte ihn schier. Er wusste nicht mehr, wer in diesem Kampf Sieger oder Besiegter war und es zählte auch nicht mehr. Alles, was zählte, war die Befriedigung dieses Hungers, den er verspürte. Er brachte seinen Unterleib tiefer, bis seine heiße Erektion auf die des Wolfs traf. Seine Finger lösten sich, nur um sie beide zu umfassen. Er hielt es kaum noch aus und schlug ein hartes, brutales Tempo an.

Der Werwolf zuckte zusammen, als sein Schaft plötzlich so hart gepumpt wurde, aber sein lautes Stöhnen bewies, dass es ihm gefiel. Wild stieß er gegen Davids Hand und seine Augen verdrehten sich. Er knurrte und David spürte heißen, dickflüssigen Samen auf seinen Handrücken spritzen. Er selbst brauchte auch nur noch einige weitere Striche seiner Hand ... gleich ...

Rausch erfasste ihn wie ein Strudel, riss ihn mit sich und er spürte, wie sein eigener Orgasmus ihn überwältigte.

„Die Bestie war vollkommen erschöpft“, sagt David. „Nur so konnte ich sie überwältigen und ihr schlussendlich den Todesstoß versetzen.“

„Ja, jajaja!“, quietscht Arthur freudig, nachdem der Werwolf in der Geschichte seines Onkels David nach einem langen und harten Kampf getötet worden war.

„Was schreist du denn so?“, erkundigt sich Eileen, die gerade durch die Tür getreten ist. Ihr Tonfall ist der einer stolzen Mutter, die ihren Sohn mit vor Aufregung roten Wangen sieht. Sie kommt zum Kamin, nimmt Arthur hoch und küsst ihn auf die Schläfe. „War die Geschichte so spannend?“

„Onkel David ist toll, er hat den Werwolf getötet!“, quiekt der Junge.

Eileen wirft ihrem Bruder einen tadelnden Blick zu. „Solche Geschichten sind noch viel zu gruselig für ihn.“

„Er wollte sie hören“, lächelte David unbeeindruckt. Seine Schwester verdreht nachsichtig die Augen. „Dann sag jetzt artig Gute

Nacht“, mahnt sie ihren Sohn und wendet sich zur Tür.

Arthur schaut glucksend über die Schulter seiner eleganten Mutter und winkt heftig. „Werwölfe, ich will auch Werwölfe jagen!“

„Es gibt keine Werwölfe mehr“, ruft David Arthur nach.

Mutter und Sohn entfernen sich aus dem Salon. David lacht leise und sieht in die Flammen. Er gönnt sich den letzten Schluck Whiskey im Glas und krault Janus' Kopf. Nur ist da kein Kopf zum Kraulen mehr. Stattdessen legen sich zwei Arme um Davids Schultern und heißer Atem streift seinen Hals. „Es gibt keine Werwölfe mehr, hah?“

David lacht und zieht den Werwolf zu sich herum, bis er vor ihm steht. Der große nackte Mann beugt sich herunter und grinst vielsagend. „Naja, vielleicht einen noch“, erwiderte David, ehemaliger Werwolfjäger, kurz bevor sein Liebhaber ihn grob küsst.

Kira Hawke

Kira Hawke schreibt und veröffentlicht seit knapp fünf Jahren im homoerotischen Bereich. Unter Pseudonym veröffentlicht sie auch Novellen und Romane mit anderen erotischen Schwerpunkten, immer versetzt mit einem kleinen Augenzwinkern.

Wer mehr über die Autorin erfahren möchte, kann sich auf ihrer Homepage informieren:
www.kerimaya.de

Handarbeit

von Nicole Henser

Das Blut rauschte in seinen Ohren. Es lag nicht an dem Kampf, dass Sean atemlos war, es war viel mehr sein Sparringspartner, der ihn aufkeuchen ließ.

„Verdammt, mir ist heiß!“, hatte Tom geflucht und sich die Jacke vom Körper gerissen. Da sie ohne ihren gestrengen Kickbox-Trainer die Choreographie für einen Schaukampf einübten, waren sie allein in dem mit dünnen Polstern ausgelegten Raum.

Das Muskelspiel seines Gegners nahm Seans Blick gefangen, er hatte nur noch Augen für die anschwellenden Partien unter samtweicher Haut. Er wusste, dass sie sich wundervoll anfühlte, und er kannte den Duft, den sie verströmte. Tom war schon lange sein Freund und Kampfpartner, aber das konnte bald vorbei sein.

Ich kann mich nicht mehr gegen seine Reize wehren. In meinen Träumen bade ich in seiner Nähe, erwache mit wild klopfendem Herzen und verklebtem Bauch, dachte Sean gequält, während er krampfhaft versuchte, sich an die vereinbarte Schrittfolge zu erinnern.

Als Toms Fuß nur knapp seine Nasenspitze verfehlte, knurrte ihm dieser zu: „Pass doch auf, du Schnarchsack! Fast hätte ich dir die Rübe weggetreten.“

Sean lächelte unsicher, doch so sehr er sich auch zusammenriss, seine Konzentration war dahin. *Scheiße!* Sein nächster Tritt hatte gut gesessen und Tom gnadenlos auf die Matte geschickt.

„Du bist heute ein echter Affenarsch! Das war noch nicht dran, die Sequenz kommt erst am Ende“, stöhnte Tom und hielt sich den Rücken.

„Tut mir leid, Tom. Ist einfach nicht mein Tag …“, stammelte Sean hilflos und kniete sich neben ihn, um ihm aufzuhelfen. Vorsichtig legte er den Arm um den etwas jüngeren Mann, die Berührung seiner Haut sendete kleine Stromschläge durch Seans Körper und er begann zu zittern.

Tom lächelte ihn an, sodass es ihm zusätzlich heiß wurde. „Hey, mach dir mal nicht ins Hemd, es ist ja nicht viel passiert. Aber mir reicht’s für heute.“ Er stützte sich schwer auf Seans Schulter und lehnte sich gegen ihn, während er ihn hochzog. Auf dem Weg zum Umkleideraum umschlang Tom seine Hüften, um sich zu halten, anscheinend hatte er doch mehr Schmerzen, als er zugeben wollte.

Nur mit Mühe widerstand Sean der Versuchung, seinen Freund näher an sich heranzuziehen, als sie endlich vor den Spinden angekommen waren. *Ich will ihn nie wieder loslassen. Gott, er fühlt sich so gut an …*

Er entließ Tom schweren Herzens aus seiner Umarmung und schaute ihn besorgt an. „Meinst du, dass es geht?"

„Logisch!"

Das Duschen war wieder zu einer Tortur für Sean geworden, doch mittlerweile kannte er die Kniffe und Tricks, wie er seinen Ständer unbemerkt durch den Waschraum lotsen konnte. In der Umkleide verfolgte Sean atemlos, wie Tom nach der Flasche mit der Körpermilch angelte. Seine Fantasie bekam Flügel … *Diese samtweiche Haut – wie mag sie sich anfühlen, wenn sie eingecremt wird? Das muss überwältigend sein!* Mit den Augen verfolgte Sean jede Bewegung seiner Hände. Erst als Tom das Gesicht schmerzhaft verzog, weil er den Rücken schlecht erreichen konnte, erwachte er aus seiner Träumerei.

„Lass mich dir helfen, du bist verletzt!" Sean griff nach der Flasche und schüttete sich eine gute Portion in die Hand. Zu seinem Erstaunen grinste ihn Tom nur an und drehte sich wortlos um.

Zuerst traute sich Sean nicht, richtig zuzugreifen. Sanft streichelnd verteilte er die Lotion auf der Haut, die sich ebenso gut anfühlte, wie er es befürchtet hatte. *Die Muskeln unter meinen Fingerkuppen sind so geil! Ich könnte eine Landkarte dieses Rückens zeichnen, mit all seinen Wölbungen und Vertiefungen.* Der Körper bebte durch die zärtlichen Berührungen seiner Hände, und Sean musste einfach fester kneten, um diesen Bann zu brechen.

„Das tut so gut!", stöhnte Tom genüsslich, „Könntest du mich nicht ganz massieren?"

Das flatternde Gefühl in Seans Magen verdichtete sich zu einem festen Klumpen. Er konnte Tom diese Bitte schlecht abschlagen, denn natürlich wusste dieser, dass sein langjähriger Kumpel das Massieren gelernt hatte und zuhause eine entsprechende Ausstattung besaß. Außerdem litt er durch Seans Schuld unter Schmerzen. „Okay, weil du es bist“, antwortete dieser mit belegter Stimme. „Lass uns zu mir gehen.“

Er steht auf Halbmast!, ging es Sean alarmiert durch den Kopf, als Tom auf der klappbaren Massageliege in seinem Wohnzimmer saß. Sein geübter Blick hatte auch durch das Handtuch bemerkt, dass der Penis seines Freundes anscheinend recht unternehmungslustig war. *Ist mir irgendetwas entgangen?*

Sean räusperte sich. „Würdest du dich bitte auf den Bauch legen?“ Er deutete auf die Kopfstütze mit Gel-Polster, die eine Aussparung für das Gesicht besaß. „Lass uns sofort beginnen, wir können uns auch während der Handgreiflichkeiten unterhalten.“

Tom schenkte ihm ein laszives Lächeln, das sein ohnehin strapaziertes Herz zum Rasen brachte. „Halt bloß die Klappe und walke mich ordentlich durch. Ich will jetzt nicht quasseln, sondern genießen.“

Mit kräftigen Fingern begann Sean den Nacken zu kneten. Seine Augen wanderten allerdings immer wieder zu den festen Hinterbacken, da Tom darauf verzichtet hatte, sein Gesäß zu bedecken. Der Duft des Öls vermischte sich mit Toms körpereigenem Aroma, und die Haut wurde durch seinen Gebrauch nicht nur zart gepflegt, sondern angenehm griffig. *Oh Mann, das ist mehr, als ich ertragen kann!*

Unter Seans Händen baute sich eine merkliche Spannung auf. Tom war sehr schweigsam und hatte auch nicht großartig auf seinen Versuch reagiert, aus Verlegenheit ein Gespräch zu beginnen, aber jetzt hörte er manchmal ein leises Stöhnen, das von Zuckungen der Pobacken begleitet wurde.

Wenn ich nicht wüsste, dass er hetero ist, würde ich einen Steifen vermuten, den er ins Polster drückt, dachte Sean. Der Aufstand in seiner eigenen Hose brachte ihn fast um, und er presste seine Härte verzweifelt gegen die Liege.

Er versuchte sich vorzustellen, es handele sich bei Tom um einen ganz normalen Kunden – und er hatte professionell zu bleiben, schließlich gab es so etwas wie Berufsethik! Wie die Katze um den heißen Brei schlich, knetete er um das appetitliche Hinterteil herum, in das immer mehr Leben zu kommen schien.

„Verdammt, jetzt reicht es mir aber!", blaffte Tom plötzlich und schwang sich von der Unterlage; der Ständer ragte senkrecht von seinem Körper in den Raum. „Jetzt bist du dran, also leg dich gefälligst hin!"

Verblüfft blinzelte Sean den jungen Mann an, den er um etwa einen halben Kopf überragte. „Ausziehen!", kam schon der nächste Befehl.

In welchem Film bin ich jetzt? Aber Sean konnte vor Überraschung einfach nur tun, was sein Freund von ihm verlangte. Er war gespannt, was ihn erwartete. Langsam entkleidete er sich und nahm dann Toms bisherigen Platz ein.

„Sieh mich nicht an! Lass dein Gesicht in der Stütze!"

Sean fühlte ein erwartungsvolles Prickeln im ganzen Körper, doch er war auch ein wenig erstaunt über Toms unvermutete Wandlung. Niemals hätte er erwartet, dass sein Geliebter derart resolut sein konnte. *Ist er schwul?*

Als er das erwärmte Öl und dann die schon beinahe heißen Hände auf seiner Haut spürte, ließ die Anspannung allmählich nach. Auch Tom knetete seine Muskeln kraftvoll durch, doch er war anscheinend weniger zimperlich, was den Ehrenkodex der Masseure anging. Er versetzte Sean in vibrierende Schwingungen, indem er an seinen empfindlichen Seiten entlangstrich, wobei er sich zielstrebig dem wartenden Hinterteil näherte. Mit einem tiefen Atemzug bereitete sich Sean darauf vor, dass Tom ihn dort berührte, doch die Sensation blieb aus.

„Locker lassen! Kneif deinen Hintern nicht zusammen!"

Keine Ahnung, was er vorhat, aber was immer es auch sein mag – ich werde es genießen, dachte Sean süffisant; mühsam versuchte er sich zu beruhigen. Obwohl sein Herz einen Trommelwirbel nach dem anderen schlug, vertraute er Tom und begab sich in seine Hände.

Ein warmer Tropfen traf seine Pobacke, dann noch einer. In einem dünnen Strahl schüttete sein Freund das Öl über Seans Allerwertesten und er spürte, wie es sich langsam den Weg bis hinunter zu seinen Hoden bahnte. Als Tom seine Beine spreizte, so weit es die Massageliege zuließ, war es vorbei mit der Entspannung.

Eine eingeölte Hand legte sich von hinten auf Seans Damm, und sein Körper quittierte den Reiz mit einem erregten Beben.

„Halt den Kopf unten, sonst ist es sofort vorbei!“, sagte Tom bestimmend und drückte ihn mit der anderen Hand zurück auf das Polster. „Ist das geil?“, fragte er dann rau, obwohl auch Belustigung in seiner Stimme mitschwang.

Sean konnte nur stumm nicken, während ein streichelnder Finger den Ölspuren folgte. Was als Kitzeln begann, wurde langsam fordernder, sodass seine empfindlichste Region eine sehr intime Massage erhielt. Stöhnend wand sich Sean unter der Behandlung, die dafür sorgte, dass sein gesamter Unterleib von heißen Wellen durchflutet wurde. Die Erektion schien wie ein Wagenheber arbeiten zu wollen, zumindest hob er sein Becken der liebkosenden Hand entgegen.

„Hoch auf die Knie, den Hintern in die Luft! Und lass dein Gesicht da, wo es ist!“, kommandierte Tom gepresst. Auch an ihm schien sein Tun nicht spurlos vorbeizugehen. Ergeben befolgte Sean den Befehl, und er fühlte schon bald warmen Atem an seiner Rosette, die muskulösen Backen wurden auseinandergezogen. *Ich sterbe! Das kann doch nicht wirklich passieren!* Eine feuchte Zungenspitze umspielte den rosigen Eingang, dann glitt sie sogar ein Stück hinein, um ein paar Mal rein- und rauszuschnellen. „Tom …!“, ächzte Sean.

„Ja?“ Es hörte sich an, als könnte er noch grinsen bei den erregenden Dingen, die er tat. Ein Finger ersetzte die vorwitzige Zunge und flutschte tief in Seans Anus. So, als würden ihm die lustvollen Geräusche gefallen, die er damit erzeugte, ließ er sofort einen zweiten folgen und weitete den widerstrebenden Ring sanft. „Ob dein Loch jetzt groß genug für meinen Schwanz ist? Oder soll ich es noch ein bisschen vorbereiten?“

Sean konnte nur noch abgehackt stöhnen und folgte dabei dem Rhythmus der Fingerbewegungen. Tom versuchte, ob er für Nummer drei Platz fand, dafür schüttete er noch etwas Öl nach und drehte seine Hand behutsam.

„Ich – bin – bereit!“, keuchte Sean und drängte sich ihm entgegen. „Bitte!“

Tom hielt sich an seinen Hüften fest und stieg hinter ihm auf die

Liege. Für einen Augenblick fühlte Sean den Ständer an seiner Pforte, doch bevor sein Freund sich anschickte, in ihn einzudringen, legte er sich lachend über seinen Rücken.

„Scheiße! Wenn ich jetzt aufsteige, fallen wir bestimmt beide von der schmalen Bank. Ich weiß nicht, ob mein Gleichgewichtssinn noch funktioniert, wenn ich in dir bin", prustete er und glitt wieder von der Liege.

Vorsichtig erhob sich Sean aus der Haltung, die langsam ungemütlich wurde. Er wusste nicht, ob sie ihr heißes Spiel weiterführten, darum senkte er den Blick.

„Du kannst mich ruhig ansehen, und sag endlich, wo ich dich richtig durchvögeln kann!"

„Hast du das geplant? Wieso weiß ich nicht, dass mein bester Kumpel schwul ist?", flüsterte Sean gespannt, sein Atem ging noch immer stoßweise. Am liebsten hätte er Tom in seine Arme geschlossen, doch er verstand im Moment die Welt nicht mehr.

„Weil ich oben liegen wollte und die passende Gelegenheit abgewartet habe. Ich will dich endlich vernaschen, wie ich es schon lange vorhabe, aber du zierst dich ja wie eine Jungfrau!"

„Verdammter Bastard!", murmelte Sean und zog ihn an sich. Toms Lippen legten sich auf die seinen, die Zunge eroberte den halb geöffneten Mund. Atemlos rieb sich sein Freund an Seans Unterkörper, was diesem ihre drängende Lust wieder ins Gedächtnis rief.

„Komm ins Schlafzimmer, da habe ich noch einiges an Spielzeug, falls dir wieder danach sein sollte, mich zu dominieren", bemerkte er spöttisch und zog ihn mit sich.

„Keine toten Gegenstände, ich will dich fühlen mit allem, was ich habe", erwiderte Tom grinsend. „Ich habe lange genug auf dich gewartet – alles reine Handarbeit!"

Nozze

von Inka Loreen Minden

MARCO

„Maledizione, er fehlt mir so sehr!" Marco hatte keine Ahnung, wie oft er in den letzten drei Wochen an den Waldsee geradelt war. Aber er wusste noch genau: Es war an einem Sonntag, wenige Stunden nach Ollis Party gewesen, als Simon aus ihrer gemeinsamen Wohnung ausgezogen war. *Der schwärzeste Tag meines Lebens.*

Nachdem der Südländer sein Fahrrad hinter einem Baum abgestellt hatte, lief er auf dem ausgetretenen Pfad weiter, der durch den Wald bis an den See führte. Marco überlegte, sich wieder ein Auto zu kaufen, denn seines hatte er hergegeben, als er mit Simon zusammengezogen war. Und sein Freund hatte seinen Honda natürlich mitgenommen, den sie sonst immer gemeinsam genutzt hatten, aber Marco hoffte immer noch darauf, dass ihm Simon verzeihen würde und zu ihm zurückkam.

Es war schon später Nachmittag und die Sonne brannte nicht mehr so stark – die beste Zeit also, um nach den anstrengenden Stunden im Büro ein erfrischendes Bad zu nehmen. Eine uneinsehbare Uferstelle war Marcos und Simons Lieblingsplätzchen ... *gewesen.* Betrübt dachte der große Mann an die schönen Stunden, die sie dort gemeinsam verbracht hatten, während er sich eine dunkle Strähne aus der Stirn strich. *Bitte, bitte, sei heute da!,* bangte er und beschleunigte seine Schritte. Er hatte zwar nach dem schwarzen Honda Civic Ausschau gehalten, doch der Parkplatz befand sich am anderen Ufer und Marco hatte nicht die Geduld aufgebracht, einen Umweg zu fahren.

Der Italiener verfluchte in einem fort den Abend, an dem er in angeheiterter Stimmung mit Oliver rumgeknutscht und Simon sie dabei erwischt hatte. *Perbacco, was habe ich mir nur dabei gedacht?* Er wollte ja überhaupt nichts mehr von Olli, mit dem er mal eine kurze Beziehung geführt hatte. Marco wusste selbst nicht, was da in ihn gefahren war, denn sein Herz gehörte nur Simon. Seit einem Jahr lebten sie nun zusammen und zum ersten Mal war es Marco mit jemandem total ernst. *Ich habe alles ruiniert. Porca miseria!*

Am nächsten Morgen hatte Simon wutentbrannt ein paar Sachen gepackt und war einfach gegangen. *Ich weiß nicht mal, wo er jetzt wohnt. Und an sein Handy geht er auch nicht.* Sie sahen sich zwar jeden Tag in der Arbeit, auch wenn sie in verschiedenen Abteilungen beschäftigt waren, doch nie ergab sich die Gelegenheit, ihn allein zu sprechen. Es war gerade so, als würde Simon seine Kollegen absichtlich um sich scharren.

Marco seufzte. Sobald er die Augen schloss, sah er immer nur Simon unter sich, wie er sich schwer atmend hingab und die harten Stöße sichtlich genoss. Wie sehr er Simons seidige, verschwitzte Haut vermisste, seinen Geruch, seine Körperwärme, sein Lächeln ... ach, einfach alles! Marco stöhnte leise. Allein bei diesen Gedanken wurde er schon wieder hart.

Die letzte Biegung des Weges nahm der Südländer im Laufschritt und blieb dann so abrupt stehen, dass er beinahe in einem Gebüsch landete. Er sah den schlanken Mann nur von hinten, der dort am Ufer stand und Steine ins Wasser warf, aber Marco wusste sofort, dass es Simon war. Außer einer feuchten Shorts trug er nichts am Leib, anscheinend war er gerade schwimmen gewesen. Die Haut auf seinem Rücken schimmerte im Sonnenlicht wie Bronze, das braune Haar war verstrubbelt und nass. *Genau so sieht er aus, wenn er morgens aus der Dusche kommt.* Dieser Anblick verursachte bei Marco ein sehnsüchtiges Ziehen hinter dem Brustbein. *Wie gerne würde ich ihn jetzt in die Arme schließen, doch so, wie ich ihn kenne, wird er ausflippen. Ich muss es langsam angehen.*

Überraschenderweise waren Marcos Füße plötzlich fest mit dem Boden verwurzelt; er traute sich nicht mehr zu ihm. *Wenn er nicht mit mir sprechen will ... falls er mich zurückweist ... Das könnte ich nicht ertragen.*

Simon hatte ihn noch nicht bemerkt. Er schien vollkommen in sich selbst versunken und wirkte so einsam und verloren, wie sich Marco gerade fühlte. *Ich habe ihm wehgetan. Ich wünschte, ich könnte das Geschehene rückgängig machen.*

Da hob Simon einen weiteren Stein auf und sah Marco auf einmal direkt in die Augen. Dieser hörte, wie sein Freund die Luft einzog und einen unterdrückten Fluch ausstieß. Marcos Hoffnungen begannen zu schwinden. Wie versteinert starrten sie sich an, worauf der Südländer bemerkte, dass Simon sehr erschrocken auf seine Gegenwart reagierte. *Er hasst mich*, durchfuhr es ihn betrübt, dennoch versuchte er ein Lächeln aufzusetzen und sagte: „Hi", doch es hörte sich mehr wie ein Krächzen an.

„Was willst du hier?" Simons abfälliger Ton verletzte Marco, und die Blitze, die er aus seinen wunderschönen grünen Augen schleuderte, verfehlten ihre Wirkung ebenfalls nicht.

Marco schluckte schwer, um die aufsteigenden Tränen zu unterdrücken. *Geschieht mir ja recht. Idiota!*, schimpfte er mit sich. „Ich möchte nur mit dir reden."

„Verzieh dich, da gibt es nichts zu reden. Für deine Lügen und Ausflüchte kannst du dir in Zukunft jemand anderen suchen, *mio amico*!", rief Simon ihm zu. „Lass mich einfach in Ruhe!" Schnurstracks marschierte er ins Wasser.

„Warte!" Marco lief zum Ufer. Da bemerkte er, dass weder Simons Kleidung noch ein Handtuch auf der Wiese lagen. Anscheinend war er von der anderen Seite, auf der sich der Parkplatz befand, bis hier herübergeschwommen.

Als Simon bis zu den Hüften im See stand, drehte er sich um. Marco war nicht sicher, doch er glaubte, Tränen in seinen Augen schimmern zu sehen. „Ich habe es satt, dass du ständig mit anderen flirtest! Du bist so bestimmend, denkst, du bekommst immer, was du willst! Aber nicht mehr von mir." Dann warf sich Simon ins Wasser und schwamm mit schnellen Zügen davon.

Lauthals fluchend machte sich Marco auf den Rückweg. *Ich habe alles vermasselt, er hasst mich!* Kraftvoll riss er sein Fahrrad hinter dem Baum hervor, worauf der Reifen an einer spitzen Wurzel hängen blieb. Sofort entwich zischend die Luft. *Porca Miseria! Auch das noch!*

Ein lauter Donnerschlag ließ ihn zusammenzucken. Ein Gewitter hatte ihm gerade noch gefehlt, aber heute war sowieso schon alles egal.

Ich habe ihn für immer verloren. Ich Idiota könnte mir in den Arsch beißen! Mit hängenden Schultern machte er sich auf den langen Nachhauseweg, sein Fahrrad neben sich herschiebend.

SIMON

Noch bevor er das Ufer erreichte, hörte Simon lautes Donnergrollen, worauf er einen flüchtigen Blick zum Himmel warf. Von Süden her zog ein Gewitter auf, und Simon hoffte, dass es gewaltig krachte. Ein Unwetter würde ihn vielleicht von seinen trostlosen Gedanken ablenken. Die Begegnung mit Marco hatte sein inneres Gleichgewicht verschoben.

Ich wollte ihn nicht so anfahren. Er sah echt fertig aus, tadelte ihn sein Gewissen. *Ach, verdammt, er hat es schließlich nicht anders verdient!* Simon fühlte sich hundeelend. *Vielleicht hätte ich doch mit ihm reden sollen? Ich vermisse ihn.*

Die letzten Meter tauchte er, um sein geplagtes Gehirn durch die Kühle des Wassers zu betäuben – was natürlich nicht funktionierte. Also schlenderte er zu seinem Auto, das nicht weit vom Ufer entfernt in der Wiese stand, und bemerkte nur am Rande, wie die anderen Badegäste vor dem aufkommendem Unwetter flüchteten.

Simon zog sein T-Shirt vom Fahrersitz, mit dem er sich provisorisch abtrocknete, bevor er es auf den Platz daneben warf. *Marcos Platz.* Anschließend schälte er sich die nassen Shorts vom Leib und stieg nackt in seine Jeans.

Als er den Civic startete, klatschten die ersten Regentropfen auf die Frontscheibe. Simon schaltete geistesabwesend den Scheibenwischer an. Wie jeden Tag, wie jede Stunde – nein, Minute! – kreisten seine Gedanken nur um Marco. Es hatte Simon so sehr verletzt, als er ihn zusammen mit Olli gesehen hatte, dass sich der Anblick der beiden tief in sein Bewusstsein gebrannt hatte. Simon wusste natürlich: Die beiden waren mal ein Paar, und das hatte man auch daran erkannt, wie vertraut die zwei miteinander umgegangen waren. Eifersucht hatte sich wie eine heiße Nadel in sein Herz gebohrt. *Ich habe mir schon gedacht, dass er nicht treu sein kann, schließlich hatte er vor mir zahlreiche Affären und noch nie eine längere Beziehung. Er lässt immer seine Dominanz raushängen, muss immer das Sagen haben …*

Gerade, als er den Waldweg verließ und auf eine Landstraße einbog, schaltete er zurück in den Zweiten, denn das Unwetter legte noch einen Gang zu. Blitze zuckten, der Donner grollte in seinen

Ohren und es regnete aus vollen Eimern. Die Sicht war fast null, dennoch erkannte er die Gestalt, die am Straßenrand ein Fahrrad schob. *Marco!* Wasser lief in Strömen aus den dunklen Haaren über sein Gesicht, das Shirt klebte ihm am Körper. Für einen Atemzug blickten sie sich durch das Beifahrerfenster an.

Simon blieb nicht stehen; er konnte nicht. Sein Herz hämmerte gegen seine Rippen, die Finger krallten sich in das Lenkrad – er war wie gelähmt.

„Marco ..." Bilder von innigen Momenten rasten durch die Windungen seines Gehirns. Der Südländer war ein leidenschaftlicher und temperamentvoller Liebhaber und Simons erster Mann gewesen. Simon vermisste Marcos beherrschende Art ein wenig. Zumindest im Bett. Wenn er an den gemeinsamen Sex zurückdachte ... Marco hatte immer gewusst, wie er es gern mochte. Simon redete sich ein, dass er nur deshalb so an Marco hing.

Als er um eine Kurve gefahren war, stieg er jedoch ruckartig auf die Bremse. Marco würde sich bei dem Wetter noch den Tod holen! Auch wenn Marco ihn schwer enttäuscht hatte, so wollte Simon sich nicht die Schuld geben, wenn sein Ex womöglich noch eine Lungenentzündung bekam.

Als der große, dunkelhaarige Mann neben der Beifahrertür auftauchte und sein Fahrrad hinter dem Straßengraben in einem Busch versteckte, setzte er sich zu Simon ins Auto.

„Hi", sagte Marco und grinste unsicher.

Für einen Moment musste Simon ihn einfach anstarren. Das Wasser schien bei ihm aus allen Poren zu dringen; es hing an seinen Augenbrauen, ja sogar an den wundervoll geschwungenen Lippen. Wie sehr Simon diesen Mund liebte.

Sein Blick wanderte weiter, über das getränkte Hemd, durch das sich Marcos harte Nippel und die sanften Wölbungen seiner Brustmuskeln abzeichneten. Ihm musste kalt sein. Geistesabwesend reichte er Marco sein Shirt und wurde sich plötzlich bewusst, dass er halbnackt vor seinem Exfreund saß. Er, Simon, trug ja nicht mal Shorts unter der Jeans!

Marco nahm sein Hemd entgegen, wobei sich ihre Hände für einen Moment berührten. Marco war tatsächlich eiskalt. „Danke."

Simons Herzschlag legte noch ein paar Takte zu, als sich Marco das klitschnasse Shirt von der Haut zog und sich provisorisch trockenrubbelte. Es kam eine breite, muskulöse Brust zum Vorschein und Simon schluckte schwer. Er wollte wieder mit Marco lachen, mit ihm reden und Spaß haben, so wie früher. Das alles fehlte ihm unendlich ... Marco fehlte ihm unendlich ...

Ohne weitere Worte riss sich Simon von dem attraktiven Anblick sowie seinen Gedanken los und trat aufs Gaspedal. Bis sie vor ihrer ehemals gemeinsamen Wohnung ankamen, wo Marco jetzt allein lebte, sprachen die beiden kein Wort. Das Schweigen war für Simon beinahe unerträglich, aber er selbst wusste nicht, was er reden sollte. Er parkte den Wagen auf dem Seitenstreifen und stellte den Motor aus. Immer noch blickte er seinen Ex nicht an.

Kurz bevor Marco ausstieg, durchbrach dieser die bedrückende Stille: „Kommst du noch kurz rauf? Nur zum Reden." Simon sah aus den Augenwinkeln, wie sich Marcos Finger in sein nasses Hemd krallten, das bei ihm auf dem Schoß lag.

Simon selbst klopfte der Puls hart in den Ohren. Nur reden ... Er wusste doch, wozu das schließlich führen würde. Simon sehnte sich so verzweifelt nach Marco, dass er bestimmt mit ihm im Bett landete, denn er liebte ihn noch immer. Dennoch sagte er: „Okay, nur zum Reden."

***

Simon lehnte mit nacktem Oberkörper an der Wand, doch er spürte die kühle Mauer in seinem Rücken kaum. Er hatte Marco im Bad den Vortritt gelassen. Der stand jetzt unter der Dusche, und Simon musste sich beherrschen, nicht plötzlich ins Badezimmer zu stürmen. Konzentriert versuchte er seine Augen durch den Raum schweifen zu lassen. In der Wohnung hatte sich nichts verändert, seine Sachen lagen immer noch genau da, wo er sie zuletzt hingelegt hatte. So, als wäre er nie weg gewesen ...

Simon vermisste sein Zuhause. Besonders an der gemütlichen Couch, die Mitten im Raum stand, blieb sein Blick immer wieder hängen, und Erinnerungen an glückliche Tage kamen auf. Wie oft sie sich darauf geliebt hatten ... Simon wollte nicht daran denken. Es tat einfach zu weh.

Irgendwie machte ihn die ganze Situation plötzlich sehr wütend. Er musste nun bei seiner nervigen Cousine in einem winzigen Gästezimmer hausen, zudem ging ihm Hannahs ständiges Bemuttern auf den Geist. Er war ja sehr froh, dass er so kurzfristig bei ihr unterkommen konnte, aber an der ganzen beschissenen Situation war nur Marco Schuld, weil er seine Libido nicht im Griff gehabt hatte.

Als sich die Badezimmertür öffnete, drückte sich Simon von der Wand ab. Marco stand direkt vor ihm und rubbelte sich grinsend mit einem Handtuch die Haare trocken. Er trug nur einen engen Slip auf seiner dampfenden Haut und sah damit verdammt verlockend aus. Dieser Mistkerl präsentierte seinen Traumkörper absichtlich, aber Marco bemerkte wohl Simons finsteren Blick, worauf das Lächeln in seinem Gesicht gefror: „Was ist los?"

„Was los ist? Das fragst du noch?!" Die Wut kochte in Simon hoch. Er ballte seine Hände zu Fäusten und machte einen Schritt auf Marco zu. „Verdammt, Marco, du hast alles kaputt gemacht!"

Marco starrte ihn nur mit geöffnetem Mund an, während er immer weiter vor Simon zurückwich, bis er mit den Oberschenkeln gegen die gepolsterte Rückenlehne der Couch stieß, die mitten im Raum stand. Das Handtuch fiel auf den Boden und Simon drückte Marco mit seiner Brust gegen das Möbelstück. „Du hast Olli geküsst!", sagte er gefährlich leise, doch in seinem Inneren tobte ein Orkan.

Marco wollte zur Seite ausweichen, aber Simon legte seine Hände rechts und links auf die Lehne, auf der Marco halb saß. Dabei pressten sich ihre nackten Oberkörper aneinander.

„Ich weiß, Simon, und es tut mir auch alles schrecklich leid! Der verdammte Alkohol hat mich irgendwie verwirrt, zudem hat Olli mich in einer Tour angebaggert, aber ich fühle nichts für ihn. Nichts!" Marcos beginnende Erektion drückte sich gegen Simons Lenden. Da sie etwa gleich groß waren, berührten sich ihre Lippen beinahe, so nah kam Simon an ihn heran. Marco stöhnte leise und auch Simon konnte einen Laut der Erregung nur schwer zurückhalten. Er sehnte sich verzweifelt nach Marcos Nähe.

Verdammt, fluchte Simon innerlich. *Ich hätte nicht mit raufkommen sollen.*

Marcos Atem schlug gegen Simons Mund, als Marco leise sagte: „Du bist der einzige Mann in meinem Leben, der mir etwas bedeutet."

„Ja, als Fickstück war ich dir gut genug", knurrte Simon. Er presste sich noch fester an seinen Ex.

In Marcos Augen trat plötzlich ein trauriger Ausdruck. „Das denkst du von mir? Dass ich dich nur fürs Bett wollte?"

Simons Hände befanden sich längst nicht mehr auf der Couch, sondern an Marcos Hüften. Mit einem Ruck drehte er den Südländer herum und drückte seinen Oberkörper nach vorne, sodass dieser über der gepolsterten Rückenlehne lag wie auf einem Bock. Marcos muskulöses Hinterteil reckte sich nun direkt vor Simons Unterleib. Er selbst war schon so hart, dass sein Schwanz förmlich heraussprang, als er den Reißverschluss seiner Jeans öffnete und dann Marco die Unterhose bis zu den Knien hinabzog.

Wie er diesen knackigen Hintern liebte! Viel zu selten war Simon in seinen Genuss gekommen, weil Marco mit Vorliebe Simons Körper für sich beansprucht hatte.

Marco verharrte reglos. Seine Stimme klang leicht rau, als er fragte: „Simon? Was tust du?"

„Was ich schon lange hätte tun sollen", knurrte dieser schwer atmend. „Dir zeigen, wo's langgeht!" Mit dem Fuß drückte er Marcos Unterhose bis auf den Boden, worauf der Südländer sofort aus dem Slip stieg und die Beine weiter auseinanderstellte.

Diese indirekte Aufforderung brachte Simon beinahe an den Rand des Wahnsinns. Er streckte seine Hand nach Marcos Kopf aus, um ihm seinen Zeigefinger in den Mund zu stecken. „Leck ihn ab!", befahl Simon heiser.

Marco nahm den Finger zwischen die Lippen, um sanft daran zu saugen. Simon schob noch seinen Mittelfinger hinein und lehnte sich dabei schwer gegen Marcos Rücken. Sein Exfreund verstand es, ihm Lust zu bereiten, selbst mit solch kleinen Gesten. Marcos Zunge umspielte liebevoll seine Fingerspitze, was Simons Geschlecht im schnellen Takt seines Herzens pulsieren ließ. Immer wieder zog er es zwischen den Pobacken des Südländers hindurch, der ihm seinen Hintern auffordernd entgegenstreckte.

Nachdem Marco Simons Finger eingespeichelt hatte, entzog er ihm seine Hand und legte die Fingerspitzen an Marcos zuckenden Eingang. Simon begann eine sanfte Massage, aber da er sich kaum noch beherrschen konnte, drang er schon bald in Marco ein. Er dehnte mit den Fingern den engen Ring und stellte sich vor, wie fantastisch es sich erst anfühlen würde, sich in Marco zu versenken.

Hastig streifte sich Simon seine Jeans ab, bis er ebenso nackt war wie sein Vordermann. Anschließend beförderte er Marco über die Lehne auf die Couch, sodass der Südländer mit dem Rücken auf der breiten Sitzfläche lag. Einen kurzen Moment genoss Simon den Anblick des starken Mannes, der sich scheinbar wehrlos vor ihm räkelte, die Arme über dem Kopf, und ihn durch halb geschlossene Lider anblickte. Marcos Penis stand hart vom Körper ab und zuckte; aus dem Schlitz drangen die ersten Lusttropfen. Die Eichel glänzte dunkelrot, und die Adern auf seinem Schaft waren prall mit Blut gefüllt.

Simon musste ihn einfach schmecken. Er kniete sich neben die Couch und senkte seinen Mund auf Marcos pochendes Geschlecht.

„Simon!“ Sofort spürte er die Finger des Südländers in seinem Haar. Marco versuchte, Simons Kopf noch fester auf sich zu drücken, und für einen Augenblick ließ Simon es zu, dass sich dessen Härte tief in seinen Rachen versenkte. Seine Zunge glitt um den Penis und er genoss Marcos unvergleichlichen Geschmack, bevor ihm bewusst wurde, was er tat. Eigentlich wollte er Marco doch bestrafen!

Er ließ von ihm ab, um sich zwischen Marcos Beine auf die Couch zu hocken. Dann fasste er seinen Ex unter den Knien und presste die muskulösen Schenkel an Marcos Bauch. Simon liebte diese leicht behaarten Männerbeine. Wie oft hatten sie ihn schon leidenschaftlich umschlungen.

Der Südländer warf ihm fiebrige Blicke zu und legte seine Arme wieder über den Kopf. Das war Simon Aufforderung genug: Er nahm seinen Penis in die Hand, um ihn gegen die enge Pforte zu drücken. Er wollte hart zustoßen und Marco spüren lassen, welche Schmerzen er in seiner Seele empfand, aber Simon konnte nicht. Marco sah so unschuldig aus: Seine Augen hatte er nun geschlossen, aber den Mund ein wenig geöffnet und den Kopf zur Seite gedreht. Sein Brustkorb bewegte sich schnell; dabei ballte er die Hände immer wieder zu Fäusten. Es war nicht zu übersehen, dass Marco sehr erregt war.

Langsam glitt Simon in den heißen Körper und glaubte zu verbrennen. Marco umschloss ihn fest, wobei er sich unter Simon stöhnend wand. Als Simon endlich ganz in ihm steckte, versuchte er, mit einem Arm Marcos Schenkel weiterhin gegen dessen Oberkörper zu drücken, während er Marcos Geschlecht fast schon brutal mit den Fingern umklammerte.

Marco stöhnte kehlig. „Ich komme gleich!"

„Nein, das wirst du nicht tun!" Simon hatte Mühe, seine Stimme streng klingen zu lassen, denn er war selbst schon so weit erregt, dass er es kaum noch aushielt. „Erst komme ich und dann darfst du. Vielleicht." Simon bearbeitete Marcos Ständer noch intensiver.

„Simon, bitte!" Marco kämpfte sichtlich um Beherrschung. Mit glänzenden Augen starrte er zu Simon. „Ich kann nicht, es ist zu lange her, seit dem letzten Mal."

Wollte Marco ihm etwa weismachen, dass er seit ihrem letzten gemeinsamen Mal keinen Orgasmus mehr gehabt hatte? „Ich kenne dich, Marco", knurrte Simon. „Entweder hast du dir mindestens einmal täglich einen runtergeholt oder du hast dir jemanden gesucht, der das für dich übernimmt!" Er trieb sich tiefer in ihn.

Marco keuchte auf. „Seit du weg bist, war mir nicht danach, ich schwöre es!"

„Was?" Simon ließ Marcos Beine los, um sich auf seinen Körper zu legen. Dabei rieb er weiterhin an dem stählernen Schaft, der immer wieder gegen seinen Bauch tippte.

„Ich will nur dich!", erwiderte Marco und griff mit einer Hand in Simons Nacken, um ihn an sich zu ziehen.

Als sich ihre Lippen trafen, kam es Simon so vor, als würde ein Funke überspringen. Ein heftiges, beinahe schmerzhaftes Ziehen machte sich hinter seinem Brustbein breit. Er presste seinen Mund auf Marcos weiche Lippen und drang stürmisch mit der Zunge in ihn ein. Marco nach so langer Zeit wieder zu schmecken, war wie ein Rausch.

Simon stieß erbarmungslos zu und massierte Marcos Penis, sodass der Südländer heiser in seinen Mund stöhnte und sich auf der Stelle in Simons Hand ergoss. Dabei öffnete und schloss sich der enge Ring um Simons eigene Härte, was seine Selbstbeherrschung zu Fall brachte. Der Höhepunkt kam über ihn wie ein Blitz aus heiterem Himmel. Seine Hoden zogen sich zu festen Bällen zusammen und in seiner Peniswurzel zog es, während seine warmen Strahlen in Marco schossen, immer und immer wieder.

Als es vorbei war, ließ sich Simon matt auf Marcos Körper fallen. Beide schwitzten leicht und atmeten schnell. Simon lag auf Marcos Brust, von der er den Duft des Duschgels tief inhalierte. Nur langsam ebbte das berauschende Gefühl ab und Simon verspürte eine angenehme Müdigkeit, bis ihm bewusst wurde, was soeben geschehen war. Marco hatte es mal wieder geschafft, ihn um den Finger zu wickeln.

Ein Stich durchfuhr Simons Herz. Er war diesem Mann so sehr verfallen, dass er nicht bemerkt hatte, wie geschickt Marco das alles eingefädelt hatte. Abrupt sprang er auf und griff nach dem Handtuch, das hinter der Couch neben seiner Jeans lag. Daran wischte er sich die Hand ab, bevor er hektisch in seine Hose stieg.

Marco setzte sich ebenfalls auf und lugte über den Sofarand. „Was wird das?"

„Wonach sieht es denn aus?", gab Simon schroffer zurück, als er wollte. Seine Augen badeten in Tränen, deshalb hielt er den Blick gesenkt, damit Marco nicht sah, wie schlecht er sich fühlte. Dann drehte er sich um und ging.

Der Südländer lief hinter ihm her. „Das war es nun? Simon, du kannst jetzt nicht gehen!"

Als Simon schon fast bei der Wohnungstür angekommen war, spürte er Marcos Hand auf seiner Schulter. „Ich überlebe das nicht", flüsterte Marco, den Kopf gesenkt.

Dass Marco Schwäche zeigte, kannte Simon nicht. Mit heftig pochendem Herzen blieb er im Flur stehen.

Marco nahm Simons Kinn in die Hände und wischte ihm mit den Daumen die feuchten Spuren von der Wange. „Ich weiß, dass ich dich sehr verletzt habe und es tut mir leid! Bitte gib mir noch eine Chance!"

„Woher weiß ich, dass du es tatsächlich ernst meinst?", fragte Simon leise.

„Warte hier, bitte!" Marco sprintete davon, in Richtung Schlafzimmer. Aber schon einen Moment später stand er wieder vor Simon. Er war noch immer nackt. „Die hier habe ich selbst gemacht. Für uns." Er hielt eine kleine Schachtel in der Hand, aus der er zwei dünne Lederbändchen herauszog, an denen jeweils ein münzgroßer flacher Stein hing. Beim näheren Hinsehen erkannte Simon, dass mit feinen Pinselstrichen ein chinesisches Schriftzeichen aufgemalt worden war.

Nachdem Simon dazu nichts sagte, erwiderte Marco: „Das Symbol heißt *AI* und steht für Liebe." Um seine Nase breitete sich eine sanfte Röte aus. „Die hatte ich schon gemacht, bevor das mit Olli war." Marco vermied es, Simon anzusehen.

Hatte Marco tatsächlich von *Liebe* gesprochen? Simon rauschte das Blut in den Ohren. Endlich fand er auch seine Sprache wieder, denn er wollte die Antwort aus Marcos Mund hören: „Warum? Warum hast du diese Anhänger gemacht?" Sie waren wunderschön. Diese künstlerische Ader hatte er Marco nicht zugetraut. Er musste sich mächtig ins Zeug gelegt haben.

„Weil ...", stammelte Marco und sah Simon nun tief in die Augen, „Weil ich dich liebe."

Simon konnte darauf nichts antworten. Er bekam kaum noch Luft. *Marco liebt mich wirklich?*

Der Südländer sah richtig zerknirscht aus, weil Simon nichts erwiderte, und geriet ins Stottern: „Und weil ich möchte ... Alle sollen sehen, dass wir zusammengehören."

Auffordernd hielt ihm Marco einen Anhänger hin. Simon wusste, wenn er ihn annahm, würde das bedeuten, sie wären wieder zusammen.

„Wie ernst ist es dir mit uns?", fragte Simon leise, worauf Marco noch einen Schritt näher kam. Simon konnte die Hitze fühlen, die sein nackter Körper ausstrahlte. *Das macht er nur, um mich zu quälen,* dachte er.

„Mir ist es sehr ernst mit uns." Als Simon immer noch nicht nach dem Anhänger griff, ließ Marco die Hand sinken. „Simon, bitte, sag doch endlich, ob du mir noch eine Chance gibst!"

Alles in Simon sehnte sich danach, endlich wieder mit Marco zusammen zu sein, aber er war wie versteinert. Noch nie hatte er Marco so emotional erlebt. Er gab sich sonst immer nur cool. Konnte es tatsächlich sein, dass seine Worte aufrichtig waren?

Langsam griff Simon nach dem Anhänger in Marcos Hand. „Er ist wirklich sehr schön."

Marco nahm ihm die Kette jedoch wieder ab, schmiegte sich eng an Simons Körper und legte ihm das Band um den Hals. Seine Augen strahlten; ein verwegenes Grinsen machte sich auf Marcos Gesicht breit.

Da war er wieder, der alte Marco. Simon spürte, wie seine Knie weich wurden.

Marcos Hände legten sich auf seine Hüften, der sinnliche Mund kam immer näher, bis sich ihre Lippen trafen und miteinander verschmolzen. Simon mochte die Wärme, die von dem vertrauten Körper ausging. Sie umhüllte ihn wie eine schützende Decke.

„Ich liebe dich", flüsterte Simon an Marcos Lippen.

Dieser seufzte: „Ti amo."

Sie streichelten sich, wobei sie die innige Nähe des anderen genossen. Marco drückte ihn fester gegen die Wand, sodass ihre beginnenden Erektionen aneinanderrieben. Der Südländer ging dabei gewohnt besitzergreifend vor, aber Simon machte das an. Er ließ sich gerne von dem großen, starken Kerl verführen.

„Willst du mich heiraten?", nuschelte Marco plötzlich in seinen Mund.

„Was?" Simon versteifte sich kurz. Das ging ihm nun doch ein wenig zu weit. Aber dennoch schlug sein Herz Purzelbäume, wenn er daran dachte, für immer mit diesem dominanten Mann verbunden zu sein.

„Ich krieg dich schon noch rum", hauchte Marco in seinen Mund und Simon wusste, dass er es schaffen würde, so wie immer ...

nozze (italienisch) = Hochzeit

***

Wie alles zwischen Marco und Simon begann, lest Ihr in GAYFÜHLVOLL.

Weitere Titel aus dem dead soft verlag:

Gefangen im Zwielicht

ein romantisch-erotischer Vampirroman

von Verena Rank

ISBN: 978-3-934442-46-7

Seit er denken kann beherrscht Leon Bergmann die außergewöhnliche Fähigkeit der Telepathie. Er glaubt, aufgrund seiner Gabe stets alles im Griff zu haben, bis er dem attraktiven Alexei Grigorescu begegnet.

Drachenblut

Erstes Buch - Kreuzungen

von Nero Impala

ISBN: 978-3-934442-48-1

Auf der Flucht vor marodierenden Orks gerät der 14jährige Gilfea an den Rand des vulkanischen Eisengebirges, wo er durch Zufall ein Drachenei entdeckt. Er entscheidet sich, dessen Wächter zu werden. Doch aus Dracheneiern schlüpfen irgendwann auch Drachen, und dieser entpuppt sich als wahre Überraschung …

Magierblut
Simon Rhys Beck, 978-3-934442-43-6

Entführung nach Alhalon
Charlotte Engmann, 978-3-934442-05-4

Dämonenlust
Martin Skerhut, 978-3-934442-34-4

Es passiert ... weltweit
Justin C. Skylark, 978-3-934442-42-9

Weitere Titel aus dem dead soft verlag – editio cupido:

Sinful Kisses – Sündhafte Küsse

gay historical romance

von Inka Loreen Minden

ISBN: 978-3-934442-62-7

Aidan und Julian lieben sich. Das allein ist im historischen England schon ein schweres Verbrechen. Aber was noch viel verwerflicher ist: Die zwei Adligen sind Brüder … oder doch nicht? Während Julian an dieser Erkenntnis schier verzweifelt, hat Aidan die Wahrheit verdrängt: Er hat den echten Julian sterben sehen …

Feurige Offenbarung - Dämonenglut

von Inka L. Minden & Nicole Henser

ISBN: 978-3-934442-61-0

Hartgesottene Dämonenkrieger beschützen die Menschheit vor finsteren Mächten. Doch nicht nur fiese Gesellen haben den Jägern den Kampf angesagt, sie müssen sich auch noch mit ihren eigenen Gefühlen herumschlagen. Knisternde Erotik und brennende Sehnsüchte führen die Kämpfer in ihre persönliche Hölle, aus der sie nur die Liebe befreien kann.

Des Weiteren erhältlich:

Temptations – Versuchungen
4 gay historical romances
Inka Loreen Minden, 978-3-934442-60-3